까멜리아 씨롱

까멜리아 싸롱

— 고수리 장편소설 —

클레이하우스
CLAYHOUSE

고수리 작가가 직접 선정한 플레이리스트입니다.
첫눈처럼 포근하고 홍월처럼 환상적인 음악이 흐르는
까멜리아 싸롱으로 초대합니다.

친절하세요. 당신이 만나는 모든 사람은
저마다 당신이 모르는 힘겨운 싸움을 하고 있으니.
Be kind, for everyone you meet is fighting a battle
you know nothing about.

- 플라톤

차례

프롤로그

밤.

눈송이 하나 하늘에서 떨어진다.

이윽고 눈송이가 하나둘 밤의 숲으로 바다로 지붕으로, 그리고 노란 불빛이 새어 나오는 창가로 떨어진다. 동백섬에 눈이 내린다. 눈 내리는 바다는 죽은 듯 짙고도 고요했다. 잔잔한 물결 위로 기묘하리만큼 커다란 보름달이 떠올랐다. 늘어난 눈송이가 어지러이 날리는 사이 달은 차츰 선홍빛으로 물들었다. 달빛이 내리비추는 바다는 일렁이는 보랏빛. 신비로운 바다 위로 흰 눈이 내렸다. 미야오. 창가에서 검은 고양이가 울었다.

"첫눈이네요."

지원우는 읽던 책을 덮고 창밖을 바라보았다. 진녹색 터틀넥 스웨터에 단정한 흑발, 창백하리만큼 투명한 얼굴이 창문에 비쳐 보였다. 어딘가 집요하게 살피는 듯 서늘한 눈빛과 무언가 흥미로운 걸 발견한 듯 묘한 미소가 유리창에 겹쳐졌다. 서가에서 LP를 정리하던 여순자가 돌아보았다. 상아색 실크 블라우스에 붉은 숄을 두른 초로의 여자. 고풍스러운 원형 안경을 고쳐 올리며 물었다.

"달은?"

"만월입니다. 그리고, 붉습니다."

일순 순자의 얼굴이 환해졌다. 창가로 다가가 선홍빛 달을 올려다보았다.

"어쩜, 예뻐라. 예쁘기도 하지."

"붉은 달은 좀 으스스하지 않습니까?"

"루비처럼 영롱한 선홍빛인걸. 알도 아주 크고. 저런 루비 목걸이 하나 목에 걸으면 이 늙은이도 반짝일 텐데."

"이미 충분히 아름다우십니다."

"아무렴. 더는 나이 먹을 일 없으니 기품 넘치는 지금의 미모로 만족한다네. 반백 년 만에 첫 홍월(紅月)이라니, 특별한 손님들이 찾아오실 모양이야. 신경 써야겠어."

"예스, 마담."

굵어진 눈발은 함박눈으로 변했다. 펑펑 쏟아지는 함박눈에도 달은 흐려지지 않고 더욱 영롱하게 붉었다. 달을 올려다보며 순자가 물었다.

"자넨 달 보면 무슨 생각이 드나?"

"음…… 달이구나?"

"좀 더 상상력을 발휘해 봐."

"밤에만 보이는 지구의 위성이 여기서도 보이는구나?"

순자가 너털웃음을 터트렸다.

"자네, 갓 태어난 아기 본 적 있나?"

"아뇨."

"갓난쟁이 얼굴이 꼭 저 홍월 같다네. 아기는 말이지. 태어나자마자 첫 숨을 쉬면서 울어. 까랑까랑한 소리로 안간힘을 다해서, 조그만 핏덩이가 온몸이 새빨개질 정도로 힘껏 운다네. 숨이 돌고 피가 돌고 눈물이 돌고. 인간은 그렇게 태어난다네. 세상에, 얼마나 기특해. 얼마나 예뻐."

"갓 태어난 인간은 빨갛군요."

"그래서 내가 샤갈의 그림을 아낀다지. 나이가 들면 빨간색이 좋아진다던데 정말로 그래. 보는 순간, 첫눈에 단숨에 행복해지거든."

순자의 시선 끝에는 샤갈의 그림 〈생일(The Birthday)〉이 걸려 있었다.

"원우 자네도 그리 힘껏 울면서 태어났다네."

"그렇습니까?"

"믿을 수 없나?"

"믿을 수 없다기보단 믿기지 않아서요. 아기였던 때는 기억나지 않거든요. 인간의 기억은 대체로 네 살쯤부터 생성되고 선명해지기 시작합니다. 저는, 기억하는 기억만 믿습니다."

"자네가 믿는 기억이란 건 기록이겠지. 하지만 진짜 기억은, 뭐랄까, 진실을 상상하는 일에 좀 더 가깝다네."

"진실을 어떻게 상상합니까?"

순자는 제 가슴께에 가만히 손을 올렸다. 주름 팬 깊은 눈으로 원우의 눈동자를 들여다보았다.

"지원우 씨, 조금만 마음을 열어봐. 겪어본 적 없어도 겪어본 것처럼. 마치 그 사람이 되어본 것처럼. 진정 자기 자신이 되어본 것처럼."

"예스, 마담. 서가도 활짝 열어볼 준비를 마쳤습니다. 이미 말끔히 정리해 두었거든요."

원우는 회중시계를 만지작거리며 미소 지었다. 예의 바르게 선을 긋는 그만의 제스처였다. 1분 1초 정확하게 움직이는 시계처럼 째깍째깍, 원칙적이고 고집스러운 면은 기록을 다루는 사서, 원우에게 반드시 필요한 자질이었다. 그러나 혼자서만 외롭고 동그랗게 째깍째깍. 다정하게 선을 그으며 곁을 주지 않는 원우의 마음 한가운데에는 무엇이 있을까. 아무도 건드리지 못하도록 고이 간직한 상처가 있을 거라고 순자는 짐작했다. 그래서 늘 원우가 애틋했다.

"어쩜 한결같아. 한결같이 인간미가 없어."

"따지고 보면 인간은 아니니까요, 마담."

따지고 보면 이상한 세계, 이상한 시간, 이상한 존재들. 붉은 달을 올려다보던 원우는 쥐고 있던 회중시계를 열었다. 8시 20분. 시계는 움직이지 않았다.

"시작인가요?"

벌컥 현관문을 열고 눈을 뒤집어쓴 유이수가 달려 들어왔다. 빨간 후드 망토를 아무렇게나 벗자 후드득 바닥에 눈이 떨어졌다. 양 갈래로 땋은 머리는 삐죽 헝클어져 있었다. 엉망이 된 바닥을 보곤 헤실거리며 뒷걸음치는 이수, 레드 타탄체크 스커트가 팔랑거렸다.

"녀석아, 눈 털고 가야지!"

뱃고동처럼 우렁찬 목소리. 문에 닿을락 말락 거대한 백곰 같은 마두열이 나타났다. 쿵쿵 뒤따라 들어오다가 그대로 이수와 부딪혀 와르르, 바닥에 눈을 떨구고 말았다. 씨익씨익 거친 숨을 몰아쉬는 두열. 그의 험상궂은 얼굴이 순자와 원우를 발견하자 함빡 환해졌다.

"하하하. 끝내주는 첫눈입니다!"

"언덕에선 더 크게 보여요. 그죠, 아저씨? 무슨 보름달이 꽃처럼 빨개요. 너무 신기한 거 있죠."

"이수 이 녀석, 눈밭에 풀어둔 강아지가 따로 없어요. 쫓아다니느라 아주 애먹었어요. 그나저나 첫눈이 함박눈이라니 낭만적이지 말입니다. 예감이 좋습니다."

이수와 두열이 들어왔을 뿐인데 집 안이 환하고 따뜻해졌다.

"암만. 첫눈 내리는데 이 정도 호들갑은 떨어야지. 두열 씨 등대는?"

"예쓰, 마담! 오시는 길 어둡지 않도록 환히 밝혔습니다. 객실 점검도 완료했고요."

"이수는 이번이 처음이지?"

"예스, 마담. 어떤 손님들이 올까요? 너무 설레요."

순자는 응접실 중앙으로 걸어갔다. 검은 고양이가 순자의 발치로 다가와 샛노란 눈을 깜박였다. "바리야." 순자가 미소 지으며 싸롱을 돌아보았다. 커다란 호두나무 탁자가 멋스러운 서가에는 책과 LP가 천장까지 빽빽하게 꽂혀 있었다. 바로 옆에는 타자기와 오래된 축음기, 턴테이블과 커다란 스피커가 놓였고, 오래된 피아노가 창가에 뿌리 내린 나무처럼 자리 잡았다. 맞은편으로 기다랗게 이어진 바에는 커피 머신과 빈티지 주전자와 커피 잔들이 가지런히 진열되어 있었다.

응접실 중앙에는 커다란 동백나무와 비파나무, 포인세티아 화분이 자라고, 패브릭 안락의자들과 초록 소파가 둥글게 자리 잡고 있었다. 복도까지 이어지는 벽면에는 여순자의 그림 컬렉션이 조르르 걸렸고, 크고 작은 조명들이 저마다의 자리에서 노랗게 빛났다. 세월과 낭만과 취향이 고스란히 응축된 공간. 반짝이는 샹들리에 아래 페르시아풍 카펫을 밟고 선 순자는 어김없이 이 순간이 설렜다.

"까멜리아 싸롱에 첫눈이 내립니다. 모두가 편히 쉬어 가시도록, 가장 따뜻한 겨울을 보내시도록, 우리 최선을 다해봅시다. 까멜리아 싸롱, 문을 엽니다."

여순자와 지원우, 마두열과 유이수, 검은 고양이 바리. 까멜리아 싸롱 직원들을 마주한 벽난로가 타닥타닥 타올랐다.

"마담, 좀 더 따뜻하게 불을 지필게요. 음악은요?" 원우가 순자에게 물었다.

"오늘 밤에는 쇼팽의 〈이별의 노래(Etude Op. 10 No. 3)〉가 좋겠어. 조 스태퍼드가 부른 번안곡 〈노 아더 러브(No Other Love)〉로. 기대된다네. 이별의 끝엔 또 어떤 만남이 있으려나."

원우는 낡은 LP를 찾아 올리고 축음기 태엽을 감았다. 빙그르르 돌아가는 레코드판 위에 바늘을 올리자 팔각 나팔 원통에서 지지직거리며 노래가 흘러나왔다.

다른 어떤 사랑도 내 마음을 따뜻하게 할 수 없어요.
내가 알고 있는 건 그대의 포옹뿐.

밤.

까멜리아 싸롱에서 노란 불빛이 새어 나온다.

눈송이들이 창가로 지붕으로 바다로, 그리고 숲으로 조용히 내려앉는다. 죽은 듯이 고요한 동백섬에 흰 눈이 쌓인다. 어두운 것들 모두 덮어주며 부드러운 눈의 융단이 펼쳐진다. 외딴섬에 유일한 집. 섬 꼭대기에서 등대가 별처럼 반짝거릴 때, 붉은 달빛이 까멜리아 싸롱을 감싸안는다. 기다리던 첫눈이 내린다.

첫 눈

별이 빛났다.

중앙 홀을 채운 거대한 크리스마스트리 꼭대기에서 커다란 황금색 별이 빛났다. 색색의 오너먼트와 조그만 알전구가 별빛을 쏟아붓은 듯 반짝거렸다. 대리석 바닥과 통유리 창에 반사된 빛들이 주위를 환히 밝혔다. 북적이는 사람들 사이로 크리스마스캐럴이 흘렀다. 백화점은 한겨울이 가장 환하고 따뜻했다.

"고민이야. 뭐가 나을까."

"12월엔 좀 더 우아한 무드가 좋겠습니다. 전에 고객님이 구매하셨던 백은 화려하고 트렌디한 무드였던 걸로 기억해요. 그렇담 연말에는 우아함이 고객님을 훨씬 매력적으로 만들어주지 않을까요? 모두가 떠들썩할 때 오히려 절제되고 클래식한 무게감으로 들뜬 분위기를 그윽하게 눌러준다면 모두의 눈길이 머물겠죠. 롱 코트에 우아한 토트백 하나, 무심한 듯 간결하게 들어준다면, 기품 넘치는 배우처럼 아름다우실 것 같아요."

"진아 씨라고 했나? 마음에 들어."

"감사합니다."

VIP 고객 앞에서 설진아는 역할에 충실한 배우처럼 웃었다. 두 손은 가볍게 그러모아 등을 곧게 펴고, 입꼬리는 살짝 올려 미소 지었다. 우아함은 여유에서 나온다. 여유는 돈에서 나온다. 돈은 고객들의 백에서 나온다. 12월은 백에서 돈이 쏟아진다. 부담스럽지 않게 친절해야 한다. 진아의 눈에 그들은 크리스마스트리에 달린 황금 별처럼 빛났다. 가까워질 순 없지만 우러러볼 순 있는 빛나는 존재들. 돈은 품격이었다.

여느 날과 다름없는 아침이었다.

25세, 설진아는 1-1 플랫폼에 서서 첫 열차를 기다렸다.

정장 치마에 검은색 핸드메이드 울 코트를 입고 고급 로퍼를 신은 진아. 깔끔하게 머리를 올려 묶고 열차 플랫폼에 서 있자면 마치 출근하는 승무원 같아 보였다. 하지만 진아에겐 어울리는 가방이 없었다.

검은색 단벌 코트는 진아가 알바비를 모아 세일가로 구매한 브랜드 코트였다. 로퍼도 그랬다. 돈을 모으는 족족 진아는 까맣고 비싸고 고급스러운 의류를 구매했다. 사회에서 옷은 일종의 갑옷이었다. 질 좋은 클래식 블랙 아이템. 단정한 검은색은 가난을 숨기기에 가장 무난한 색이었다. 때때로 고급스러워 보이기까지 했으니까. 그러나 아무래도 가릴 수 없는 건, 신발과 가방이었다.

백화점 명품관에서 일하는 진아는 명품 신발과 가방을 기호식품처럼 소비하는 고객들을 만났다. 공손한 자세로 세 걸음 떨어져 그들의 말끔한 뒤꿈치와 기울어지지 않은 어깨를 바라보았다. 그럴 때마다 진아는 맨발로 무거운 짐을 질질 끌고 가는 사람처럼 발바닥과 어깨가 저릿했다. 1인분의 삶을 짊어지고 사는 걸음과 무게가 가뿐해지고 싶었다. 중고로라도 명품 백을 사야겠다고 마음먹었다. 한겨울에 바지 대신 치마를 입고, 패딩 대신 코트를 입고, 운동화 대신 로퍼를 신은 진아는 환하고 따뜻한 곳으로 출근했다. 호텔, 웨딩홀, 백화점 같은 장소에서 웃으면 더 수월하게 더 많이 돈을 벌 수 있었다. 생계형 미소가 굳어졌다. 진아는 돈을 벌어야 했으므로 우아한 배우처럼 미소 지었다.

겨울은 춥고 어두웠다. 이른 아침도 밤처럼 깜깜해 손바닥만 한 볕조차 들지 않았다. 너무 추워서, 오늘만큼은 고급 착장에 빨간 목도리를 칭칭 감아 둘렀다. 이상하게 버릴 수 없는, 낡고 해진 진아의 유일한 목도리. 물품보관소에 넣어둘 거야. 진아는 두꺼운 목도리에 얼굴을 파묻고 어깨를 움츠렸다. 플랫폼 건너 벽화를 쏘아보았다. 조악한 해 그림을 그려둔 타일 벽화 중앙에 낡은 표지

판이 박혀 있었다. '양미(陽美)'. 볕이 아름다운 곳.

"얼어 죽을."

싸늘한 혼잣말이 입김으로 퍼져나갔다. '볕이 아름다운 동네' 양미동. 토박이는 거의 없고 여기저기서 봄볕 같은 희망을 품고 찾아온 이들이 모여 사는 변두리 동네. 진아는 양미동이 싫었다. 이름과는 달리 그늘진 밑바닥 인생이 가득한 양미동은 너무 추운 동네였다. 설진아는 제 몸을 껴안듯 단단히 팔짱을 꼈다. 추웠다. 얼어 죽을 만큼 추웠다. 딱 죽고 싶을 만큼 추웠다.

53세, 박복희는 1-2 플랫폼 벤치에 앉아 있었다.

파란 꽃무늬 누빔 패딩을 입고 싸구려 배낭을 끌어안은 채 뜨개 모자를 덮어쓴 복희. 아고고. 아이고고. 요즘 혼잣말이 늘었다. 머리부터 발끝까지 온몸 구석구석 안 아픈 데가 없었다. 겨울엔 저리고 시리고 아프고 관절 마디마디 통증이 더했다. 싸늘한 벤치에 앉자 파고드는 한기에 뼛속까지 시렸다. 복희는 다 터버린 손바닥에 까칠까칠한 얼굴을 비볐다. 퀴퀴한 냄새가 났다. 50년 넘게 살아보니 몸뚱이는 파삭 말라버려 껍데기만 남은 것 같았다. 복희는 자신이 시들어 죽어가는 것이 분명하다고 생각했다.

복희는 평생 쓸고 닦고 치우는 일을 했다. 지금보다 젊었을 땐 주방 식모로 이 가게 저 가게 떠돌다가, 용역 청소업체 계약직이 된 후론 아파트, 백화점, 공공기관을 전전하며 건물들을 청소했다. 복희의 직업은 사회적으론 미화원으로 분류되었다. 어려서부터 똑똑했던 복희는 미화원의 한자쯤은 단번에 읽고 이해했다. 미화원(美化員). 세상을 아름답게 꾸미는 사람. 본디 아름다움이란 반짝이는 것, 돋보이는 것, 그리고 비싸 보이는 것. 그러려면 지저분한 것들은 죄다 깨끗하게 치워버려야 했다. 미화원 유니폼을 입은 자기 자신조차도. 미화 일은 눈에 띄지 않으면서도 내내 아름다움을 유지해야 하는 몹시 까다로운 일이었다.

오래도록 이 직종에 종사하며 체득한 건 눈에 띄지 않는 법이었다. 복희는 자신을 대형 건물 모서리에 있는 투명한 테두리 같은 존재라고 여겼다. 화장실 타일에 방금 바른 실리콘처럼 일했다. 민첩하게 움직일 것. 조용하게 숨죽일 것. 굳건하게 버틸 것. 복희는 눈에 띄지 않으려고 노력했고, 사람들도 복희를 없는 사람처럼 지나쳤다. 쓰레기를 든 복희를 피해 지나가거나 종종 제 손에 든 쓰레기를 복희가 들고 있는 봉투에 버리고 갔다.

더러워지면 다시 쓸고 닦고 치우고 비우고. 다시, 또다시. 아름다운 장소가 아름답게 유지될 수 있도록, 구석구석 부지런히 청소하며 복희는 쉴 곳을 찾았다. 힘들었기 때문이다. 모두가 복희를 없는 사람처럼 지나쳤지만, 곳곳에 달린 CCTV는 복희를 세세하게 지켜보았다. 사람이 많은 곳일수록 더더욱 눈치가 보였다. 복희는 요즘 들어 부쩍 다리가 아팠다. 잠시나마 복희가 쉴 수 있는 곳에는 볕이 들지 않았다. 게다가 더러웠다. 화장실 청소 도구 정리 칸이나 지하 주차장 배관실 한편이나 쿰쿰한 물류 창고 쪽방이었다. 창문 하나 없는 그런 자리에 쪼그려 있자면 숨이 막혔다. 눈에 띄면 큰일 나는 바퀴벌레가 된 기분이랄까. 화장실 청소를 하다가 변기 위에 걸터앉아 쉬는 게 그나마 마음 편했다. 볕을 쬐지 못한 복희는 점점 시들어갔다. 복희의 몸과 마음도 아름답게 꾸밀 수 있다면 좋을 텐데, 그러기에 박복희는 너무 힘들었다. 지쳐버렸다. 그만 마음 놓고 쉬고 싶었다.

75세, 구창수는 1-3 플랫폼에 서 있었다.

방한 귀마개를 한 창수는 감색 점퍼 주머니에 양손을 찔러 넣고 움츠린 채 제자리걸음을 걸었다. 추위도 추위지만 만성 졸음이 몰려왔다. 늙어선지 불안해선지 요즘은 푹 잠들기가 어려웠다. 자다 깨다 새벽 4시께부터 뒤척거리다가 눈곱만 떼고 출근하는 길. 창수는 강 건너 대단지 아파트에서 경비원으로 일했다. 일흔이 넘어서도 일할 수 있다니 얼마나 감사한가. 그러나 경비 일은 몹시 고됐다.

한 평 남짓한 경비 초소는 여름엔 찜통이고 겨울엔 냉동고였다. 선풍기 하나, 온열기 하나에 기대 사계절을 났다. 아파트 지하 주차장 한편에 마련된 경비원 휴게실은 창문은커녕 화장실도 없는 데다 사방에 석면이 고스란히 드러나 있었다. 쪽잠이라도 잘라치면 석면 가루가 후드득 떨어지고 배 위로 쥐가 지나가는 통에 휴게실에서 쉬는 건 불가능했다. 분리수거장 바닥에 걸터앉아 잠시 한숨 돌리는 게 전부였다. 그나마도 가을엔 낙엽 치우고 겨울엔 눈 치우고 명절마다 넘쳐나는 음식물 쓰레기 치우는 데 휴게 시간까지 전부 써버려야 했다. 바깥 식당에서 점심을 먹는 일도 불가능했다. 예고 없이 방문하는 차량과 택배, 언제 울릴지 모르는 인터폰에 응대하려면 상시 대기해야 했다. 냄새가 덜한 몇 가지 찬에 후다닥 먹을 수 있는 도시락을 싸 들고 와 눈치껏 먹었다.

경비원의 주된 업무는 경비 업무가 아닌 쓰레기 처리 작업이었다. 천 세대가 넘게 사는 아파트에선 아침부터 밤까지 쓰레기 처리 작업이 계속되었다. 재활용 분리수거, 폐기물 처리, 불법 투기 쓰레기 관리, 음식물 쓰레기 처리와 아파트 공용 구역 청소까지 쓰레기 처리하는 데만도 종일 고군분투했다. 정오만 지나도 온몸이 두들겨 맞은 듯 뻐근했다. 겨울엔 면장갑 하나에 의지한 손가락이 꽁꽁 얼어서 깨질 것 같았다. 오늘처럼 추운 날은 찬 바람에 흠씬 두들겨 맞은 황태 꼴이 될 게 뻔했다.

그래도 몸이 힘든 게 나았다. 경비 일을 시작하고부터 창수는 눈치를 살피는 버릇이 생겼다. 입주민들은 어딜 가나 창수를 보고 있었다. 경비 초소에서 밥 먹으면 음식 냄새 난다고, 분리수거하다 인터폰을 받지 못하면 아저씨 뭐 하느냐고 난리가 났다. 심지어 친절하게 인사하지 않는다고 민원을 넣었다. 무서운 말들이었다. 사소한 민원들이 모여 창수의 해고 사유가 될 테니까. 창수가 매일 깍듯하게 고갤 숙이는 입주민 중 누군가는 창수를 싫어하고 있었다. 입주민들, 입주민 대표와 동 대표, 관리소장까지 보이지 않는 눈들이 창수만 따라다녔다. 창수는 자꾸 눈치가 보였다. 온갖 잡일을 다 처리하고 곤죽이 된 몸으로 경비 초소에 잠시 앉아 있자면 눈치도 없이 졸음이 몰려왔다. 늙은 경비원이 존다고 또 민원 들어올 텐데. 벌떡 일어나 제자리걸음을 걸었다. 구창수는 만성피로와 만성 졸음에도 불구하고 개운하게 잔 적이 없었다. 하루라도 그저 푹 잠들고 싶었다.

지금 열차가 들어오고 있습니다. 타는 곳 안쪽으로 한 걸음 물러서 주시기 바랍니다.

설진아와 박복희, 구창수가 열차에 올라탔다. 모두들 끄트머리 자리를 찾아 떨어져 앉았다. 문이 닫히기 직전, 1-4 칸에 16세, 안지호가 올라탔다. 덥수룩한 머리에 뿔테 안경을 쓴 남학생, 짙은 네이비색 교복 위에 카멜색 더플코트를 걸친 지호는 무표정했다. 의자에 앉자마자 CD플레이어를 꺼내고 줄 이어폰을 꼈다. 비밀스러운 최애의 노래가 흘러나왔다. 겨울은 아침이 늦게 와서 좋았다. 아예 아침이 오지 않기를 바란 밤이 많았다. 빈 교실에서 혼자 시간을 보내야지. 눈을 감았다. 귓가에서 최애가 속삭인다. 작은 먼지처럼, 작은 먼지처럼. 안지호는 아무도 모르게 사라져 버리고 싶었다.

설진아와 박복희, 구창수와 안지호. 네 사람이 눈 감은 사이 열차가 양미동을 떠났다. 새벽을 지나 아침으로 가는 열차가 철교 위를 가로지를 때 눈송이 하나둘, 첫눈이 떨어졌다.

"여러분, 사는 게 힘들죠. 그래도 우리 행복해져야 합니다. 우리 나라 헌법을 보면 명확하거든요. 제10조 '모든 국민은 인간으로서의 존엄과 가치를 가지며, 행복을 추구할 권리를 가진다'. 우리는 행복해야 해요. 인간이라면 기본적으로 행복을 추구하며 살아야 합니다."

안지호는 유튜브에서 진중한 목소리로 발언하는 안광일을 보았다. 유명 로펌 대표 변호사이자 각종 매체에 단골로 출연하는 광일은 지호의 아빠였다. 수려하고 훤칠한 외모에 지적이고 정의로운 변호사. 9년 전, 사랑하는 아내와 사별하고 홀로 아들을 키우며 살아가는 애처로운 싱글대디의 사연까지. 도덕적이면서도 인간적인 안광일을 대중들은 좋아했다. 광일은 지방선거를 앞두고 재개발 이슈가 뜨거운 양미구 구청장 출마를 선언했다. 주민들의 존경과 지지를 받는 유력한 후보였다.

지호는 농담을 섞어가며 젠틀하게 미소 짓는 광일의 얼굴을 물끄러미 바라보았다. 당연하게도 지호는 아버지 광일의 눈, 코, 입을 그대로 닮았다. 웃을 때 가늘게 휘어지는 눈과 다정한 입매는

지호가 평소 친구들에게 짓는 표정과 똑같았다. 지호는 영상을 껐다. 스마트폰을 비행기모드로 바꾸고 가방 깊숙이 찔러 넣었다. 시끄러운 세상과 뚝 단절되고 싶었다. 여느 때처럼 가장 먼저 도착한 빈 교실. 엄마의 유품인 낡은 CD플레이어를 재생시켰다. 후드를 뒤집어쓰고 책상에 엎드렸다. 안지호는 궁금했다. 인간이라면 기본적으로 추구해야 할 행복. 행복이란 대체 뭘까.

"이봐요, 구 씨. 구 씨 할아버지. 12월에 계약 연장해야 할 텐데 이렇게 빠져서 되겠어요? 길바닥에 대체할 노인들 차고 넘쳐. 좀 사근사근 인사하고, 빠릿빠릿 움직이라고요. 아니, 입주민들 자꾸 민원 들어와. 구 씨 할아버지 무섭대. 좀 웃고요, 친절하게."

구창수는 엊그제 동 대표 자가용이 들어오는 걸 발견하지 못하고 늦게 차량 차단기를 올렸다. 동 대표는 운전석 창문을 내리더니 손가락을 까딱거렸다. 아버지뻘인 창수를 세워두고 협박 섞인 충고를 쏟아냈다. 동 대표는 차량 차단기 앞에 서서 하루치 외부 차량 방문증을 수기로 발급하라고 지시했고, 창수는 언제 들어올지 모를 방문 차량을 종일 기다렸다. 칼바람을 맞으며 우두커니 서 있던 그저께의 수치를 창수는 잊었던가. 잊지 못했던가. 아니, 그건 그제가 아니었던가.

고용 계약이 만료되는 12월은 특히나 마음 졸이는 달이었다. 일흔이 넘어도 유일하게 이력서 받는 곳은 경비 일뿐. 동 대표 말처럼 대체할 노인들은 차고 넘친다. 3개월짜리 고용 계약서가 창수에겐 수치보다 중요했다. 칠십 평생 나 살아온 인생에 비하면 이건 아무것도 아니지. 창수는 어금니를 깨물었다. 단순해지자. 나는 돌이다. 돌처럼 단순해지자. 졸음이 몰려왔다. 구창수는 자고 싶었다. 내일도 그리고 다음 날도 돌처럼 꿈쩍하지 않고 푹 자고만 싶었다.

박복희는 어제 누군가 백화점 바닥에 토해둔 토사물을 치웠다. 하필 에스컬레이터 바로 아래, 대체 뭘 먹었는지 냄새가 고약했다. 쪼그려 앉아 걸레질하는 복희를 보고 모두들 찡그리며 지나갔다. 그때, 에스컬레이터를 타고 내려오며 아이를 다그치는 여자 목소리가 들렸다.

"너 공부 못하면 나중에 저 아줌마처럼 된다."

"더러워."

복희는 돌아보았다. 여덟 살쯤 되었을까. 똘망똘망 복스럽게 생긴 여자애가 엄마 손을 잡고 있었다. "사모님, 제가요." 복희는 토사물을 닦던 걸레를 든 채로 모녀에게 다가갔다.

"제가 공부는 진짜 잘했는데요. 박복했어요."

"박복이 뭐예요?"

"복이 없단 뜻이야. 애기야, 공부 암만 잘해도 박복하면 아줌마처럼 된다."

복희는 하하하 소리 내 웃었다. 아이 엄마가 새파랗게 질려 아이 손을 잡아끌고 지나갔다. 모녀가 지나가고도 복희는 걸레를 들고서 하하하 웃었다.

복희는 원래도 하하하 소리 내 웃길 좋아하는 호쾌한 여자였다. 손맛도 좋아 야무지게 음식도 잘해 나눠 먹고, 붙임성도 좋아 따르는 언니 동생들이 수시로 전화를 걸곤 했는데. 그랬던 복희가 언제부턴가 조용해졌다. 시들어버렸다. 지친 하루의 끝, 집으로 돌아와 딸아이랑 따뜻한 밥을 지어 먹는 일. 복희가 아는 유일한 행복이었다. 하지만 안주도 없이 홀로 소주를 마시는 밤이 많아졌다. 소파에 쓰러져 자고 일어나면 온몸에 수분이 죄 말라버린 듯 푸석푸석했다. 눈물마저도 다 말라버렸다. 그럴 때마다 "보배야" 대답 없는 딸아이를 불러보았다. 우리 보배는 소주 냄새 질색할 텐데, 그치. 복희는 굳게 닫힌 방문 앞에 우두커니 서 있다가 집을 나왔다. 찬바람을 맞으며 정처 없이 밤거리를 헤맸다. 잠시라도 쉴 곳이 없었다. 박복희는 편하게 발 뻗고 쉬고 싶었다. 다 내려두고 그만 쉬고 싶었다.

"나는 고아예요. 내가 나를 키웠어요. 난 고아(孤兒)가 아니라 고아(高雅)한 인간이에요. 내 높은 뜻과 품격은 전부 돈이에요. 돈 필요해요, 나."

거울 앞에 선 설진아는 기내 방송을 하는 승무원처럼 또박또박 말해보았다. 진아는 고아였다. 내가 나의 부모가 되어 살아온 여자. 일찍이 눈치 빠르고 세상 눈 밝은 현실적인 스물다섯이었다.

만 18세. 보호조치가 종료되던 겨울, 진아는 정착지원금 오백만 원마저 위탁 가정 부모에게 빼앗기고 양미동에 숨어들었다. 수중엔 알바로 모은 백만 원이 전부였다. 매달 지급되는 자립지원금 30만 원으론 생계가 빠듯했다. 창문 없는 고시원 방을 전전하며 진아는 나날이 가난해졌다. 그래도 진아는 잘 자라고 싶었다. 변두리 밖으로 밀려나고 싶지 않았다. 잘 자라려면 볕을 쫴야지. 돈. 돈이 필요했다. 돈만 있다면 환하고 따뜻한 볕을 마음껏 쬘 수 있을 테니까. 진아는 자기 자신을 키우는 어른이 되어야만 했다.

대학부터 포기해야 했다. 공부보다 중요한 건 생존이었다. 곁엔 아무도 없었고, 정상적인 대출마저 불가능했으므로. 진아는 혼자 숨만 쉬고 살아도 세상엔 돈이 필요하다는 걸 알았다. 그것 말곤 아는 게 없었다. 당장 오늘 하루를 살아내야 했다. 무작정 살아남기 바빴다. 주위에 도움을 구할 만한 어른도 없었지만, 도움을 청하는 것 자체가 용기였다. 평생 버림받으며 살아온 진아는 거절이 두려웠다. 도움을 구한다 해도 나이와 태생을 들먹이며 쏟아낼 조언과 질책을 듣기가 싫었다. 차라리 혼자 견디고 말지. 애초부터 나는 혼자였으니까.

안 해본 아르바이트가 없었다. 온갖 알바를 전전하며 생계형 미소를 장착했다. 속도 없이 악착같이 웃었다. 타인의 마음에 들려면 웃음이 무기였다. 생활밀착형 알바 요령과 사내 텃세와 진상 갑질에서도 유연하게 살아남는 법을 터득했다. 그래도 여전히 돈은 없었다. 고졸에 비정규직 아르바이트생에겐 겨우 손에 잡히는 돈이 전부. 이 돈이 구질구질하고 지긋지긋한 진아의 현실이자 미래라서 숨이 턱턱 막혔다. 세상에서 나 하나 온전히 책임지는 게 이다지도 버겁다니. 이런 게 인생이라니. 돈 돈 돈. 돈에 집착하는 자신이 부끄러웠다. 하루는 사전을 찾아보았다. 검색어 '고아'.

고아(孤兒): 부모를 여의거나 부모에게 버림받아 몸 붙일 곳이 없는 아이.
고아(高雅): '고아하다'의 어근.

'고아하다'를 이어 찾아본 진아는 흡족하게 미소 지었다. '뜻이나 품격 따위가 높고 우아하다'. 이제 진아는 어딜 가도 당당하게 말할 수 있었다. 거울에 비친 자신을 마주 보고 설진아는 재차 소리 내어 말해보았다. 나는 고아한 인간이에요. 돈 필요해요. 돈 벌어야 해요.

이번 역은 우리 열차의 마지막 역인 동백, 동백역입니다.

열차 안내방송이 진아를 깨웠다. 동백역? 낯선 이름이었다. 진아는 눈을 떴다. 환한 빛이 쏟아져 눈을 찔렀다. 맞은편 창문이 보였다. 새파란 창밖에 함박눈이 내리고 있었다. 이상하다. 맑은 하늘에 눈이 펑펑 쏟아지다니. 제대로 창밖을 내다보았다. 새파란, 바다가 보였다. 바다? 열차는 바다 위를 달리고 있었다. 거센 포말을 일으키며 힘차게 달리는 열차. 열차는 틀림없이, 함박눈이 쏟아지는 바다 한가운데를 달리고 있었다. 잠이 확 달아났다. 주위를 둘러보았다. 같이 열차를 탄 아주머니도 창밖을 보고 있었다. 진아는 맞은편에 앉은 복희를 향해 소리쳤다.

"이거 꿈이에요?"

"이거 꿈이라고요?"

"아뇨. 이거 꿈, 맞냐고요."

"아아. 이거 꿈, 맞다고요."

왕왕거리는 소음에 대화가 불가능했다. 폰. 내 폰. 주머니에서 꺼낸 휴대폰은 꺼져 있었다. 진아는 양 볼을 힘껏 꼬집어봤다. 진짜 아프다. 꿈에서 안 아프다는 거 순 거짓말이었어. 깨야 해. 나 출근해야 된다고. 그러거나 말거나 제멋대로 덜컹덜컹 흔들리며 달리는 열차. 창문에 이마를 찧은 진아는 구겨진 얼굴로 창밖을 바라보았다. 저 멀리 바닐라 아이크스림 한 스쿱 떠놓은 것처럼 희고 둥근 섬이 눈에 들어왔다.

한편, 고요한 동백역 역사.

여순자와 유이수, 마두열과 지원우. 나란히 선 까멜리아 싸롱 직원들이 열차를 보고 있었다.

바다 한가운데를 힘차게 가로지르며 달려오는 기차. 함박눈을 맞으며 귀신고래처럼 달려오는 기차는 어쩐지 신나 보였다.

"어우. 보고만 있어도 멀미 나. 성질이 너무 급해. 태생이 급행 열차야. 우리 중에 제일 최근에 기차 타본 사람이 이수던가?"

"예스, 마담. 부끄럽지만 전 무지 시끄러웠어요. 문이란 문은 다 부서져라 두드리고 다녔거든요. 꼭 요란한 사람 하나 있을 거예요."

나 출근해야 된다고! 쾅쾅쾅 설진아는 문을 두드렸다. 휘청이며 객차 연결 문을 확인했다. 아무리 두드려도 소용없는 닫힌 문. 건너 칸은 텅 비어 있었다. 오소소 소름이 돋았다. 이어지는 으스스한 열차 안내방송.

우리 열차는 오늘의 운행을 마치고 겨울잠에 들어갑니다. 마지막 역인 동백역에서 한 분도 빠짐없이 내리시기 바랍니다. 안녕히 가십시오.

말도 안 돼. 진아는 문이란 문은 모조리 쾅쾅 두드려보았다. 꿈쩍도 하지 않았다. 휴대폰은 꺼졌고, 객차 문은 잠겼고, 사람들은 갇혔고, 눈은 펑펑 쏟아지고, 창밖으론 외딴섬이 보이고, 열차는 바다 위를 달리고. 이제 여기서 누구 하나 죽으면 오리엔트 특급 살인 열차, 그런 건가. 진아는 깨달았다. 악몽이구나 이건. 그 와중에 출근 걱정을 하는 자신이 한심해서 왈칵 눈물이 솟았다. 이게 악몽이라면 열차에서 뛰어내리거나 망망대해에 빠져버리거나 이상한 짓을 해봐야, 그래야만 깰 수 있는 건가. 그런 진아를 비웃듯 열차는 덜컹덜컹 세차게 흔들렸다. "이 꿈 어떻게 깨요? 나 출근해야 돼요." 진아는 소리쳤다.

"개중엔 좀 특이한 인간도 있습니다만." 지원우가 말했다.

흥미로웠다. 깜박, 눈 감았다 떴을 뿐인데 바다 한가운데라니. 처음부터 상황을 지켜보았던 안지호는 이 비현실적인 설정이 몹시 흥미로웠다. 사라지고 싶다던 바람이 드디어 이뤄진 걸까. 환상일까 꿈일까. 아니면 평행 우주? 아무렴 어때. 현실보다 비현실이 마음에 드는걸. 지호는 이어폰 볼륨을 한껏 올리고 창밖을 구경했다. 눈보라를 헤치며 종말을 향해 달려가는 설국열차, 그 안에서 살아남은 최후의 인간들이라는 상상. 아포칼립스 세계관 속 주인공이 된 기분이랄까. 끝내준다, 이거.

"눈이 펑펑 쏟아지는 바다 위를 달리는데, 아름답지 않습니까? 저는 그냥 꿈속이구나 생각하고 즐겁게 왔거든요. 으하하." 마두열이 웃었다.

히야. 오랜만에 좋은 꿈이네. 박복희는 기분이 좋았다. 환한 햇살이 쏟아졌다. 눈도 보고, 바다도 보고 좋지. 동백역이라니 꽃도 보면 참말로 좋겠네. 어딜 가든 상관없지. 탁 트인 창가에서 햇볕 쬐니까 노곤노곤하니 덜 아픈 것 같았다. 배낭을 끌어안은 복희는 꽃 보러 가는 상춘객처럼 방그레 웃었다. 이상하게도 설렜다.

"간혹 어떤 예측조차 불가능한 인간도 있고요." 지원우가 대답했다.

드르렁드르렁. 구창수는 이 소란 통에 곤히 잠들어 있었다. 그간 밀린 잠을 한꺼번에 몰아 자는 사람처럼 좌석 기둥에 고갤 박고 선, 드르렁드르렁 코를 골며 자고 있었다.

푸우우우우. 숨구멍으로 뜨거운 공기를 내뿜는 고래처럼, 세찬 증기를 내뿜으며 기차가 당당한 기세로 동백역에 들어섰다. 두열이 순자에게 넌지시 물었다.

"마담, 제가 같이 인사드릴까요?"

"아니요. 다음 순서가 좋겠어요. 두열 씨는 뭐랄까. 첫인상이 지나치게 강렬하거든. 백곰 안에 든 순두부 같은 마음씨야 차차 알게 될 테니까. 두열 씨는 그냥 가만히 미소만 짓고 있어요. 반드시 입이랑 눈이랑 한꺼번에 웃어야 해요. 빙그레, 오케이?"

"예쓰, 마담!"

쿠르르르 가쁜 숨을 몰아쉬듯 기차가 서서히 움직임을 멈췄다.

"고생했어. 숨 좀 고르렴." 순자는 뜨거운 기차 몸체에 손바닥을 가져다 댔다. 심장박동 같은 진동과 기계음이 천천히 잦아들었다. 치이이익 증기 소리와 함께 기차 문이 열렸다.

"갈까요, 이수?"

"예스, 마담." 순자와 이수가 사뿐한 걸음으로 기차에 올라탔을 때, 기둥을 끌어안고 있던 진아가 득달같이 따져 물었다. "당신들 누구예요? 여기 어디예요?" 순자는 대답 대신 진아를 빤히 마주 보았다. 차분하지만 강렬한 눈 맞춤. 얼굴에 미소가 번졌다.

"동백역까지 오시느라 고생하셨습니다. 기차가 그리 친절하지만은 않아서 멀미가 나실 겁니다. 궁금한 것이 많으실 텐데요. 언덕 위에 따뜻한 다방이 있습니다. 일단 거기서 몸 좀 녹이면서 차근차근 얘기해 드리지요. 나눌 이야기가 많습니다만."

"어딜 어떻게 믿고 따라가요?"

"걱정 마요. 진아 씨. 출근보다 훨씬 중요한 용무가 있어서 여기 온 거니까."

순자의 눈빛에 진아는 입을 다물었다. 진아의 이름을 알고 있었다. 단지 이름을 아는 것뿐 아니라, 이 노인은 마치 자신을 오래 전부터 알고 있었기라도 한 듯 마음속을 꿰뚫어 보는 것 같았다.

"밖에 눈이 펑펑 내려요. 길이 미끄러우니 조심조심 따라오셔야 해요. 할아버지, 곤히 잠드셨네요. 지호 군, 좀 도와줄래요?"

이 여자애 정체가 뭘까. 지호는 아까부터 이수를 살폈다. 익숙한 교복이었다. 크리스마스 식탁보라고 우스갯소리로 말하던 타탄체크 스커트. 같은 학교 여학생 동복이었으니까. 지호는 호기심 어린 눈빛으로 순순히 고갤 끄덕였다. 이수와 지호가 비몽사몽인 창수를 부축해 먼저 내렸다. 뒤이어 복희도 씩씩하게 자리에서 일어났다.

"복희 씨, 반가워요."

"저희가 만난 적 있던가요?"

순자는 대답 대신 미소를 머금으며 복희와 나란히 기차에서 내렸다. 모두들 내리자마자 험상궂은 얼굴로 빙그레 웃는 두열을 맞닥뜨리곤 흠칫 놀랐지만.

"반갑습니다! 아유, 어르신 아기처럼 주무시네요."

두열은 잠에 취한 창수를 가뿐하게 둘러업었다. 지호와 창수가 내리고 복희도 내리고, 뒤따라 내리는 것 같던 진아. 그러나 진아는 출구에서 쾅, 기차 문을 밀어 닫았다. 그래, 까짓것 해보자. 미친 짓.

"싫어요! 죽어도 안 가요. 다시 양미역으로 보내주세요."

"이쪽이었네요. 예측 불가능한 인간."

원우가 흥미로운 듯 입꼬리를 말아 올리며 순자와 눈빛을 교환했다.

"부탁해요. 원우 씨."

"예스, 마담."

다들 역사 밖으로 사라졌다. 원우만이 홀로 남아 닫힌 문 앞에 섰다. 후우. 깊은 숨을 내쉰 원우는 손을 뻗어 기차 몸체를 만져보았다. 그사이 기차는 싸늘하게 식어가고 있었다. 오싹한 한기가 느껴졌다. 닫힌 기차 문을 사이에 두고 지원우와 설진아가 마주 보았다.

"설진아 씨, 내리시겠습니까?"

"거봐. 당신들 우리 이름 다 알잖아. 이건 분명 납치야."

"납치 아니고 초대입니다."

"난 초대받은 적 없어요. 멋대로 데려와선 따라오라니 이게 말이 돼요? 물어보면 암것도 말 안 해줘. 망망대해에서 이런 홀대도 서러워 죽겠는데."

"홀대 아니고 환대입니다. 어쨌든 설진아 씨, 지금은 내리셔야 합니다."

"환대 한번 겁나 살벌하네요. 아저씰 뭘 믿고 내려요. 어서 돌아가게 해줘요."

"저 아저씨 아닙니다."

"저 출근해야 해요, 아.저.씨. 그냥 출근만 하게 해줘요."

이 와중에 출근 타령하는 인간이라니. 말 한마디 지지 않는 인간이라니. 예측 불가능한 인간의 따따부따 대꾸에 원우는 미간을 찌푸렸다.

"출근이 그렇게 중요합니까?"

"젤 바쁜 크리스마스 시즌이에요. 이 시즌에 계약직이 무단결근이라니 바로 잘린다고요. 저요, 엄동설한에 혈혈단신, 사방에서 돈이 줄줄 새서 춥고 고달파요. 월세에 관리비에 생활비에. 아저씨, 저 잘리면 책임질 건가요? 지각 정도로 결근만 면하게 해줘요."

"미안하지만 출근 못 합니다. 겨울이 끝날 때까지 기차는 꼼짝하지 않을 테니까요."

"방금 겨울 끝날 때까지라고 했어요?"

"네, 겨울 끝날 때까지요. 뒤틀린 시공간을 달려온 기차는 동면에 들어갑니다."

"시공간이 뒤틀렸다고요?"

"뭐 하자는 겁니까?"

"현실 파악이요."

진아는 칭칭 감은 빨간 목도리에 얼굴을 파묻고 씩씩거렸다. 꿈에서도 현실을 파악해야 해? 끝내주게 현실적인 꿈이네. 뒷골이 싸늘했다. 머리가 핑그르르 돌 정도로 한기가 돌았다.

"저, 망했네요."

"파악 완료됐으면 내리시죠. 제가 멋대로 당신을 끌어낼 순 없습니다. 당신 의지만이 당신을 내리게 할 수 있습니다. 말 그대로 이건 초대와 환대니까요."

"이런 납치 비스무리한 초대가 어딨어요? 홀대 같은 환대라니 정말이지 따뜻해 죽겠네요."

"아뇨. 얼어 죽을 겁니다. 기차는 이대로 얼어붙어 겨울잠을 잘 겁니다. 따뜻해 죽기는커녕 그대로 있다간 얼어 죽을 겁니다."

"얼어 죽을."

"이제야 완벽히 현실이 파악되셨나 봅니다."

말 한마디 지지 않는 재수 없는 남자가 문밖에 서 있었다. 얼어 죽을. 망한 꿈이 분명했다. 꿈에서 깨려고 별별 짓을 다 해봤는데도 소용없었다. 기차 안을 둘러보았다. 창문마다 눈꽃이 빠르게 번지고 있었다. 천장과 좌석이 냉동고처럼 얼어붙었다. 진아의 몸이 덜덜덜 떨렸다. 추웠다. 얼어 죽을 만큼 추웠다. 딱 죽고 싶을 만큼 추웠다. 꿈에서조차 홀로 얼어 죽을 쓸쓸한 인생이라니. 그때, 문밖에서 묘하게 다정한 목소리가 들렸다.

"함께, 가시겠습니까?"

결심한 듯 진아는 문을 열었다. 그리고 발을 딛는 순간, 얼어붙은 바닥에 미끄러져 휘청 몸이 뒤로 기울었다. 둥실 떠오른 것도 같았다. 그때였다. 원우가 두 팔을 뻗어 진아를 끌어안았다. 진녹색 터틀넥 스웨터와 새빨간 목도리가 한 사람처럼 겹쳐졌다.

"정말이지, 예측 불가능한 인간이군요."

목도리 위로 발그레 추위에 언 진아의 얼굴이 드러났다. 눈송이 하나둘. 진아의 뺨에 내려앉았다. 설진아는 보았다. 새파란 하늘, 간지러운 함박눈, 아주 환한 빛, 그리고 남자의 얼굴. 숨이 멎는 것 같았다. 지원우와 눈이 마주친 순간, 원우의 눈동자가 크게 일렁였다. 바다 같아. 깊고 푸른 바다색 눈동자. 이 세상 사람의 눈이 아닌 것 같았다. 진아의 얼굴이 빨갛게 달아올랐다. 이 남자를 만나본 적이 있었던가. 얼어 죽을 만큼 차갑고 녹아내릴 만큼 뜨거운 이상한 느낌이 온몸을 휘감았다. 기시감이 느껴졌다. 다시 돌아온 기분이랄까. 진아가 멎었던 숨을 내쉬자 숨이 돌고 피가 돌고, 비로소 눈물이 핑 돌 정도로 뭉클한 안도감이 밀려왔다. 꿈결 같은 찰나가 지나갔다. 첫눈이었다.

지원우의 얼굴을 빤히 바라보던 순간, 설진아는 마음먹었다. 잘생긴 아저씨였어. 이런 꿈이라면 깨지 말고 좀 더 머물러야겠다.

온기가 필요해.

움츠리고 웅크린 것들, 응고된 것들을 깨어나게 하는 건 세상에서 온기뿐이라지. 순자는 찻잔에 따뜻한 물을 부었다. 붉은 꽃송이가 둥실 떠올랐다.

"까멜리아 티입니다. 이 섬은 동백나무 군락지거든요. 제때 피지 못하고 떨어져 버린 동백 꽃봉오리들로 만들었습니다. 버려진 것 같아도 세상 모든 건 제 쓸모가 있지요. 까멜리아 티는 따뜻하게 마시면 피가 잘 돌게 해줘요. 추위도 긴장도 한결 나아질 겁니다. 첫 만남에는 조금 따뜻한 걸 동원하면 좋으니까요."

순자의 목소리는 온도가 적당한 찻물처럼 따스했다. 이수는 사람들에게 차를 건네주었다. 두열은 벽난로에 장작을 집어넣었고, 원우는 축음기에 레코드판을 올렸다. 벽난로가 타오르고 훈기가 돌았다. 난롯가에 자리 잡은 검은 고양이가 사람들을 빤히 응시했다. 〈골드베르크 변주곡 BWV 988〉 아리아. 바흐의 피아노 선율이 흐르는 까멜리아 싸롱.

창수는 이제야 잠이 깨는지 몽롱한 얼굴로 싸롱 안을 둘러보았다. 복희는 손난로처럼 찻잔을 감싸 쥐었고, 지호는 우러나는 선홍빛 찻물을 내려다보았다. 그리고 진아는 여전히 목도리를 둘둘 감은 채 팔짱을 끼고 있었다.

"까멜리아 싸롱에 오신 여러분, 반갑습니다. 저는 마담 여순자입니다."

붉은 숄을 두른 순자가 원형 안경을 고쳐 올리며 인사했다. 고희쯤 되었을까. 곱게 빗어 올린 백발에 세련된 옷차림, 무엇보다도 꼿꼿한 자태에서 기품이 흘렀다. 창수와 복희, 지호와 진아. 모두와 눈 맞춤을 나눈 순자는 직원들을 소개했다.

"객실장 마두열 씨. 2층 객실 총괄 담당자입니다. 힘쓰는 일은 전부 두열 씨 손을 거친답니다."

화이트 셔츠에 네이비 넥타이를 맨 두열. 단추를 끝까지 잠근 데다가 넥타이마저 너무나 단정해서 우락부락한 덩치가 둥그런 판다처럼 보이는 거구의 남자였다. 험상궂은 얼굴에 빙그레한 미소를 장착한 두열. 이수가 팔꿈치를 툭 치며 눈꼬리를 가리키자 두열이 눈을 고치며 찡그렸다. 여전히 험상궂어 보이긴 하지만, 그래도 애써 웃는 얼굴이 좋은 사람처럼 느껴졌다.

"매니저 유이수 씨. 모르는 것도 못하는 것도 없답니다. 언제든 도움이 필요하면 이수 씨에게 말씀하세요."

짙은 네이비 울 재킷에 레드 타탄체크 스커트 교복 차림을 한 이수는 오른쪽 치맛단을 살짝 올려 숙녀처럼 인사를 건넸다. 삐죽 삐져나온 양 갈래 머리가 단정한 교복과는 영 어울리지 않아 귀여웠다. 새초롬히 사람들을 살피는 눈빛이 초롱초롱한 소녀였다.

"사서 지원우 씨. 여러분의 인생 기록을 다룰 겁니다."

진녹색 스웨터를 입은 원우는 옅은 미소를 머금었다. 입꼬리를 올리자, 쌍꺼풀 없는 날카로운 눈매가 가늘게 휘어졌다. 진아는 선명한 조명 아래서 원우의 얼굴을 살펴보았다. 정중한 말투와 목소리로 짐작했던 나이보다 원우는 훨씬 젊어 보였다. 웃을 땐 서글서글한 청년 같아 보였는데, 미소를 거두자 순식간에 오래 산 노인처럼 눈빛이 쓸쓸해졌다. 어딘지 모르게 다가가기 어려운 이지적이고 쓸쓸한 인상을 풍기는 미남이었다. 궁금했다. 그리고 익숙했다. 익숙한 이 느낌은 뭘까, 그 또한 궁금했다.

"그리고 고양이 바리. 예쁘고 또 예쁩니다." 도도하게 앉아 황금빛 눈을 반짝이는 검은 고양이. 순자가 말을 이었다.

"까멜리아 싸롱은 첫눈이 내리면 열고 동백꽃이 피면 닫습니다. 여러분은 동백꽃이 필 때까지 여기에 머물 겁니다. 1층은 다방과 서재, 2층은 객실이고요. 싸롱 뒤에는 집무실로 사용하는 별채가 있습니다. 작은 섬이지만 꼭대기 등대를 비롯해 곳곳에 저희의 손길이 스민 보금자리들이 있지요. 까멜리아 싸롱에선 밤마다 다양한 모임이 열립니다. 겨울은 밤이 길고, 밤은 이야기 나누기 좋은 시간이니까요. 여러분은 여기 편히 머물면서 그간 살아온 인생과 기억을 돌아볼 거예요. 그리고 동백꽃이 필 때까지, 저마다 인생에 남기고픈 기억을 찾으시면 됩니다."

"왜 머뭅니까? 저는 출근하던 길이었습니다."

정신을 차린 구창수가 처음으로 입을 뗐다. 돌처럼 딱딱한 얼굴, 뚝뚝한 말투였다. 차라리 무방비로 잠들었을 때가 훨씬 부드러워 보였다. 저도 출근길이었어요. 저도 학교 가는 길이었는데요. 복희와 지호가 거들자 진아가 진지하게 물었다.

"어째서요? 왜 우리가 여기 머물러야 하죠?"

싸롱 안에 묘한 긴장감이 감돌았다. 순자는 가슴께에 두 손을 올리고 숨을 골랐다. 모두를 둘러보더니 담담하게, 그러나 묵직하게 한마디를 전했다.

"여러분은 죽었으니까요."

이윽고 침묵.

단순하고 명징한, 바흐의 아리아 선율이 울려 퍼졌다.

"여러분은 모두 죽었습니다. 여기는 이승과 저승 사이, 중천입니다. 이승을 완전히 떠나기 전, 49일 동안 머물며 그간 살아온 인생을 정리하는 곳이죠. 여러분 생애 마지막 시간이 춥지 않도록 저희는 마음을 다할 겁니다."

꿈, 아니었어? 죽었다고? 내가? 진아는 맥이 풀렸다.

"농담이…… 심하잖아요. 멀쩡한 출근길에 갑자기 죽어버렸다고요? 열차가 바다를 달리고, 겨울잠 잔다고 얼어붙고, 언덕 위엔 이상한 다방이 있고. 전부 꿈인 줄 알았죠. 그런데 알고 보니 출근하다가 죽어버렸다. 농담이죠?"

"농담 아닙니다. 말씀드렸죠, 진아 씨는 출근 못 한다고."

"원우 사서……."

순자가 원우를 불렀지만, 원우는 지나치리만큼 냉랭한 얼굴로 진아에게 쏘아붙였다.

"인생, 대단할 것 같죠? 아니요. 실은 시시합니다. 인간은 시시포스처럼 매일매일 같은 하루를 반복하죠. 반복되는 하루, 단조로운 일상이야말로 당신의 인생입니다. 살아 있는 생명체라면 응당 '항상성(恒常性)'이란 걸 지니고 삽니다. 생존의 최적 조건을 벗어나는 변화가 생길 때 안정된 상태를 유지하려는 성질이죠. 항상성은 위험을 감지할 때 십분 발휘됩니다. 그럴 때 인간의 무의식은 강렬했던 한때의 순간이 아니라, 자주 오래 반복되었던 일상으로 돌아가려고 노력합니다."

"무슨 말이에요?"

"당신의 죽음을 말하는 겁니다. 가장 강렬한 변화이자 위험, 죽음이 닥쳐도 마찬가지입니다. 특히나 예상치 못한 죽음을 맞이한 경우에는, 죽어서도 자신이 죽은 줄 모르고 일상을 반복하는 영혼이 많습니다. 정작 자신이 언제 어떻게 죽었는지조차 기억하지 못하죠."

"우리가 예상치 못하게 죽어버렸단 건가요?"

"여러분은 매일 출근하던 일터와 등교하던 학교로 가기 위해 열차에 올라탔을 겁니다. 진아 씨는 어제 어떤 하루를 보냈습니까? 아니, 오늘 아침 출근 전까지 어디서 뭘 하고 있었죠?"

아무도 아무것도 대답하지 못했다. 차라리 꿈이라면 나았을까. 진아가 울먹였다.

"제가 죽었다고요. 어떻게요?"

"죽음의 사유는 그쪽이 찾아낼 일입니다."

"억울해…… 너무 억울해요. 죽어라 돈만 벌다가 진짜로 죽어버렸다고요?"

"유감입니다. 그렇지만 진아 씨는 죽었습니다. 충격적이겠지만, 부정과 회피를 거쳐 결국 수용하게 될 겁니다. 받아들여야 할 진실입니다."

"뭐가 그렇게 쉬워……. 그쪽은 죽어봤나요? 어쩜 그리 쉽게 말해요?"

"인간은 모두 죽습니다만."

"원우 씨, 그만. 진실도 작게 말한다."

순자가 단호한 목소리로 원우를 막아섰다. 진아는 울고 있었다.

"······예스, 마담."

원우가 물러섰다. 순자는 인자하지만, 결연한 표정이었다.

"어떤 진실은 이해는커녕 감당하기조차 힘드니까요. 저는 오늘 단 하나의 진실만 말씀드립니다. 여러분은 모두 죽었습니다. 죽었습니다만, 이제 갓 죽었다고 해야겠죠. 갓 죽은 인간 역시 갓 태어난 인간처럼 시간이 필요합니다. 자신이 어떤 존재인지, 무엇을 어떻게 해야 하는지, 어디로 가야 하는지, 충분한 시간을 들여 알아가야 하죠. 저희는 죽음 이후 중천에서 여러분을 돕는 안내자들입니다. 당장은 혼란스러울 겁니다. 오늘은 일단 따뜻한 차를 마시고 푹 쉬세요. 까멜리아 싸롱에 머무는 동안 저마다 어떤 인생을 살아왔는지, 작은 진실들을 하나씩 알아가게 될 겁니다."

단 하나의 진실, 당신은 죽었습니다. 그러나 진아를 제외한 이들은 이상하리만큼 쉽게 그 진실을 받아들인 것 같았다. 마치 오늘 날씨가 좋네요, 아 그렇군요, 하고 대답하는 사람들처럼. 일흔다섯 살 구창수는 오늘내일 불쑥 죽음이 찾아와도 상관없었다. 안지호는 깔끔하게 사라져서 차라리 잘됐다고 생각했다. 박복희는 이제야 죽었다니 마음이 편안해졌다.

설진아만 울었다. 다들 억울하지 않아요? 이 상황이 이해가 돼요? 내가 얼마나 악착같이 살았는데, 내가 얼마나 악착같이 돈 벌었는데. 이수가 다가와 진아의 어깨를 다독였다. 두열도 미소를 거두고 우직하게 서 있었다.

"꽃이 피네요."

가라앉은 분위기를 깬 건 복희였다.

"죽은 꽃도 활짝 피네요. 눈도 보고 바다도 보고. 꽃도 보나 했는데 정말 이렇게 보네요."

복희는 찻물이 짙게 우러나 붉어진 차를 마셨다. 찻잔 안에 동백꽃이 활짝 피어 있었다.

"예쁘기도 하지."

진실도 작게 말한다.

솔직하다는 것. 거짓 없다는 것. 눈처럼 환하고 순수할 것 같지만 때로 진실이란 숨김없이 명백해서 잔인하고 차갑다. 때론 진실도 아프다. 진실을 전하기 위해 상처를 줄 수밖에 없다. 죽었다는 단 하나의 진실이 당신을 날카롭게 찌른다. 온기가 필요해. 그나마 덜 아프기를 바라며 조심스럽고 사려 깊게, 애써 따뜻한 것들을 동원한다. 진실도 작게 말한다. 단조로운, 그러나 아름다운 바흐의 선율이 까멜리아 싸롱에 흐른다. 갓 죽은 인간들이 진실을 받아들일 수 있도록 순자와 원우, 두열과 이수는 침묵을 지킨다. 어떤 순간에는 말 없는 말이야말로 진심이므로.

따스한 찻잔에서 죽은 동백꽃이 활짝 피어날 때, 환한 창밖에는 여전히 눈이 내리고 있었다. 안에서 보는 눈은 따스하기 그지없는데, 창밖에 쌓이는 눈은 차가울 테지. 안과 밖. 생과 사. 진심과 진실. 따스한 싸롱 안에 서늘한 진실이 눈처럼 내려앉았다. 세상의 끝, 까멜리아 싸롱에 진실의 눈꽃이 피어나고 있었다.

여기서 제일 먼저 좋아진 건 이불이었다. 구름 같은 이불을 덮고서 자고 일어나면 괜찮아졌다. 까맣게 잊어버리지 않아도, 힘들게 견뎌내지 않아도, 한결 덤덤하게 나아졌다. 면과 솜과 면, 겹겹의 단순한 결합에 불과했지만 이불에는 힘이 있었다. 덩그러니 갓 죽어버린 존재를 가만히 안아주는 것 같았다. 너무 껴안으면 숨 막히니까, 너무 느슨하면 쓸쓸하니까, 조용하고 가만한 포옹. 죽은 지 며칠이나 지났을까. 가만히 안아주는 온기 덕분에 이미 죽었대도 오늘은 한결 나아졌다. 시공간이 사라진 세계에서 이불에 폭닥 안긴 채 '오늘'을 생각했다.

　이수는 까멜리아 싸롱에서의 첫 아침을 떠올렸다. 이불 속에서 눈을 떴을 땐 한결 나아져 있었다. 죽음, 충격, 슬픔, 미련, 후회까지도 모조리 이불을 덮어준 듯 누그러져 있었다.

조용했다. 창밖은 눈 내리는 아침. 눈을 머금은 흰빛이 창문으로 새어 들어왔다. 주위에 아무도, 아무것도 없으니까 오히려 선명한 호흡과 예민한 감각들이 이수를 깨웠다. 이상했다. 이수 자신이 온전하게 느껴졌다. 살아 있었을 때보다 더욱 선명히 내가 나로 느껴지는 감각. 깨끗한 기분이 들었다. 다시 태어난 것 같은 기분이라고 말하면 이상할까. 잠든 사이에 나를 깨끗한 물에 조물조물 잘 빨아 탁탁 털어선 햇볕에 잘 말려 차곡차곡 개어둔 것 같은, 불순물 하나 없는 순전한 자신을 마주했다.

이수는 침대에서 일어났다. 탁자에는 이수가 아끼던 소지품이, 옷장에는 즐겨 입던 옷가지가, 마치 이수의 방 일부를 옮겨둔 듯 익숙하게 놓여 있었다. 그리고 침대 발치에서 발견한 나무 상자. 이수는 상자를 열었다.

유이수 兪利水

이름이 적힌 사전처럼 두툼한 책이 들어 있었다. 책을 넘겼다. 유이수, 兪利水, 1999-2015. 배냇저고리를 입은 아기 이수의 사진을 시작으로 출생부터 사망에 이르기까지 유이수라는 한 사람의 일대기가 빽빽하게 정리되어 있었다. 크게 연도순으로 구분된 기록들은 이수의 기억을 기반으로 한 단어들과 사진들로 백과사전처럼 정의되어 있었다. 어렴풋한 어린 시절 기억까지도 모두. 연도가 더해지면서 이수의 메모와 일기와 편지가 추가되었다. 그야말로 유이수의 인생책, 한 사람의 '인생대백과'라고 할 수 있을까. 예를 들면 2004년 기록들.

보조개: 타고난 움푹 팬 자국. 아빠가 그랬다. "이수가 태어날 때 너무 예뻐서 천사가 콕 찍어주었대."

잠: 안 오는 것. "잠이 안 와" 말하면 엄마가 대답한다. "잠이 잠만 기다리래. 잠방잠방 잠이 오고 있대." 그래도 안 오는 것.

피아노: 임마누엘 피아노에서 처음 만난 후 유이수가 평생 좋아했던 악기.

배롱나무: 목화아파트 화단에 핀 여름 꽃나무. 메롱나무라고 부르길 즐김.

배롱나무 아래에서 엄마와 '메롱' 혀를 내민 채로 함께 찍은 사진이 그 아래 있었다. 아빠는 우릴 찍어주고 있었을 테고. 이어지는 2005년 기록.

교통사고: 아빠를 데려간 것 같은데 돌아가신 거라고 하는 이상한 사고.

투둑. 눈물이 떨어졌다. 아빠, 나도 여기 돌아온 걸까요, 아님 거기 떠난 걸까요. 아빠의 죽음에 이수는 평생 죄책감을 느꼈다. 어렴풋한 기억이지만 그날, 아빠가 집을 나선 건 이수 자신 때문이었으니까. 아빠가 마지막으로 본 이수는 우는 얼굴이었을 테니까. 한편, 남아 있을 엄마와 동생이 걱정되었다. 여긴 생각보다 환하고 따뜻하니까 덜 슬퍼하면 좋겠는데.

크리스마스 선물: 최고로 좋았던 크리스마스 선물. 동생 유이진.

그해 크리스마스. 빨간 원피스를 입은 여섯 살 이수는 크리스마스트리 아래서 누에고치 같은 아기를 안고 웃고 있었다. 강보에 싸인 조그만 아기. 남동생 유이진은 평생 잊지 못할 크리스마스 선물이었다. 슬픔 뒤에도 기쁨이 있었네. 이수는 훌쩍이며 미소 지었다.

기록과 사진에는 힘이 있었다. 단 하나의 단어와 단 한 장의 사진만으로도 이수는 그때 그 기억으로 돌아가 자신을 마주했다. 어린 나이에 죽었지만 이수에겐 너무도 많은 기억이 있었다. 이수의 인생은 대체로 행복했었다. 짧지만 행복했고 행복했기에 아쉬웠다. 후회보다 미련이 많아서 죽음을 받아들이기 어려웠다. 나는 왜? 어떻게 죽었을까? 질끈 눈을 감고 맨 뒷장을 펼쳐보았다. 마지막 페이지는 비어 있었다.

까멜리아 싸롱에서 겨울을 보내고 나서야 알게 되었다. 인생책을 읽고 밤마다 대화를 나누며 이수는 마침내 죽음의 기억을 되찾았다. 죽음을 받아들이고 애도할 수 있었다. 그리고 동백꽃이 피었을 때, 이수는 마치 묘비명처럼 마지막 페이지에 무언갈 적었다. 유이수의 인생책을 완성했다.

"바리야."

검은 고양이가 어슬렁거리며 지나갔다. 이수는 고요한 객실 복도를 바라보았다. 지금쯤 망자들은 각자의 인생책을 살펴보고 있을 것이다. 한편, 설진아가 걱정되었다. 진아의 방문 앞에서 버려둔 상자를 발견하곤 들고 가는 길, 상자 위엔 단호한 글자가 적혀 있었다. 진아의 방문을 두드리려다 말고 상자만 들고 돌아섰다. 진아는 마음을 닫아버렸다. 갑작스러운 죽음을 받아들이기 힘들었던 자신과 꼭 닮은 진아라서 더욱 마음이 쓰였다.

"이수이수 유이수."

"아저씨!"

이수는 커다란 눈사람 같은 두열과 마주쳤다. 수북한 이불 빨래를 들고 있는 두열의 팔뚝에 탄탄한 근육이 도드라졌다.

"엄청나네요. 도와드릴까요?"

"안 돼. 이건 내 거야. 빙글빙글 뽀득뽀득 이불 빨래할 때가 젤루 행복해. 근데 그건?"

"아. 진아 씨요."

"몹시 단호하군."

"뭐라도 도울 일이 없을까요?"

"있지. 우린 우리의 일을 하면 돼. 난 이불을 더 정성껏 빨아야 겠어. 내 이불은 세상에서 젤루 깨끗하고 몽글몽글하거든! 보아 하니 이수는 진아 씨 걱정에 종일 바쁘겠군. 누군갈 걱정하는 마음은 아무나 못 가져. 어렵고 귀하지. 그러니 그건 유이수의 일로 두겠다."

"저도 할 일 어엄청 많거든요. 그치만 이불은 인정. 아저씨 이불 좋아요."

"낯선 자리에선 이불이 좋아야 한다. 내 정성과 마음과 근육을 다해서 오늘도 해내겠다! 유이수 수고."

빨랫감을 껴안고 어기적어기적 걸어가는 두열. 아저씨! 두열이 돌아보자 이수가 소리 없이 벙긋벙긋 입 모양으로 말했다. "녀석 아, 아저씨 놀리는 거냐?" 이수가 메롱 혀를 내밀곤 뛰어갔다.

'저는, 아저씨 걱정도 맨날 해요!'

응접실 탁자 위에 놓인 설진아의 상자.

"틀림없이, 예측 불가능한 인간이군요."

"틀림없이, 회복 불가능한 상처로군요."

지원우와 여순자는 턱을 괴고 상자를 뚫어져라 바라보았다.

반품

상자 위에 단호한 두 글자. 까멜리아 싸롱에서 기록 읽기를 거부한 망자는 처음이었다.

"자네답지 않았어. 고스란히 감정을 드러내다니."

"마담도, 첫눈에 알아보셨습니까?"

순자는 한숨을 내쉬며 고갤 끄덕였다.

"환생입니까?"

"분명치 않네. 우릴 전혀 모르는 눈치였어."

"그냥 닮은 정도가 아니었습니다. 완전히 똑같았어요. 얼굴도 눈빛도 목소리도. 한데 그리도 똑같은 얼굴을 하고 그리도 다를 수 있다뇨."

"얼굴이 같다고 그가 그이일린 없지 않나. 사적인 감정으로 무관한 이에게 상처를 준 건 아닌지……. 자네, 왜 그리 쌀쌀맞게 구는 건가."

"너무 같지만 너무 달라서요. 그러면서도 너무 다른 그이가 같은 이이길 바라는 마음이 너무나 가증스러워서."

"자네 마음, 내 이해는 하지만……."

"이해 못 합니다."

원우의 굳은 얼굴에 순자는 말을 거두었다. 오래 교우한 지기여도 함부로 속내를 단정할 순 없는 법. 오래 고여서 기어이 곪아버린 고통스러운 마음이라면 더더욱.

"설진아 씨가 어떤 인생을 살아왔는진 차차 알게 되겠지. 한동안은 지켜봅시다. 이해할 수 없다 해도 배려할 순 있지 않겠나. 자네에게도 그이에게도."

파르르 원우의 입술이 가늘게 떨렸다. 원우는 차올랐던 말을 애써 삼켰다.

'예. 환생이길 바랐습니다. 놀랐습니다. 속도 없이 기뻤습니다. 그러나 그이이길 간절히 바라는 마음 반대편엔 그이가 죽어버렸단 진실이 존재합니다. 얼마나 가증스러운 마음입니까. 그이가 그토록 죽기를 바란 것과 무엇이 다르단 말입니까. 저는, 저를 경멸합니다.'

축음기에서 윤심덕의 노래 〈사의 찬미〉가 흘러나왔다. 홀로 남은 원우는 벽에 걸린 샤갈의 그림을 바라보았다. 빨간 바닥 위로 둥실 떠오른 두 사람. 검은 드레스를 입은 여자에게 입 맞추는 진녹색 옷을 입은 남자.

원우는 동백역에서 마주쳤던 설진아를 떠올렸다. 진녹색 스웨터에 검은 코트와 빨간 목도리가 겹쳐지던 그때, 설진아를 안았던 순간. 너무도 익숙하게 품에 안겼던 작은 몸, 그녀의 빨간 목도리와 발그레한 얼굴, 크고 동그란 눈, 원우를 꿰뚫어 보던 새까만 눈동자.

원우는 회중시계를 열었다. 8시 20분. 멈춰버린 시계 덮개 안에 든 흑백사진. 사진 속엔 지금의 원우라고는 상상할 수 없을 정도로 환히 웃는 원우가 있었다. 그리고 목도리를 두른 여자가 원우의 손을 잡고 활짝 웃으며 서 있었다. 설진아와 똑같이 생긴 여자가, 시간이 멈춘 시계 안에서 웃고 있었다.

홍도야.

켜켜이 쌓인 시간이 세월이 되었다. 회중시계처럼 멈춰버린 원우의 심장은 오래도록 죽어 있었다. 그런데 지금은 머리부터 발끝까지 온몸에서 심장이 뛰었다. 원우는 혼란스러웠다. 내내 홍도를 기다렸다. 홍도가 한평생 복을 누리고 나이 들어 주름진 얼굴로 찾아온대도 원우는 한눈에 알아볼 자신이 있었다. 백 년을 살아도 아름다울 테니까. 그러니 백 년을 부디 평안하게 살길. 홍도가 진정 행복하길 바랐다. 훗날 홍도가 떠나는 길 쓸쓸하지 않도록, 자신은 여기서 내내 기다렸노라고 말하며 비로소 안아주고 함께 떠날 밤을 상상했다.

하나 헤어졌을 때와 똑같은 모습으로 나타나리라곤 생각하지 못했다. 원우가 선물했던 빨간 목도리를 둘러맨 채로. 홍도가 돌아온 걸까. 설진아는 주홍도의 환생일까. 그토록 기다리던 홍도는 환생했다가 결국 다시 죽어서 돌아온 걸까. 창창할 나이에 어째서.

설진아가 버리다시피 반송한 상자를 붙잡았다. 망자의 허락 없이 먼저 열어선 안 되는 봉인된 기록. 하지만 설진아의 인생을 살살이 읽어본다면 뭐라도 알아낼 수 있지 않을까. 열어야 할까, 말아야 할까. 고심하던 원우는 상자를 열었다.

설진아 僁眞我

덩그러니 설진아의 인생책이 들어 있었다. 원우는 책을 꺼내 펼쳤다. 이런. 외마디 탄식이 새어 나왔다.

모든 페이지가 텅 비어 있었다. 기록 없는 최초의 망자였다.

지호는 2층 객실 창문을 활짝 열었다.

구름 같은 이불을 걷어내자, 창밖엔 구름 같은 눈밭이 도로로 펼쳐져 있었다. 코끝 찡한 겨울 공기가 좋아서 후드를 뒤집어쓰고 바람을 쐤다. 기분이 좋았다. 죽어도 괜찮은걸. 이어폰을 타고 들리는 노래를 따라 흥얼거렸다. 눈앞엔 탁 트인 겨울 하늘, 겨울 바다, 겨울 들판, 그리고…… 겨울 곰? 지호는 창밖에서 자신을 향해 손을 흔드는 겨울 곰을 발견했다. 새하얀 눈밭 한가운데 부숭부숭한 털외투를 입은 두열이 서 있었다. 입가에 손을 모으더니 아련하게 소리치는 두열.

"지호 군…… 오겡끼데스까?"

뭘까. 저 겨울 곰처럼 커다란데 조금 많이 미련해 보이는 아저씨는. 두리번거리던 지호가 손가락으로 자신을 가리키자, 두열이 은

은한 미소를 머금으며 고갤 끄덕였다. 두 손을 모아 재차 소리쳤다. "와타시와 겡끼데스." 두열의 목소리가 아련하게 메아리쳤다.

지호에게 내려오라 손짓하는 두열, 가만 보니 등에는 커다란 도끼를 메고 있었다. 도끼 든 겨울 곰이라…… 코미디야 스릴러야. 아무튼 무서우니 내려가 보기로 하자. 지호는 대충 코트를 꿰어 입고 문밖을 나섰다.

"지호 군, 오겡끼데스까?"

"아…… 예예. 겡끼데스."

"좋습니다! 그럼 함께 가시겠습니까?"

"어딜요?"

"깊고 으슥한 숲속으로."

"왜 제가요?"

"랜덤입니다. 저랑 눈 마주쳤으니까요."

"저, 장갑도 없고, 암것도 없어요."

"다 준비했습니다. 까멜리아 싸롱 쎄뜨쎄뜨."

두열은 가방에서 주섬주섬 털장갑과 털모자, 털장화까지 꺼냈다. 생각보다 철두철미한 곰이었어.

"아자아자, 가즈아! 지호 군."

지호는 얼결에 두열을 따라 겨울 숲으로 향했다.

쳇, 벌써 다들 친해진 모양이야.

설진아는 두열과 지호를 힐끔 내려다보았다. 진아는 좀이 쑤셨다. 시계도 없고 스마트폰도 불통인 방에 틀어박혀 있자니 시간이 얼마나 흘렀는지도 알 수 없었다. 제법 중요해 보이는 상자를 반품시킨 데다가 여러 번 문틈으로 보내온 이수의 쪽지를 무시한 마당에 아무렇지 않게 문밖으로 나갈 순 없었다.

그러니까 이게 다 그 남자 때문이야. 지원우, 그 재수 없는 남자 때문에. 생각할수록 괘씸했다. 인생이 시시하다고? 죽어서 유감이라고? 사람이 죽었는데? 잠시나마 다정하다 느꼈던 그의 목소리와 눈빛이 순식간에 얼어붙었다. 돌이켜 보면 진아를 처음 본 순간부터 그는 크게 동요했다. 처음부터 진아가 마음에 들지 않았던 것 같은데…… 그런데 왜? 지원우, 그 남자는 진아에게만 쌀쌀맞게 구는 걸까?

머리를 식히자. 차가운 창문에 이마를 댔다. 죽었는데도 차가운 감각은 느껴지네. 차갑다, 차가워. 차가우니까 차가운 지원우의 얼굴이 다시 떠올랐다. 진짜 미치겠네.

그때 노크 소리가 들렸다.

"진아 씨, 내려와서 따뜻한 것 좀 마실래요?"

"……"

"진아 씨, 할 얘기가 있어서요."

다정한 유이수의 목소리. 진아는 대답하지 않았다. 굳이 모두에게 반감을 가질 필요도, 불친절할 필요도 없었다. 그저 웃으며 대화해도 괜찮을 텐데. 그런데 이상했다. 진아는 그게 어려웠다. 어디서부터 어떻게 풀어야 할지 몰랐다. 여기가 일터라면 그냥 방긋 웃으며 문을 나설 수 있을 텐데……. 웃음으로 속내를 감추고, 웃음으로 돈을 벌 수 있으니까. 쉬운 일이었다. 그런데 왜 여기선 문을 나설 수 없는 걸까?

바깥이 조용해졌다. 이수는 간 걸까. 착한 애한테 괜한 상처를 주는 건 아닐까. 문득 진아는 깨달았다. 여기엔 돈도 명품도 고객도 없었다. 그냥 사람과 사람뿐이었다. 돈으로 상호 교환이 이루어지지 않는 인간관계 앞에서 진아는 막막했다. 문을 열고 나가서 사람들에게 인사를 건넨다. 어떻게? 어떤 표정을 짓지? 무슨 얘길 해? 진아는 유리창에 머리를 쿵 박았다. 대체 나 어떻게 살아온 거야. 그때, 당찬 목소리가 튀어나왔다.

"언니! 언니, 괜찮아요? 답답해서. 저 그냥 언니라고 부를게요. 언니! 걱정돼서 그래요. 언니 살아 있죠? 아니, 우리 죽었지. 암튼 언니! 거기 있죠?"

"어어…… 있어."

"잘 있는 거죠?"

"어어…… 잘 있어."

"다행이다. 언니! 나와요. 같이 가요."

"……어어?"

"언니! 문 잡고, 문 열고, 문밖으로 나와요. 안에서는 아무 일도

일어나지 않아요. 문도 마음도 혼자 닫아버리지 마요. 저랑 같이
가요. 괜찮아요, 언니."

괜찮아요. 이수의 그 한마디가 열쇠 같아서, 마침내 진아는 문
을 열었다. "언니!" 이수가 활짝 웃으며 진아를 반겼다.

묵직한 문을 열자 서늘한 기운이 끼쳤다. 문틈으로 한 줄기 햇
살이 가로 비치자 부유하는 먼지 사이로 수북한 책 더미가 드러났
다. 인생책을 관리하는 사서의 집무실은 그야말로 압도적이었다.
수백 개쯤 되어 보이는 크고 작은 시계와 수천 권쯤 되어 보이는
책. 그리고 높은 천장을 향해 커다란 나무처럼 뻗어 있는 빽빽한
책장. 거기 위태롭게 걸쳐진 사다리에 지원우가 걸터앉아 책을 읽
고 있었다. 흰 셔츠에 고동색 코듀로이 바지, 멜빵을 걸치고 가죽
워커를 신은 원우. 외눈 안경을 걸쳐 쓴 채로 책에 푹 빠져 있었다.

"사서님!"

"이수."

사다리에서 훌쩍 뛰어내린 원우가 이수를 반겼다.

"마담 심부름이요. 차 드시면서 쉬엄쉬엄 하시래요."

"고맙다."

원우가 이수의 앞머리를 헝클어뜨리며 웃었다. "아잇, 앞머리
는 안 된다니까요." 장난스럽게 이수의 앞머리를 재차 헝클어뜨
리는 원우. 마치 여동생을 대하듯 사랑스러운 눈빛이 다른 사람

같았다. 그런 원우의 모습에 놀란 건 진아였다.

"그리고…… 여기요, 진아 씨. 임무 완료! 그럼 저는 이만."

문가에 선 진아를 발견한 원우의 얼굴에서 웃음기가 사라졌다. 이수가 등을 떠밀자 진아는 다급히 소곤거렸다.

"야, 너 같이 가자며."

"오늘은 여기까지, 같이."

이수는 눈을 찡긋거리더니 재빨리 문을 닫고 사라졌다.

조용한 집무실. 집무실이라고 하기엔 온통 책으로 뒤덮인 거대한 도서관에 가까웠다. 진아는 어색했다. 원우를 마주하면 뭘갈 한바탕 쏟아낼 줄 알았는데, 여기서 마주한 지원우는 또 다르게 보여서 아무 말도 할 수 없었다.

"푹 쉬셨습니까?"

"덕분에요."

"기분은 어때요?"

"죽은 사람치곤 꽤 좋네요."

"달라 보이시네요."

"그쪽도 달라 보이시네요."

하나로 질끈 묶은 긴 머리, 흰 니트에 청바지, 그리고 운동화 끝. 진아의 평소 차림은 간소했다. 원우가 가볍게 고갤 숙였다.

"먼저 사과합니다. 진아 씨에게 무례했습니다."

"저도 사과합니다. 무례하게 '아저씨'라고 불렀네요."

이게 아닌데, 비꼬려던 건 아니었는데……. 진아는 이상하게 원우를 마주 대하기가 어려웠다. 냉큼 화제를 바꿔 서가를 두리번거렸다.

"책이 엄청나게 많네요. 다독가신가 봐요."

"사서입니다. 저는 중천에 찾아온 망자들의 인생책을 읽어줍니다."

"인생책이요?"

"한 사람의 일생의 기록을 모은 책입니다. 한 사람이 살아온 일대기가 백과사전처럼 기록되어 있죠. 까멜리아 싸롱에 머물렀던 망자들의 모든 기록이 여기 있습니다."

"인생 도서관. 뭐 그런 거네요."

"그렇습니다. 죽음, 선물, 후회, 비밀, 위로, 희망, 선택. 나름의 분류 체계로 정리되어 있습니다."

"근데 정리라는 의미를 제대로 정리하지 못하신 것 같은데요. 정리라기엔 너저분하게 쌓여 있는 것 같아 보여서."

"다들 나름의 체계가 있습니다."

"이걸 어떻게 다 찾아 읽어요?"

"그게 바로 제 능력입니다."

"그러시구나. 제 책도 여기 있나요? 어딨죠? 한번 읽어보고 싶네요."

설핏 웃음이 새어 나왔다. 원우가 처음으로 인간적으로 보였다.

빈틈 하나 없이 까칠해 보이는 사람이 정리 정돈엔 영 꽝이었다. 그러고 보니 덥수룩하게 앞머릴 내리고 멜빵 맨 바지에 동그란 외눈 안경을 걸쳐 쓴 오늘의 원우는 뭐랄까…… 요즘 말로 치면 너드미 넘친달까. 스타일은 수수한데 얼굴은 수려해. 수려한데 똑똑해. 똑똑한데 어리숙해. 꾸밈없고 사회성 없고 사교성 없고 낯가리는 책벌레. 아, 후드티 하나 사주고 싶다. 후드를 뒤집어쓴 원우를 상상하자, 귀여웠다. 아, 것도 내 취향인데. 진아는 힐끔 원우를 훔쳐보았다. 어리숙한 모습이 문득 귀여워 보였다. 위험해. 귀여워 보이면 끝인데.

"앉으시겠어요? 설진아 씨 인생책과 관련해서 드릴 말씀이 있습니다."

타자기와 만년필, 책과 문서가 너저분하게 쌓여 있는 탁자. 원우는 책들을 대충 옆으로 스윽 밀어내고 마담이 보내준 차를 올렸다. 검은 고양이가 타자기 옆에 웅크린 채 진아를 빤히 올려다보았다.

"바리가 여길 좋아합니다."

원우가 바리를 쓰다듬었다. 바리가 새침하게 진아를 흘겨보더니 하품을 했다. 원우와 진아가 마주 앉았다.

"반품하신 상자는 잘 받았습니다. 혹시 상자 안에 든 내용물은 확인하셨습니까?"

"빈 노트 하나 들어 있던데요."

"비었습니까? 정말 비어 있던가요?"

"네. 그냥 아무것도 없는 빈 노트였어요."

"아무것도 읽을 수 없던가요?"

"텅 비어 있는데 뭘 어떻게 읽어요?"

정말 비어 있었냐니. 이상한 질문이었다.

"설진아. 본인 이름 맞습니까?"

"네."

"생년월일은 어떻게 됩니까?"

"네?"

"출생지는요? 혹시 기억나십니까?"

"……뭐 하시는 거죠?"

"대답해 주시면 감사하겠습니다."

취조하듯 이어지는 이상한 질문들. 원우가 너무 진지해서 진아
는 으스스해졌다. 혹시…….

"아저씨, 저승사자죠?"

드라마에서 봤었다. 저승명부에서 이름과 태어난 날을 확인하
고선 망자를 데려가는 저승사자. 저승사자는 잘생겼다지. 망자를
저승으로 수월하게 데려갈 수 있게 망자의 취향저격 맞춤형 미남
이라던데. 믿거나 말거나. 근데 이 아저씨 잘생겼잖아. 오늘따라
내 취향이잖아. 나 죽었다며. 나 저승으로 데려가는 건가.

"아닙니다."

70

"아저씨도 죽었잖아요."

"아저씨 아닙니다."

"아저씨 저승사자 맞죠?"

"아닙니다."

"아저씨도 죽었어요?"

"죽었습니다."

"아저씨 귀신이에요?"

"따지자면 귀신 쪽에 더 가깝습니다."

"아저씨 도서관 귀신이에요?"

"아저씨 아닙니다. 그리고 사서, 입니다."

다행이다. 저승사자는 아닌 걸로. 진아는 안도했다.

"질문에 답해주시면 좋겠습니다. 진아 씨의 생년월일. 가족은 요? 살았던 동네는요? 다녔던 학교는요?"

"저는, 백화점에서 일해요. 그전에도 늘 일하느라 바빴고요."

"그리고 또 기억나는 것들은요. 진아 씨, 지금 몇 살인가요?"

"스물다섯 살이요. 그리고……."

이상했다. 갑자기 기억이 흐릿했다. 스물넷, 스물셋, 스물둘, 스물하나, 그리고…… 양미동에 살기 전에 난 어떻게 살았더라. 어지러웠다. 그 이전의 기억들은 아무리 해도 생각이 나질 않았다.

"모르겠어요. 어지러워요. 시공간이 뒤틀려서 그런 걸까요?"

"진아 씨."

원우의 낮은 목소리.

"진아 씨의 인생책에 아무 기록이 없습니다."

"왜요?"

"아무래도 전생의 기억을 모두 상실한 것 같습니다."

원우의 목소리는 묘하게 서글펐다.

"그렇구나…… 그랬구나."

진아는 덤덤했다. 예상치 못한 반응이었다.

"……괜찮습니까?"

예측 불가능한 인간. 기억을 상실한 망자. 도무지 예상할 수 없고 아무래도 알 수 없는 여자. 정체도 인생도 마음도 무엇 하나 알 수 없기에 원우는 진아가 걱정스러웠다. 아무리 허망한 인생이라도 고유한 기억이야말로 인간을 인간답게 만든다. 그 기억 덕분에 죽음 이후에도 자기 자신으로 존재할 수 있다. 그러나 설진아는…… 아주 중요한 걸 잃어버린 것 같은데, 잃어버린 것이 무엇인지조차 몰랐다. 주홍도와 같은 얼굴로 자신 앞에 멍하니 앉아 있는 설진아. 뭐라 형언할 수 없는 마음이 일렁였다. 안타깝고 가련했다. 생각보다 너무 덤덤해서 더욱 염려되었다.

"비싼 신발도요. 처음 신었을 땐 발이 아파요."

"네?"

"악착같이 돈 벌었던 기억만 나요. 죽기 전에 저는 정말 열심히 일만 했나 봐요. 그때, 없어 보이는 게 싫어서 그렇게 번 돈으로 되게 비싼 구두를 샀어요. 비싼 고급 신발은 발도 안 아프겠지 싶었는데, 싸구려 신발이랑 똑같더라고요. 어쩌면 비싼 신발을 신고도 너무 많이 걸어서 아팠던 걸지도 모르죠. 저는 정말, 너무 많이 걸어야 했으니까. 까진 뒤꿈치에 밴드를 붙이고 절뚝거리면서도 꾹 참고 일했어요. 근데요. 제 발이 까지고 조이고 퉁퉁 붓고 아물어 신발에 맞춰질 때까지도, 아무도 저한테 그런 말을 해준 적이 없었어요."

진아가 고개를 들어 원우를 마주 보았다.

"괜찮아요? 괜찮아요. 괜찮습니까? 여기선 하루에 세 번이나 듣네요."

"괜찮습니까?"

"이제 네 번."

"……괜찮아질 겁니다."

"다섯 번. 여긴 틀림없이, 좋은 곳이네요."

물기 어린 눈으로 진아는 활짝 웃었다.

"괜찮은 것 같아요, 저는."

동백섬의 밤. 오랜만에 눈이 그치고 청량한 밤하늘에 환한 달이 떠올랐다. 만월이었다.

"훌륭한 나무군요."

응접실에 우뚝 솟은 크고 탐스러운 구상나무를 올려다보며 순자와 복희가 감탄했다.

"어쩜, 완벽한 크리스마스트리가 되겠어. 복희 씨, 여기에 장식을 걸 거예요."

"영화에서나 보던 크리스마스트리 같네요. 이걸 둘이서 옮겼다고요?"

지호가 대답했다.

"저는 거들기만 했어요. 두열 아저씨 이 세상 괴력이 아니에요. 아저씨 히어로인가요? 헐크 같은? 아니, 산 사람은 아니니까 토르 같은?"

"지호 군, 마두열에게 반한 것인가."

가슴팍을 팡팡 두드리며 우쭐해하는 두열 옆에서 이수가 새초롬히 대꾸했다.

"그나마 신문물을 접해본 신참 직원 입장에서 말씀드리자면, 여기 사람들은 헐크나 토르를 몰라요. 본 적이 없으니까. 음……뭐랄까. 이해하기 쉽게 한국적 재해석을 해보자면요. 두열 아저씬 임꺽정과 매우 흡사한 관상이죠."

"이수, 너 이 녀석!"

"어므나, 그러네. 우락부락하니 마두열 씨는 임꺽정 상이었구나."

박수 치는 복희 곁에서 이수가 흡족하게 웃었다.

"어쨌든 두열 아저씬 히어로 맞아요. 전생에 사람을 아주 많이 구했으니까."

여러분은 모두 죽었습니다. 진실을 접한 웰컴 티타임 이후 처음으로 망자들이 한자리에 모였다. 죽은 자들의 모임은 음산하긴커녕 들뜬 생기마저 넘쳤다. 꽉 찬 만월의 기운인 걸까.

달을 올려다보던 진아의 시선이 창가에 놓인 피아노로 옮겨 갔다. 서늘한 피아노 건반을 손끝으로 쓸어볼 때, 이수가 다가왔다.

"언니, 쳐봐도 괜찮아요."

"난 피아노 칠 줄 모르는 것 같은데."

"마음껏 만져봐도 괜찮다는 얘기예요. 눌러봐야 소리가 나니까."

"넌 참 멋지다, 이수야."

"예? 제가요?"

"그런 게 있어. 우리가 전생에 만났다면 난 널 참 좋아했을 거야."

"모르죠. 우리가 이미 만나봤었는지도."

생글거리는 이수 곁에서 진아는 건반을 눌러보았다.

도. 오래된 피아노였지만 깊고 묵직한 감각과 진동이 손끝에 느껴졌다. 낯설지만 자유롭고 이상하지만 편안한 다른 세계가 열리는 느낌. 마치 이 공간처럼. 도레 도레. 진아는 마음을 열고 조심스럽게 건반을 눌러보았다.

사람들과 떨어진 구석에서 축음기를 살피는 창수에게 원우가 다가갔다.

"창수 씨, 혹시 축음기 만져본 적 있습니까?"

"아뇨."

"이 축음기, 아마도 창수 씨와 동년배이지 않을까 싶습니다. 다루는 방법을 알려드릴게요. 오늘은 이 노래가 좋겠네요."

원우가 기괴한 장난감 병정 그림이 그려진 LP를 꺼냈다. 흠흠. 헛기침으로 대답하는 창수에게 축음기 작동법을 알려주었다.

"레코드판이 돌아갈 때 조심스럽게 바늘을 올리면 됩니다."

뭉툭한 창수의 손은 의외로 날렵하고 섬세하게 축음기를 작동시켰다.

"잘하셨어요. 역시 장인의 손길은 다르군요."

창수가 놀란 기색을 보이자 원우가 미소 지었다.

"저는 인생책을 읽는 사서니까요. 구창수 씨의 인생책도 완독했습니다. 앞으로 듣고 싶은 노래가 있다면 언제든 찾아서 들으시면 됩니다."

팔각 나팔 원통에서 지지직거리며 노래가 흘러나왔다. 크리스마스 감성 가득한 환상적인 무드의 클래식.

"차이코프스키의 〈호두까기 인형(The Nutcracker)〉입니다, 마담."

"오늘 분위기에 적격인 주제곡이네요."

순자와 원우가 나란히 섰다. 순자가 목소리를 가다듬었다.

"여러분, 이상하게 기분이 좋죠? 이승의 시간으로 오늘은 동지. 1년 중에 가장 긴 밤, 게다가 만월이 떠올랐으니 그야말로 음기가 가득한 망자들의 밤입니다. 까멜리아 심야 기담회를 열어볼까요?"

"죽은 이들이 한데 모여 이상하고 무서운 이야기를 밤새워 나눌 겁니다. 고요한 밤, 이상한 밤, 귀신들이 모여 귀신 얘기 나누는 즐거운 밤이랄까요."

"따뜻한 팥죽 먹으면서 밤새도록 무서운 얘기나 나누자고요."

순자와 원우의 눈빛이 형형하게 빛났다.

"여기, 둘이 먹다가 하나가 죽어도 모를 팥죽입니다. 복희 씨가 도와줘서 수월하게 준비할 수 있었어요."

"예스, 마담." 복희가 장난스럽게 대답했다.

"복희 씨, 그새 여기 망자 다 됐네요."

김이 폴폴 나는 검붉은 팥죽이 모두 앞에 한 그릇씩 놓였다. 걸쭉한 팥죽에 눈알사탕 같은 새알이 몽글몽글 담겨 있었다. 지호가 물었다.

"귀신들은 팥 무서워하지 않나요?"

"예에? 제가 한 입 먹어보겠습니다, 지호 군."

두열이 팥죽을 한 숟가락 와앙 떠먹었다. 오물오물 팥죽을 음미하는 두열. 으어엇, 순간 두열이 가슴팍을 부여잡았다. 미간을 잔뜩 구기더니 눈을 커다랗게 뜨고선 밭은 숨을 뱉었다.

"너어무…… 맛있어요."

"팥 따위 귀신한텐 아무런 타격 없습니다. 이 앙증맞은 새알 좀 봐. 어서들 들죠."

응접실에 둘러앉아 다 같이 따뜻한 팥죽을 떠먹었다. 맛있네요. 너무 맛있네요. 죽어서 팥죽을 먹어볼 줄은. 기묘하네요. 기묘하군요. 팥죽은 다디달았다. 순자가 연신 감탄했다.

"복희 씨 팥죽 어쩜 이래?"

"제가 소싯적 꽤나 알아주던 찬모였습니다. 아! 미미 할머니라고, 시장통에서 유명한 얘기가 있어요."

"미미 할머니요?"

"어므나, 미미 할머니 몰라요?"

"모르는 얘기도 무서운 얘기도 아무렴 환영입니다."

"자, 미미 할머니가 누구냐 하면……."

복희가 목소릴 낮추고 이야기를 시작했다. 고양이 바리가 순자의 무릎 위로 올라가 몸을 말았다. 모두들 귀를 기울였다.

"옛날 옛적에 시장통서 굉장히 유명한 만둣국집이 있었대요. 밤낮으로 손님들이 바글바글해 가지고 문지방이 반들반들했다지. 여가 어지간히 꼬장꼬장한 할머니가 차린 만둣국집이었는데요. 근데 참으로 희한한 것이 할머니가 그리도 꽁꽁 숨어서 음식을 만들더래요. 자식들한테도 만드는 법 한번 알려준 적 없고. 그러니까 사람들이 만둣국 비법이 궁금해 죽겠는 거야. 거 할머니가 밤마다 만두피에다가 뭐를 섞는다 카더라, 만두소에다가 이상한 거를 넣는다 카더라. 국물에 뭘 탄다 카더라. 카더라 카더라 하는 순 괴이한 말들이 돌기 시작했지요. 근데 어느 날 갑자기 이 할머니가 풀썩 쓰러진 거야. 죽을둥 말둥 사경을 헤매다가는 또 하루 아침에 벌떡 일어나더니 그때부텀 막 그래. '미미 미미…… 미미 미미……' 이상한 말만 하더라는 거야."

미미 미미…… 미미 미미……. 두리번거리며 할머니 목소리를 따라 하는 복희. 오싹했다.

"아니, 근데 이 할머니가 다시 일어나 만든 만둣국이 완전히 대박이 난 거야. 어느 정도냐면 '돌아가신 울 엄마가, 울 할매가 해준 맛이에요'람서 사람들이 막 솔짝솔짝 울면서 돌아가더래요. 그때부텀 이 할머니를 '미미 할머니'라구 불렀다 그래요. 근데 미미 할머니도 나이가 많잖아. 진짜로 할머니가 이제 돌아가실 때 된 거야. 그니까 자식들이 옷자락 붙잡고서 물어봤대요. '어머님, 제발 비법 좀 알려주세요.' 미미 할머니는 숨이 요로케 꼴딱꼴딱 넘어가는데도 내내 그 말뿐이야. '미미 미미…… 미미 미미……' 그러다가 딱 한 마디 남기고 눈감으셨다고. 자식들 죄 쓰러졌다지. 그 후론 시장통서 불 꺼진 식당에 미미 할머니 귀신이 나타나서는 말해준대요. 만둣국 비법을."

미미 미미…… 미미 미미……. 주위를 둘러보는 복희의 가늘고 섬뜩한 목소리.

"미미 미미……. 미미 미미…… 미원!"

와. 침묵 속에 터져 나오는 탄식들.

"할머니들은 미원 못 참지."

"암요. 감칠맛은 미원이지."

픕. 푸하하하. 복희와 망자들은 함박웃음을 터트렸다.

"그럴싸했습니까, 마담?"

"어쩜 좋아. 복희 씨, 아주 무서운 사람이었네."

순자가 눈물까지 꾹 찍어 누르며 대답했다.

때마침 축음기에서 〈호두까기 인형〉 중 '사탕요정의 춤'이 흘러
나왔다. 달짝지근한 팥죽 내음과 달콤 음산한 노래가 흐르는 까멜
리아 싸롱.

"이번엔 정말로 으스스한 이야기, 제가 하나 해드릴까요?"

이수가 입을 열었다.

"옛날에요. 어떤 아빠랑 어린 딸이 공원에 놀러 갔대요. 두 사람
은 즐겁게 놀다가 벤치에 앉아 아이스크림을 먹었죠. 아빠는 기분
이 이상했어요. 실은 어릴 때 여기서 아주 기묘한 일을 겪은 적이
있었거든요."

이수의 목소리에 모두 귀를 기울였다.

"어렸을 때 아빠는 친구랑 여기서 캐치볼을 하다가 헤어지곤
했어요. 그러던 어느 날, 집으로 돌아가던 친구가 떨어지는 공을
줍다가 계단에서 미끄러져 죽어버린 거예요. 소식을 전해 듣고서

공원 벤치에 앉아 괴로워하던 아빠 발밑으로 데굴데굴, 친구랑 캐치볼 하던 공이 굴러오더래요. 그래서 공을 주웠는데 그 순간, 죽었던 친구가 다시 눈앞에 서 있더래요. 친구가 죽기 전 어제의 공원으로 돌아가게 된 거죠. 이제 어쩌면 좋을까요?"

"친구를 구해야죠."

모두 한목소리로 대답했다.

"그래서 아빠는 친구를 구했어요. 계단에서 미끄러지지 않도록 같이 계단을 내려가 친구와 웃으며 헤어졌어요. 친구를 살렸다고 안도했죠. 그런데 그날 저녁에 전화가 걸려 왔어요. 친구가 집에 가던 길에 교통사고로 죽었다고. 이번에도 친구는 죽고 말았죠. 그리고 다음 날, 공원 벤치에 괴로워하며 앉아 있는 아빠에게 다시 데굴데굴, 공이 굴러왔어요."

"설마. 또다시?"

진아의 물음에 이수가 고갤 끄덕였다.

"맞아요. 굴러온 공을 줍자 다시 친구가 눈앞에 서 있고, 아빠는 다시 친구를 구했어요. 그런데 아무리 다시 구해도 친구는 계속 죽는 거예요. 아무리 애를 써도 점점 더 큰 비극이 일어나 죽게 되었죠. 다시 또다시 노력해도 친구를 구할 수 없었어요. 결국, 집에 불이 나서 친구의 가족들까지 죽어버렸을 때, 아빠는 깨달았어요. 나는 아무것도 할 수 없구나. 그래서 다음 날, 다시 눈앞에 나타난 친구에게 아빠는 울면서 소리쳤어요. '미안해. 아무리 해도 안 돼.

정말 미안해.' 원래대로 친구가 계단에서 떨어져 죽은 다음 날, 아빠는 더 이상 공을 줍지 않았어요."

아무리 시간을 돌이킨다 해도 소중한 사람을 구할 수 없다면.

"그런 슬픈 기억을 잠시 떠올리면서 아빠는 아이스크림을 먹었어요. 이제 예쁜 딸도 곁에 있고 이렇게 행복한 시간을 보내고 있으니까 괜찮다고 안도했죠. 그런데 그때, 아이스크림을 먹던 딸이 갑자기 눈물을 뚝뚝 흘리더래요. 딸이 울면서 그래요. '아빠, 미안해. 아무리 해도 안 돼. 정말 미안해.'"

찬물을 끼얹은 듯 오싹해졌다. 무섭고도 슬픈 이야기였다.

"어린 딸도 똑같이 아빠를 계속 구했던 거예요. 그날 아빠는 죽게 될 운명이었고, 아무래도 아빠를 구할 수 없다면, 어쩌면 좋을까요? 슬프죠……. 전생에 어떤 소설에서 읽었던 이야기예요. 그런데요. 원래 책에는 딸이 등장하지 않아요. 그러니까 이건 그냥…… 제 얘기예요."

이수는 말을 이었다.

"그러니까 제가 여섯 살 때, 오늘 같은 겨울밤이었어요. 저는 아이스크림이 먹고 싶다고 마구 울었고, 아빠는 아이스크림을 사러 나갔죠. 그날따라 제가 좋아하는 아이스크림을 파는 가게가 없었어서, 아빠는 다음 역까지 걸어갔어요. 드디어 딸이 좋아하는 아이스크림을 발견하곤 바닐라, 초코, 딸기 맛까지 모두 사들고 돌아왔어요. 영하의 겨울밤, 길은 얼어붙었고, 마침 과로로 졸던 트럭 운전사가 그 길을 지나고 있었어요. 졸음운전으로 비틀거리던 트럭은 빙판길에 미끄러져 순식간에 아빠를 덮쳤죠. 아빠 손에는 아이스크림이 한가득 담긴 비닐봉지가 들려 있었어요."

그늘진 이수의 얼굴이 가늘게 떨렸다.

"아빠의 부재를 실감할 때마다 머릿속으로 몇 번이고 시간을 돌려 아빠를 구해봤어요. 겨울이 아니었다면, 밤이 아니었다면, 바닥이 얼어붙지 않았다면, 트럭 운전사가 졸지 않았다면, 아이스크림이 어느 가게든 있었다면, 아빠가 집을 나서지 않았다면. 결국, 내가 떼쓰지 않았다면, 그랬다면 아빠는 죽지 않았을까. 수백 번 시간을 다시 되돌렸어요. 그런데 아무리 해도 안 돼요. 저는 아빠를 구할 수가 없어요. 아빠와 헤어진 때가 고작 여섯 살이라서, 아빠 얼굴도 잘 기억나지 않거든요. 나 때문에 아빠가 죽었는데 어떻게 그럴 수가 있을까. 그게 너무 미안했어요. 어쩌다 꿈에 아빠처럼 보이는 사람이 나타나면 '아빠, 미안해. 아무리 해도 안 돼. 정말 미안해'라며 울었어요. 저한텐 그게 유일한 기회였거든요. 아빠에게 미안하다고 사과할 기회요."

복희는 조용히 울고 있었다. "아유, 미안해요. 미안해요" 속삭이면서. 순자와 두열, 원우는 이미 알고 있던 이수의 이야기를 다시 말없이 들어주었다. 울먹이더라도 끝까지 자신의 이야기를 고백하는 용기 있는 이수를 바라보면서. 진아가 나직하게 말했다.

"이수 잘못이 아니야. 아빠를 선명하게 기억하지 못하는 것도,

여섯 살짜리가 아이스크림을 먹고 싶었던 것도 잘못이 아니야. 내가 이수가 해준 이야기 속 딸이었다면, 그래도 다시 한번 아빠를 만나러 갈 거야. 꿈에서라도 아빠를 만나러 가서, 같이 벤치에 앉아서 맛있게 아이스크림을 먹을 거야. 아빠에게 한 번이라도 더 웃어주고, 아빠를 한 번이라도 더 안아주는 게 최선이지 않았을까. 우리에게 주어진 삶이 단 하루라면, 나는 웃으면서 보내고 싶어. 내가 다른 사람의 인생을 구할 수 없다면, 그냥 우리에게 주어진 하루라도 구하고 싶어. 아빠도 그러길 바라지 않으셨을까."

돌처럼 꿈쩍하지 않던 창수도 말을 보탰다.

"나도 자식을 키워봤습니다. 아버지는 자신이 오늘 죽을 거란 사실보다 딸애가 우는 게 슬펐을 겁니다. 마찬가집니다. 이수 씨의 아버지도 마지막까지 딸을 걱정했을 겁니다. 꿈에서나마 딸을 만난다면 행복한 시간을 보내고 싶을 겁니다."

이수의 눈에 눈물이 고였다.

"고맙습니다. 그 마음을 여기 와서야 알게 되었어요. 아무에게도 털어놓을 수 없는 얘기였거든요. 그래도 제가 죽어보니까, 까멜리아 싸롱에 와서 죽은 이들을 만나보니까, 마음이 좀 홀가분해졌어요. 우리 아빠는 좋은 사람이었으니 분명 이렇게 좋은 곳에 머물다 갔을 거라고, 그렇게 생각하니 마음이 놓이더라고요."

"아무렴. 이수 아버님이 오셨다면 객실장이 최고급 이불을 마련해 드렸을 거야."

두열의 목소리가 다정했다. 복희가 우악스럽게 눈물을 닦으며 말했다.

"너무 울어버려서 죄송해요. 저도 딸을 키워봤습니다. 세상 어떤 보배보다 귀한 딸이었죠. 저였다면 다행이라고 기뻐했을 거예요. 딸이 아니라 내가 죽어서 다행이라고. 아무리 시간을 돌이켜봐도 죽을 운명이라고 했죠. 하지만 만약에 내 딸이 죽을 운명이라면, 저는 가만 안 둡니다. 우리 둘을 쇠사슬로 칭칭 묶어서라도 딸애를 안고 업고 다닐 거예요. 절대로 떨어지지 않아요. 그래도 결국 죽어버릴 운명이라면 같이 죽을 겁니다. 죽는 순간까지 딸애를 끌어안고 지켜줄 겁니다. 내 새끼 절대 혼자 죽게 못 돼요. 저 죽는 건 하나도 안 무서워요. 내 새끼 아플까 봐, 아파서 울까 봐, 그게 무섭습니다. 부모 마음이 그래요."

축음기에서 흘러나오던 노래마저 멈췄다.

조용했다. 잠시 아무도 말이 없는 고요하고 기묘한 침묵.

"천사가 지나갔네요."

순자가 읊조렸다.

"프랑스에선 대화 중에 잠시 침묵이 찾아올 때 '천사가 지나간다'라고 한대요. 우린 어떤 존재일까요. 우린 어디쯤 머무르고 있을까요. 우리는 어디로 갈까요. 삶도 죽음도 가혹한 운명도, 그리고 우리도 지나갑니다. 우린 우리 주위를 둘러싼 것들을 모두 이해하지 못해요. 단지 지나가는 존재일 뿐이니까요. 그러나 잠시 천사처럼 고요하게 침묵하며 들어줄 순 있습니다. 이해할 수 없는 저마다의 이야기를. 인간도 귀신도 천사도 아닌 우리들이 오늘 밤 여기에 함께 있다는 것이 위안입니다."

"고요한 밤, 기묘한 밤, 천사가 지나가는 밤이네요. 마담, 노래를 바꿔볼까요?"

"좋죠, 원우 씨."

원우가 노래를 재생시켰다. 윌리엄 볼컴의 〈우아한 유령(Graceful Ghost)〉. 경쾌하게 미끄러지는 피아노 선율 위로 쓸쓸한 바이올린 선율이 떠돌았다. 유령이 허공을 떠돌며 우아하게 춤추는 것처럼.

"오멜라스 이야기 아시나요?"

웃음기를 지운 지호가 안경을 고쳐 올렸다.

"이 얘기가 여러분에게는 어떨지 궁금해서요. 세상 어딘가에 '오멜라스'라는 아름다운 도시가 있었어요. 온화한 날씨와 푸른 들판, 그리고 잘 관리된 예쁜 집들마다 사람들의 웃음소리가 흘러넘쳤죠. 사람들은 오멜라스에서 행복하게 살고 있었어요. 풍요롭고 아름답고 평화롭고 행복한 도시, 그야말로 상상에나 존재할 법한 유토피아 같은 곳이었죠."

그간 말수는 적었어도 서글서글했던 지호가 조금 달라 보였다. 나직한 목소리가 냉랭하게 느껴진달까.

"그런데 오멜라스에는 비밀 하나가 숨겨져 있었어요. 모두가 알고 있지만 애써 외면하는 비밀. 아름다운 도시 어딘가, 창문도 없는 어느 지하실 방에 한 아이가 갇혀 있어요. 아무도 돌보지 않는 그 아이는 짐승처럼 살아가고 있죠. 아이도 처음 갇혔을 땐, 간절히 빌었대요. '잘할게요. 제발 내보내 주세요.' 하지만 아무도 듣지 않았죠. 아니, 듣고도 모른 체했어요. 홀로 너무 오랫동안 어둠 속에 갇혀 있던 아이는 결국, 웃음도 울음도 감정도 말도 전부 잊어버리고 말았어요. 도무지 인간처럼 보이지 않는 모습으로 종일 지하실에 웅크려 있었어요."

"당장 그 앨 찾아서 구해야지." 두열이 얼굴을 구겼다.

"그럴 수 없어요. 왜냐면 오멜라스의 비밀은, 오멜라스의 아이가 아니라 오멜라스에 사는 사람들이었으니까요. 아주 끔찍한 비밀. 오멜라스에 사는 행복한 사람들은 아이가 지하실에 갇혀 있다는 사실을 알고 있어요. 자라면서 배우거든요. 저기 어느 지하실에는 불행한 아이가 살고 있다고. 그 아이 덕분에 우리는 행복할 수 있다고. 심지어 아이를 찾아와서 분노하고 슬퍼하기도 하면서 눈물 흘리는 사람들도 있죠. 아이를 위해 뭔가 해주고 싶지만 해줄 수 있는 일은 없어요. 아이를 밝은 곳으로 데리고 나온다면, 아니, 아이에게 친절한 말 한마디만 건네더라도, 당장 그 순간부터 지금껏 오멜라스 사람들이 누려온 모든 기적 같은 행복은 순식간에 사라져 버리고 말 테니까. 그게 이 도시의 계약이자 비밀이었어요."

"계약?" 이수가 되물었다.

"한 아이를 희생시킴으로써 모두가 행복해지는 것. 한 사람의 완벽한 불행을 담보로 나머지 전체가 완벽하게 행복해지는 계약. 그 엄격한 계약으로 오멜라스에 사는 사람들은 행복할 수 있었어요."

"아이가 희생양인 건가. 그건 너무…… 끔찍하잖아." 진아가 말했다.

"그렇지만 한 사람만 희생하면 나머지 전체가 행복할 수 있죠. 궁금해요. 만약에 여러분이 오멜라스에 산다면 어떻게 하실 것 같나요?"

이수가 지그시 관자놀이를 눌렀다.

"아이를 구하고 싶지만, 저로 인해 모두가 불행해지길 원치는 않아요. 솔직히 주저하겠죠. 그러면서도 아이의 불행을 담보로 행복한 내 삶이, 아이를 구하지 못하고 주저하는 나 자신이 너무 부끄럽고 환멸 날 것 같아요. 솔직히 저라면 오멜라스를 떠날 거예요. 일단 떠나서 다른 방법을 도모할 수 있지 않을까……."

그때, 복희가 단호하게 대답했다.

"그런 말도 안 되는 행복이 어딨어요. 저는 그 아일 데리고 떠날 겁니다."

"그럼, 모든 사람이 불행해질 텐데도요? 내 가족들과 아이들도 모두."

"애부터 구해야죠."

"그런데요. 아이를 구한다 한들, 인간다움을 잊어버리고 짐승처럼 퇴보한 아이는 이미 늦어버린 거 아닐까요? 평생 공포 속에서 살아온 아이가 자유로워진다고 행복할까요? 과연 행복이 무엇인지나 느낄 수 있을까요?"

모두들 조용해졌다. 잠자코 지호를 바라보던 창수가 말했다.

"사람이…… 꼭 행복해야만 합니까? 사는 이유가 행복입니까?"

그때, 두열의 우렁찬 목소리가 튀어나왔다.

"됐고! 그만 행복 개나 주라지. 아무도 행복하지 않아도 돼. 일단 구해야지. 세상이 아무리 미쳐 돌아간대도 상관없어. 애가 아프잖아. 당장 사람을 구해야지. 하나라도 살려야지!"

두열은 제 허벅지에 주먹을 내리꽂으며 소리쳤다.

"나는! 그 앨 살릴 거야!"

쾅! 마두열은 그대로 문을 들이받았다. 방 안에 갇혀 있던 화염이 밖으로 터져 나왔다. 벽을 타고 불길이 치솟았다. 시야를 가리는 연기와 숨 막히는 열기. 두열은 그대로 불길 속으로 뛰어들었다.

구조대장 두열은 앞장서서 민첩하게 움직였다. 모두 잠든 새벽, 아파트에서 일어난 화재. 요란한 사이렌이 사람들을 깨웠다. 발화지점에도 분명 사람이 있을 것이다. 일분일초가 급했다. 골든타임을 확보해야 했다.

이윽고 두열은 두 사람을 둘러업고 건물 밖으로 나왔다.

"대장님, 괜찮습니까?"

"성인 여자 한 명, 남아 한 명!"

여자는 숨이 끊어진 지 한참 되었다. 그리고 아이는……. 두열은 서둘러 소방 장비를 벗어 던졌다. 미약하게나마 맥박이 느껴졌다. 새파랗게 질린 아이의 얼굴, 이마에 다량의 출혈이 있었다.

"살아 있다!"

두열은 아이의 옷을 북 찢어 곧장 가슴팍에 대고 심폐소생술을 시작했다. 여윈 가슴이 두열의 손바닥에 다 잡힐 지경이었다. 작은 몸을 두열은 온 힘을 다해 압박했다. 하나 둘 셋 넷…….

지옥을 보았다.

여자는 연기 자욱한 침대 한가운데 누워 있었다. 반듯하게 하늘을 보고 누워 가지런히 손을 모은 채. 이미 숨이 끊어져 있었다. 그리고 침대 밑에 웅크려 쓰러진 아이. 화염 속에서 너무나도 평온해 보이는 여자의 모습이 끔찍하게 잔인했다.

"자녀 살해 시도 추정."

헉헉. 두열은 거친 숨을 몰아쉬며 아이의 가슴을 압박했다. 아이의 이마에 피가 응고된 상흔, 떨어져 다친 상처가 아니었다. 두열에겐 익숙했다. 벨트 자국이었다.

"아동 학대 추정."

스산한 겨울 아침, 해는 떠오르지 않았다. 붉은 사이렌이 번쩍였다. 어둑한 하늘에서 죽죽 진눈깨비가 내리기 시작했다. 두열의 얼굴로 눈인지 비인지, 땀인지 눈물인지 모를 것이 쏟아졌다.

죽지 마. 넌 죽으면 안 된다.

흠뻑 젖어 덜덜 떨리는 몸으로 세차게 아이의 가슴을 압박했다.

으아아아. 두열이 포효했다.

"나는! 너를 살릴 거야!"

2011년 12월 22일. 추적추적 진눈깨비 내리던 고요한 아침에 두열은 아이를 살렸다.

"오멜라스는 상상 속의 도시가 아니에요. 지상에서, 제가 살던 곳이 오멜라스였으니까요."

지호가 두꺼운 뿔테 안경을 벗었다. 붉어진 눈가를 잠시 문지르더니 앞머리를 쓸어 넘겼다. 왼쪽 이마부터 눈썹까지 주욱 그어진 흉터.

"저는 오멜라스를 떠날 수 있었을까요?"

마두열이 안지호를 마주 보았다. 그 둘을 지켜보는 원우의 머릿속에서 두 사람의 인생책이 차르르 넘어갔다. 두 인생의 무수한 페이지.

마두열 馬斗悅

마두열의 페이지, 2011년 12월 22일.
안지호의 페이지, 2011년 12월 22일.
두 사람의 페이지가 한데 겹쳐졌다.

원우가 한숨 같은 혼잣말을 내뱉었다.
"죽어서야…… 다시 만나다니요."

선물

나란히 포개진 두 권의 책.

여순자는 주름진 손을 펼쳐 책을 매만졌다. 검지에 낀 호박 반
지를 닮은 노란빛이 일렁거렸다. 표정을 지우고 눈과 입을 굳게
닫은 채 책을 쓰다듬는 순자. 희끗한 눈을 맞고도 꼿꼿한 겨울 나
목 같아 보였다. 잠시 후 눈을 떴다.

"그랬던 게로군."

"마두열과 안지호의 인생이 한데 겹쳐집니다. 알고 계셨습니
까?"

지원우가 나직하게 물었다.

"확신까진 아니었지만…… 짐작은 해봤네만."

"어떻게요?"

"내게도 첫눈에 알아본 얼굴이 있었으니까. 원우 자네에게도 그런 이가 있지 않은가."

"……그저 단순한 만남이 아니었군요."

"붉은 달과 함께 찾아온 이들이니……. 다만, 우리와 이리도 얽혀 있을 줄은 몰랐네."

"이 만남과 인연들, 대체 무슨 의미일까요?"

"알 수 없지. 이들의 마지막은 아직 기록되지 않았나?"

원우가 고개를 저었다.

"흑야를 기다려야겠군. 안지호는 몰라도 마두열은 단번에 알아봤을 걸세. 꺼져가는 숨을 애써 구했건만 죽어서 다시 만나다니. 이리도 어린 나이에. 안지호의 사인이 사고사나 병사가 아닌 살해는 아닐지 마두열은 내내 곱씹고 있을 게야. 아일 구하지 못했단 생각에 마음이 몹시도 괴롭겠지."

"먼저 세상을 떠난 마두열이 구할 수 있는 상황이 아니었잖습니까?"

"그럼에도 마음은, 사람의 마음이란 대책 없이 절절하니까. 두 사람은 비슷한 유년을 살아냈으니 더욱이 마음이 쓰일 테야. 애써 살아내서 다른 목숨을 구하다 죽은 이와, 기껏 살아냈지만 너무 이르게 죽어버린 이가 중천에서 다시 만났네. 마음이 미어지지……. 모쪼록 지켜봅시다. 아직 긴긴밤이 남아 있으니."

두 손을 그러모은 순자는 호박 반지를 만지작거렸다. 예부터 마음을 다스리는 순자만의 버릇이었다.

"마담, 다른 이들의 인생책도 마저 읽어보시겠습니까?"

"아니. 나는 책보다 사람에게 듣는 것이 좋아."

"하나 그런 기억은 많은 부분 왜곡되어 있습니다. 파악하기에
도 오래 걸리고요. 때론 사실 아닌 거짓을 말할지도 모르죠."

손가락의 커다란 호박 알을 톡톡 건드리는 순자. 명랑하면서도
진중한, 오묘한 노란 빛이 반짝였다.

"나는 아름다운 것들이 좋다네. 그래서 보석 욕심 또한 대단하
지. 근데 내가 하고많은 보석 중에 왜 이리도 투박한 호박을 아끼
는지, 자네 아나?"

"……예?"

"호박은 상처로부터 만들어졌거든. 상처 입은 나무의 진액이
흘러 억겁의 시간 동안 굳어서 만들어진 화석이라네. 말하자면 나
무의 눈물이 보석이 된 셈이지. 나무와 흙과 생명과 죽음과 시간
이 응고된 이 귀한 눈물방울이 나는 못 견디게 아름답다네. 이상
하지. 곁에 두고 있자면 강건해지거든."

수풀처럼 무성하게 쌓인 망자들의 책 더미. 그것들을 순자가
손으로 쓰다듬었다. 오묘한 노란빛 아지랑이가 피어오르자, 바리
가 이리저리 아지랑이를 쫓았다.

"마찬가질세. 나는 그래서 좋은 거야. 상처와 고통과 고뇌와 미
련과 회한 같은, 온갖 것이 뒤엉켜 굳어버린 왜곡된 이야기라서.

사람에게서 진정 읽고 싶은 건 그런 인생이거든. 마지막에 다다라서야 쏟아지는 눈물 같은 마음이랄까. 누구에게나 말하고 싶지만, 아무에게도 말할 수 없는 이야기, 때론 사실 아닌 진실이 될 몹시 뜨겁고도 강인한 이야기가 우리 모두에게 있다네. 그런 눈물 같은 이야기들 후련히 쏟아내고 떠난다면, 우리 존재는 끝내 사라져 버린대도 아름답지 않을까. 이 늙은인 여즉 그리도 낭만적인 생각을 한다네."

원우는 마담의 이런 면이 좋았다. 명랑하지만 진중한, 순자만의 오묘한 분위기. 고결하면서도 강직한 품위로부터 새어 나오는 너그러운 이해심 같은 것. "예스, 마담." 존경을 담아 답했다.

"하나 인생의 서사와 맥락을 파악할 기록 또한 반드시 필요해. 철두철미하게 기록을 다루는 일이야말로 어려울 터. 게다가 원우 자넨, 모든 기록을 고스란히 겪어내면서 헤아리지 않나. 아주 많은 힘이 들 테야. 늘 홀로 여기 박혀 있는 자네가 마음 쓰인다네. 자넨 어떤가?"

"무엇이 말입니까?"

"여기서 모든 인생을 읽는 일. 그 모든 비밀을 함구하는 일."

"마땅히 해야 할 일인걸요."

"아니, 그 일들을 해내고 있는 자네 마음을 묻는 걸세."

원우는 대답 대신 물끄러미 시계를 바라보았다. 제각각 다른 시간을 가리키며 움직이는 수백 개의 시계. 어떤 시간을 지금이라 말할 수 있을까. 어떤 마음을 진심이라 말할 수 있을까. 자리에서 일어난 순자는 집무실을 휘 둘러보았다.

"그렇대도 말이야. 칙칙해. 상당히 산뜻하지가 않아. 원우 씨, 누누이 말하지만 햇살 같은 기운이 필요해."

집무실 문이 열렸다. 환한 빛을 몰고 누군가 들어섰다. 아이보리 케이블 스웨터에 빨간 목도리를 두른 설진아. 목례하는 진아를 보며 순자가 반색했다.

"사서님과 차담이 있어서요."

"떠오르는 아침 해 같은, 피어나는 동백꽃 같은 그런 생기 말이야. 얼마나 예뻐?"

순자가 진아를 향해 웃어주었다.

"예뻐라. 늙은이는 이만. 편히 얘기들 나눠요."

원우와 진아가 마주 앉았다.

"진아 씨만 괜찮다면 이곳에 머무는 동안 차담을 나눌 겁니다. 대화를 나누다 보면 뭔가 떠오를지 모르니까요."

진아는 집무실이 마음에 들었다. 어둑한 조도와 서늘한 습도, 공중을 떠도는 낡은 책 냄새와 먼지들. 그리고 무심한 정적. 문을 닫고 들어온 순간 시간이 멈춘 듯한 고요한 집무실이 아늑하고 편안했다. 타자기 곁에 웅크려 금빛 눈을 깜박이는 고양이 바리도. 책에 빠져 있다가 조용히 인사를 건네는 원우도.

"홍차와 마들렌입니다." 원우가 따뜻한 홍차를 따라주었다.

"일종의 의식 같은 거랄까요. 프루스트 효과라는 게 있습니다. 마르셀 프루스트의 소설 『잃어버린 시간을 찾아서』에서 비롯된 이야기죠. 소설 속 주인공은 마들렌을 홍차에 적셔 먹었을 때 잃어버렸던 옛 기억을 되찾았습니다. 그처럼 맛을 보거나 냄새를 맡으면 감각과 관련된 기억이 떠오르는 현상을 프루스트 효과라고 하죠. 진아 씨에게도 도움이 될까 하여 준비해봤습니다. 그간 떠오른 기억은 없었습니까?"

마음에 들었다. 이런 원우의 세심한 배려도. 진아는 고개를 저었다. 여전히 남은 기억은 없지만 원우와의 차담이 속도 없이 좋았다.

"밤에 이야기 나누던 시간이 좋았어요. 조금 슬펐지만요. 내가 사람들이랑 이런 대화를 나눠본 적이 있었을까. 아마 없었을 거예요. 저의 생은 좀 외로웠던 것 같거든요. 내가 알던 귀신들은 이런 존재가 아니었는데……. 전혀 무섭지 않았어요. 오히려 좀 슬픈데 따뜻했어요. 서로를 잘 모르지만 애써 위로해 주려는 마음들이 느껴졌거든요."

"때론 모르는 사람에게만 털어놓을 수 있는 마음이 존재합니다. 잘 몰라도 이해해 보려는 마음 또한 존재하고요."

"사서님은 잘 몰라도 이해해 보려는 사람인가요?"

"글쎄요."

어쩐지 마음을 닫아둔 사람 같아 보여서요. 진아는 홍차와 함께 그 말을 삼켰다.

"빨간 목도리. 진아 씨가 처음 도착했을 때부터 하고 있던 걸로 기억합니다. 언제 어디서 가져온 걸까요?"

진아는 고개를 저었다. 낡았지만 이상하게 편한 목도리였다.

"그렇다면 이 목도리부터 곰곰 생각해 보죠. 이승에서 가져온 중요한 토템 같은 걸지도 모릅니다. 그 목도리, 진아 씨랑 잘 어울려요."

갑작스러운 원우의 시선에 진아의 얼굴이 달아올랐다.

"지금 몇 시죠?"

"여기는 시간이 측정되지 않는 세계입니다."

"시계가 많아서요."

진아가 어깨를 으쓱거렸다.

"망자들이 남기고 간 시계들입니다. 까멜리아 싸롱에는 시계는 있지만 시간은 정확하지 않습니다. 해와 달의 움직임으로 짐작해 볼 뿐이죠. 그리고 마담의 안내로 함께하는 시간을 기념합니다. 생전 우리에게 익숙했던 기념일을 복기하며 밤마다 대화를 나누죠. 피로와 허기를 느끼지 않는 망자들에게 시간은 저마다의 감각으로 흐를 겁니다. 마치 꿈처럼 느껴지기도 할 거예요."

"저는 뭐랄까…… 고여 있는 기분이 들어요. 기억도 의지도 없이. 그저 고인 채로 서서히 굳어가는 존재 같달까요."

원우는 생각에 잠긴 듯 말이 없었다.

"사서님의 시간은 어때요?"

"진아 씨와 비슷합니다."

예상치 못한 대답이었다.

"죽은 지 오래지만, 잠시 죽어 있는 상태와 비슷하달까요. 기억은 있으나 의지도 마음도 없이. 진아 씨 말처럼 고여 있는 기분과 흡사합니다."

정적. 두 사람은 홍차에 마들렌을 적셔 한 입 베어 먹었다. 달고 부드럽고 향긋했다.

"묻고 싶은 게 있어요. 제가 가진 기억 중에서."

"뭔가 기억나나요?"

"동백역에서 우리 처음 만났을 때요. 혹시 그때…… 제가 너무 무거웠나요? 아니면 제 첫인상이 영 별로였나요?"

"아아. 그럴 리가요. 터무니없습니다."

원우가 웃음을 터트렸다.

"그게 아니라면, 저를 왜 그렇게 미워했던 거죠?"

"미워했던 게 아닙니다."

"그러면요?"

툭 툭 툭 툭. 진아는 그제야 수백 개의 시계 초침 소리가 심장박동처럼 울리고 있단 걸 알아챘다. 시간을 가둬둔 거대한 책 무덤에 원우의 쓸쓸한 목소리가 울려 퍼졌다.

"잊지 못했던 겁니다."

'아무것도 아니야.'

어두운 방에 갇힐 때면 일부러 잠을 청했다. 언제부턴가 공포도 통증도 무뎌져서 깨어 있을 힘조차 남아 있지 않았다. 바닥에 웅크린 채 꿈을 꿨다. 꿈에서 나는 태어나지 않은 무엇이었다. 물속 같은 어둠 속에서 의미 없는 덩어리처럼 부유했다. 어째서 버거운 삶을 견디고 이어가야 하는 걸까. 아무래도 사는 건 적성에 맞지 않았다. 사는 건 정말 아무것도 아니야. 죽는 것도 아무것도 아닐 거야. 그냥 콱 죽어버릴까. 그렇지만, 막상 죽음을 떠올리면 무서워졌다. 나는 나를 죽이고 싶지 않았다. 그제야 세상에 덩그러니 혼자인 게 실감 나, 무서워서 울었다.

그러나 오늘은 아니었다. 바람이 불었다. 따스한 기운이 웅크린 몸을 물결처럼 쓰다듬었다.

"아팠겠다."

후우우. 이마를 간질이는 바람.

"앞머리 까니까 인물이 훤하네."

"속눈썹도 무지 길고요. 예쁘게도 생겼네."

"이마로 복이 들어온다고. 어르신들 말씀 틀린 거 하나 없다. 복, 복 받아라."

후아후아. 눈을 떴을 땐 입술을 쭈욱 내민 두열의 무시무시한 얼굴이 코앞에 있었다. 지호는 외마디 비명을 지르며 일어났다. 이수가 웃음을 터트렸다.

"지호 군, 제법 편해졌나 봐. 곤히 자던걸?"

응접실 소파에서 잠이 들어버린 모양이었다. 주위를 두리번거리는 지호의 얼굴을 두열이 양손으로 턱 붙잡았다. 우락부락한 손바닥으로 볼살을 사정없이 찌부러뜨렸다. 엉망으로 귀여워진 지호의 얼굴을 보며 두열이 인사를 건넸다.

"잘 잤니? 지호야."

여긴 까멜리아 싸롱, 그리고 나는 죽었지. 죽은 사람이 이리도 곤히 자다니.

"뭐해요들, 도와주지 않고."

"꼭대기 별일랑 마두열 씨가 달아야 해요. 지호 군, 개운하게두 잤나 보네. 애기맨치로 볼따구가 발그스름해."

순자와 복희가 크리스마스트리에 오너먼트를 걸고 있었다.

"그나저나 구 씨 할아버진 어딜 갔대요? 워낙 뚝뚝한 어르신이더만요."

"아직은 시간이 더 필요할지 모르죠. 어쨌든 성탄 전야엔 멋진 트리가 완성될 겁니다. 와서들 거들어요. 지호 군도."

지호야, 가자. 모두가 지호를 불렀다. 크리스마스캐럴이 흐르고 사람들의 웃음소리가 꿈결처럼 떠돌았다. 곳곳에 환하고 따뜻한 기운이 피어오르는 것 같았다. 화기애애하다는 게 이런 걸까. 가족도 친구도 아닌 이 사람들을 뭐라 불러야 할까. 집으로 돌아온 기분이 들었다. 지호는 머쓱하게 앞머리를 헝클였다. 죽는 게 아무것도 아닌 건 아니었네. 불쑥 눈물이 날 것 같아서 눈가를 문질렀다. 물결을 밀듯이 힘을 내어 자리에서 일어났다.

구상나무 꼭대기에서 커다란 황금색 별이 빛났다.

별빛을 쏟아부은 듯 반짝거리는 크리스마스트리 아래, 바리가 패브릭 공을 굴리며 놀았다. 크리스마스카드에 그려진 그림 같은 응접실에 망자들이 모였다. 세상의 끝, 동백섬에서 맞이하는 성탄전야. 깊은 밤이 깨어났다.

지원우는 밤하늘의 별을 찾았다. 어둠에 묻힌 밤에도 가만히 들여다볼수록 별들은 작게 빛났다. 구창수와 마두열과 안지호는 난롯가에서 불을 지피고 있었다. 뚝뚝한 듯 대화는 별로 없어도 사이좋은 삼대 같아 보였다. 피아노에 놓인 낡은 악보를 응시하며 크리스마스캐럴을 연주하는 설진아. 곁에 선 유이수가 허밍 하듯 노래를 흥얼거렸다.

여순자와 박복희는 벽에 걸린 그림을 보고 있었다. 까멜리아 싸롱을 닮은 라울 뒤피의 그림이었다. 온통 분홍과 빨강 장미로 가득 채워진 그림. 달콤한 행복과 기쁨과 사랑이, 생의 좋은 것들이 꽃다발처럼 품에 안길 듯 생생하게 느껴졌다.

"이 그림, 참 예뻐요."

"그래서 여순자 컬렉션으로 걸어두었죠. 라비앙로즈(La Vie en Rose)."

순자가 유창하게 불어로 말했다.

"라울 뒤피의 〈장밋빛 인생〉 맞죠? 살아생전에 이 그림을 딸애에게 찍어 보냈어요. 예쁜 걸 발견하면 꼭 메시지를 보냈거든요."

"복희 씬 아름다운 걸 좋아했군요."

"이 그림을 그린 화가의 말도 좋아했어요."

"어떤 말이었습니까?"

"삶은 나에게 미소 짓지 않았습니다. 그러나 나는 언제나 삶에게 미소 지었습니다."

"어쩜!"

두 사람은 흐뭇하게 웃었다.

"마담, 어쩌다 중천에 까멜리아 싸롱을 열게 되었나요?"

"죽고 눈을 떴을 때 여기였습니다. 아마도 생전 가장 행복했던 시절을 여기서 보냈기 때문이 아닐까 짐작할 뿐입니다. 좋은 사람들과 좋은 시간을 보냈거든요. 복희 씨에게도 그런 때가 있었습니까? 생애 가장 행복했던 시절이."

"저는…… 행복하면 안 돼요. 행복할 자격이 없는 사람입니다."

무언갈 삼키듯 단호한 복희의 대답.

"꽃은 자신이 직접 사겠노라고 댈러웨이 부인은 말했다."

순자가 노래를 부르듯 문장을 읊조렸다.

"크리스마스니까. 아름다운 문장 하나, 복희에게 선물합니다. '꽃은 자신이 직접 사겠노라고 복희는 말했다.' 행복은 매 순간 스스로 느낄 뿐. 누리고말고의 자격 따윈 어디에도 없어요."

마주 보는 순자와 복희의 등 뒤로 아름다운 '장밋빛 인생'이 피어 있었다.

"까멜리아 성탄 전야 음감회를 엽니다."

댕그랑댕그랑. 원우가 작은 종을 흔들어 망자들을 불렀다.

"오늘은 달콤한 것들 먹으며 크리스마스 추억들을 나눠볼까요?"

순자가 상그레 웃으며 빵을 한 소쿠리 들고 왔다.

"따뜻한 우유로 만든 코코아와 크리스마스 팡도르입니다. 팡도르는 이탈리아에서 크리스마스에 만들어 먹는 전통 빵이에요. 원래 팡도르는 생크림에 과일 장식까지 대단히 화려하다던데, 저는 머핀 같은 모양새에 슈거파우더만 뿌려서 그저 흉내만 내봤습니다. 눈 쌓인 동백섬 같은 모양새가 은근히 귀여워요."

따뜻한 코코아와 팡도르를 나눴다. 빵을 나누는 자리마다 슈거파우더가 솔솔솔 떨어졌다.

"지금쯤 산타클로스가 무지 바쁠 시간일 텐데."

팡도르 한 입 베어 문 두열이 슈거파우더로 흰 수염을 그렸다.

"크리스마스이브 밤마다 저는 산타클로스로 변신했지 말입니다. 실은 제가 쌍둥이 남매의 아부집니다. 마장군 마장미. 녀석들 무럭무럭 잘 자랐다면 지금쯤 이수랑 지호 또래일 거예요.”

우락부락한 얼굴을 구기며 웃는 두열, 눈가가 발개졌다.

“우리 애들은 영원히 제 눈물버튼입니다. 좀 더 오래 산타클로스가 되어주고 싶었는데 말입니다.”

“그 맘 알죠. 나도 우리 애 산타였으니까요. 없는 사정이었어도 크리스마스만큼은 머리맡에 몰래 선물을 놓아줬어요. 근데 제 딸이 중학생 되니까 그래요. ‘산타 할머니, 고생하셨어요. 저도 어린이 졸업했어요. 이제 안 와도 됩니다.’ 서로 알면서도 시치미를 뚝 떼고 선물을 주고받은 거죠.”

복희도 뭉클하게 웃었다. 이수가 말했다.

“아홉 살쯤인가, 저도 산타가 우리 엄마란 걸 알았어요. 부스럭 소리에 잠이 깼는데 엄마 냄새가 나는 거예요. 그 후에도 다 알면서도 눈을 꼭 감고 있었어요. 산타가 엄마라는 게 좋아서, 고마워서. 이런 거짓말은 백 번도 눈감아 줄 수 있겠다 싶었거든요.”

그러나 지호는 혼자 쓸쓸한 표정을 지우지 못했다.

“저는 산타클로스를 미워했는데…… 제겐 한 번도 찾아온 적 없었거든요. 산타클로스는 불행한 집에는 발길을 끊었어요. 행복한 집들만 찾아가 따뜻한 방에 오래오래 머물렀죠. 그것도 모르고 저는, 바보처럼 기대하고 기다리고 실망하고 더 착해지려고 애썼어요. 사람들은 왜 그런 거짓말 따윌 만들어냈을까. 행복한 집 아이들은 더 행복해지겠지만, 불행한 집 아이들은 더 불행해질 뿐이에요. 크리스마스에 저는 훨씬 불행해졌어요."

괜스레 코코아만 홀짝이는 지호를 지켜보던 두열이 그사이 슈거파우더 흰 수염이 더 짙어진 입술을 달싹거렸다.

"불행한 크리스마스라……. 고백하자면, 제가 말입니다. 열여덟 살 크리스마스 때 아버지 지갑을 훔쳐서 가출을 감행했습니다."

"에? 정말요?" 지호의 눈이 둥그레졌다.

"무작정 정동진행 기차를 올라탔어요. 보면은 지호도 늘 CD플레이어로 노랠 듣지 않습니까. 저 때는 워크맨이었습니다. 카세트테이프로 노래를 듣던 세대였죠. 그날 기차를 타고 가면서 '푸른하늘' 1집을 들었어요. 푸른하늘! 아, 그들은 음유시인입니다. 푸른하늘 카세트테이프 A면 첫 곡이 〈겨울 바다〉였어요. 테이프가 늘어질 정도로 듣고 또 들었던 노래였죠."

"푸른하늘, 겨울 바다…… 굉장히 낭만적이네요."

"하하하. 알고 보면 제가 아주 낭만파입니다. 생각해 봐요. 블루스카이, 윈터 씨…… 감성이 2퍼센트 부족하다구요. 푸른하늘, 겨울 바다…… 크으, 이거죠. 그 당시 가사들은 전부 시예요. 아무튼 여기서 정동진 가는 기차 타보신 분, 손?"

아무도 손 들지 않았다. 실은 워크맨이니 카세트테이프니 푸른하늘이니 할 때부터 다들 의아한 얼굴이었다. 겉으로 가늠되는 나

이만으론 판단할 수 없었다. 망자들 저마다 다른 시대, 다른 세대를 살아왔으니까. 그러거나 말거나 추억에 흠뻑 젖어 아련하게 회상하는 두열.

"정동진행 기차가 동해에 들어서면 말입니다. 어느 순간부턴 차창으로 겨울 바다가 주욱 펼쳐집니다. 덜커덩덜커덩 흔들리는 기차에 기대 겨울 바다를 보았죠. 멀리서 바다가 새파랗게 빛났어요. 아름답더군요. 정동진역에 도착하자마자 바다로 달려갔습니다. 찬 바람이 뺨을 때리는 것도 잊고, 모래에 발이 빠지는 것도 잊고서 한달음에 달려갔어요. 그런데 막상 겨울 바다 앞에 서니까…… 너무 무섭지 않겠습니까. 파도가 무시무시했어요. 집채만한 파도가 콰르르르 부서지는데, 거기 서서 이 노래를 들었습니다. 와들와들 떨면서 생각했습니다. 나는 살아야겠다."

두열이 서가에서 LP를 가져왔다. 하늘색 앨범 표지에 파란색 크레파스로 정직하게 그린 듯한 글씨 '푸른하늘'. 두열이 우수에 찬 다방 디제이처럼 읊조렸다.

"이 노래는 마두열이 안지호에게 보내는 선물입니다. 푸른하늘이 부릅니다. 겨울 바다."

그러더니 불쑥, 진지한 얼굴로 말했다.

"한때는 저도 오멜라스에 살았습니다. 지호랑 같았어요. 산타클로스가 한 번도 찾아온 적 없는 아이, 크리스마스에 더 불행한 아이였죠. 모두가 행복한 크리스마스에는 어디로 가야 하나. 어떻게 보내야 하나. 갈 데가 없었습니다. 그날, 제 배낭에는 벽돌 열 장과 유서가 들어 있었습니다. 바다에 빠져 죽어버릴 작정이었거 든요. 근데 막상 겨울 바다를 마주하니까, 살아야겠다, 나는 살아야겠다 싶지 않겠습니까. 인생은 멀리서 보면 희극이고, 가까이서 보면 비극이라고들 하던데, 바다도 그랬습니다. 멀리서 봤을 땐 잔잔하게 반짝였는데, 막상 가까이 가보니 너무너무 무섭더군요. 부서지는 파도 앞에 서서 내가 아주 하찮은 존재란 걸 실감했습니다. 그런데 말입니다. 여기까지 온 아주 하찮은 제가 너무 불쌍하고 기특하고 대견하고…… 덩달아 괜한 오기까지 생기지 않겠습니까? 나는 나를 죽이고 싶지 않았어요. 나는 나를 지키고 싶었거든요. 결국 그날 죽지 못하고 집으로 돌아갔습니다. 아버지한테 흠씬 두들겨 맞고는 새 마음을 품었습니다. 나는 무거운 사람이 되어야겠다. 아주아주 무거워서 뭐든지 지키는 사람이 되어야겠다."

두열은 슈거파우더 수염을 손등으로 쓰윽 닦았다.

"그 후로도 벽돌 열 장과 유서를 어디든 메고 다녔습니다. 죽으려는 게 아니라 강해지려고요. 아버지로부터 힘껏 도망쳤고, 안간힘을 다해 소방관이 되었습니다. 현장에서 방화복과 안전 장비까지 착용하면 무게만 도합 20킬로그램이 넘습니다. 죽으려고 작정했던 배낭 속 벽돌 열 장과 같은 무게입니다. 사람은 20킬로그램을 등에 지고서 무언갈 지킬 수도, 무언갈 포기할 수도, 또 무언갈 파괴할 수도 있다는 걸 저는 압니다. 그 짐을 평생 벗을 수 없기에 버겁고 괴롭다는 것도요. 결국 저도 그 때문에 생을 마감해야 했지만, 제가 짊어졌던 무게에 후회는 없습니다. 덕분에 지켜낼 수 있었거든요. 나 자신과 내가 사랑하는 사람들을."

두열이 지호를 응시했다.

"그러니까 그런 사람들이 산타클로스가 됩니다. 더럽고 무섭고 아프고 힘들고 슬픈, 우리 사는 세계의 진실을 알게 된 후에도. 시치미를 뚝 떼고 간절히 지켜주고 싶은 마음으로 우린 누군갈 사랑합니다. 지켜주려고 합니다. 설혹 단 한 번 마주친 타인이라 할지라도."

두열이 지호를 향해 힘껏 웃었다.

"이 사랑은 아주 무겁습니다. 우리는 만나본 적이 있습니다. 나는요, 당신을 지키고 싶었습니다. 온 힘을 다해서. 오늘 밤에도 당신에게 산타클로스가 되어주고픈 사람이, 세상에는 있었습니다. 이 세상에 사랑이 존재하는 한, 산타클로스는 있습니다."

천사가 지나갔다.

까멜리아 싸롱에는 자주 침묵이 찾아왔다. 저마다의 침묵을 경청하고 존중하게 된 것도 지난밤의 따스했던 기억 덕분. 어떤 기억은 용기를 내도록 도와준다.

진아가 피아노를 매만졌다. 진아의 목도리처럼 오래되었지만 익숙하고 부드러운 건반의 감촉. 오른팔을 길게 뻗어 피아노 건반을 쓰다듬자 도, 시작하는 피아노 음계 하나가 청아하게 울려 퍼졌다. 차가운 겨울 하늘에 퍼져나가는 사람의 입김처럼, 멜로디가 시작되었다. 별들이 조그맣게 반짝였다. 고요한 정적을 어루만지듯 조심스러운 연주. 이윽고 응시하는 깊고 아득한 어둠. 자세히 보려고, 자세히 들으려고 애쓰면서 어둠을 쓰다듬었다. 아주 많은 밤이 겹쳐져서야 만들어진 오늘의 밤. 아주 많은 연이 겹쳐져서야 이루어진 오늘의 만남. 어둠에 묻힌 밤에도 가만히 들여다볼수록 별들은 작게 빛났다. 사람들도 작게 빛났다. 빛나는 것들은 모두 특별한 음을 지녔으므로 저마다의 음계로 노래할 것이다. 기억하진 못해도 익숙한 손길로 건반을 쓰다듬으며 헤아려보는 진아의 마음을 용기 내서 들려주고 싶었다. 오래된 피아노가 노래했다. 까멜리아 싸롱에 별빛이 내렸다.

"기억나는 멜로디는 여기까지. 기억보다 손이 익숙해요. 전생에 저는 피아노를 좋아했나 봐요. 여기 온 순간부터 내내 이 멜로디가 떠올랐거든요. 좋아했던 노래가 틀림없어요. 여러분의 기억을 듣고 있자면 제 기억도 꺼내드리고 싶은데…… 저는 대부분의 기억을 잃어버렸어요. 그냥 어떤 말이라도 해드리고 싶은데 그게 어려워서, 이 노래라도 선물하고 싶어요."

"언니, 저 이 곡 알아요. 류이치 사카모토의 〈메리 크리스마스 미스터 로런스(Merry Christmas Mr. Lawrence)〉. 〈전장의 크리스마스)라는 영화의 수록곡이었어요."

멋쩍게 미소 짓는 진아에게 이수가 말했다.

"전장의 크리스마스에 이리도 아름다운 노래가 흘렀었군요.
······이번엔 제 얘길 들어주시겠습니까?"

의외였다. 원우가 먼저 이야기를 꺼냈다.

"1950년에 저는 전장에 있었습니다. 6·25전쟁 참전 군인이었
죠."

곳곳에서 놀람과 탄식이 터져 나왔다. 미소를 거둔 창백한 원
우의 얼굴. 짙푸른 눈동자가 노인의 눈빛처럼 쓸쓸하게 깊었다.

"전쟁에서 좋은 기억은 없습니다. 너무나 참혹했으니까요. 다
만, 전장에도 꽃이 피듯이 단 한 번 기적을 목격한 적이 있습니다.
크리스마스를 앞두고 말입니다. 조금 긴 이야기가 될지도 모르겠
습니다만."

달칵, 원우는 예의 습관처럼 회중시계를 열었다가 닫았다.

"저는 대한민국 최초의 카투사였습니다. 6·25전쟁 당시 유엔군
에 속한 한국군 요원으로 최전방에서 싸웠죠. 인천상륙작전 성공
이후 우리 군은 파죽지세로 북진했고 압록강 바로 아래까지 갔습
니다. 하지만 겨울이 다가오자, 전세는 역전되었습니다. 적군들이
인해전술로 개미 떼처럼 밀려들었어요. 적군은 산악 지형을 파악
하고 있었고, 곳곳에 매복했다가 무자비한 폭격을 퍼부었습니다.
하필 우리가 싸우던 전장은 한국의 지붕이라 일컫는 개마고원 일

대였습니다. 몹시도, 몹시도 추운 겨울이었습니다. 밤낮으로 살인적인 추위가 이어지고 영하 45도까지 얼어붙었죠. 부상당한 전사자보다 동사자와 아사자가 더 많았을 정도로 혹한의 겨울이었습니다. 결국 후퇴 명령이 내려왔습니다. 적군이 겹겹으로 친 포위망을 뚫고 얼어붙은 개마고원 일대의 산과 계곡을 쉬지 않고 행군했습니다. 그렇게 2주간 장진호전투를 치르며 살아남았죠. 12월 19일, 우리 군은 마침내 흥남 부두에 도착했습니다. 남하할 육로가 막혔으니 해상으로, 국군과 유엔군의 철수 지령이 내려져 있었죠. 하지만 흥남 부두에 도착했을 때, 그곳엔 피란민 10만 명이 가득 차 있었습니다. 데려가라고, 태워달라고, 제발 살려달라고 울부짖었죠. 동포들을 두고서 어찌 먼저 떠날 수 있겠습니까. 군인들은 사람 반 물자 반, 닥치는 대로 배에 싣기 시작했습니다."

1950년 12월 22일. 흥남 부두.

눈보라가 휘몰아쳤다. 얼음장 같은 파도가 우르르 몰려왔다가 와장창 부서졌다. 부두에 피란민이 가득했다. 육로는 적군에게 차단되었고 바로 앞은 망망대해. 우르릉 쾅쾅, 바다와 하늘에서 폭격이 쏟아졌다. 무시무시한 추위에도 피란민들은 허리춤까지 오는 바닷물 속에 서서 태워달라고 아우성쳤다.

마지막 함선이 흥남 부두에 들어섰다. 메러디스 빅토리(Meredith Victory)호.

피란민들이 선창까지 떼를 지어 몰려왔다. 어떻게든 배에 올라타려고 바닷물에 뛰어들었다. 무작정 함선에 오르다 떨어지고 다치는 부상자들이 속출했다. 인산인해 난리통에서 가족을 놓치고 찾으며 울부짖는 소리가 아우성쳤다. 참혹 그 자체였다.

메러디스 빅토리호의 레너드 라루 선장은 남은 피란민을 전부 수송하기로 결정했다. 배에 있는 무기를 모두 버리고 밤새 피란민들을 승선시켰다. 다음 날 아침까지도 군인들은 메러디스 빅토리호에 피란민들을 태웠다.

한 군인이 궤짝에 숨어 있던 아이를 발견한 건 부둣가를 떠나기 직전이었다. 언제부터 여기 숨어 있었을까. 남루한 차림에 눈물 자국이 눌어붙은 아이는 완전히 겁에 질려 있었다.

"애야, 부모님은?"

아이는 고개를 저었다. 피란길에 가족을 잃은 전쟁고아일 터.

"얼른 나가자."

고개를 절레절레 젓는 아이. 시간이 없었다. 남자가 아이의 손목을 낚아챘다. 아이는 질겁하며 손을 뿌리쳤다. 웅크려 떠는 아이 눈에 비친 공포가 고스란히 와닿았다.

"너…… 무섭구나."

남자는 제 모습을 훑어보았다. 먼지와 피와 탄약과 바닷물이 엉겨 붙은 얼룩덜룩한 군복 차림에 철모를 뒤집어쓴 새까만 얼굴, 쇳덩이처럼 굳은 표정으로 기다란 장총을 차고 있었다. 스멀스멀 피비린내 섞인 탄약 냄새가 풍겼다. 남자는 갑자기 철모를 벗었다. 머리를 매만졌다. 그리고 아이를 향해 웃어주었다. 마치 웃는 걸 처음 배운 사람처럼 어색하게 얼굴을 일그러뜨리며 힘껏.

"이름이 뭐니?"

"구…… 창수."

"미스터 구. 가자. 네 자리가 아직 남아 있단다."

남자가 웃으며 내민 손을 창수가 붙잡았다. 좁은 궤짝에서 나왔을 땐 잿빛 눈보라가 휘몰아쳤다. 저 멀리 쾅쾅 폭격이 울리고 고함과 울음소리가 왕왕 울렸다. 성난 파도가 쿠르르르 부서졌다. 주저앉은 창수는 울음이 터졌다. 춥고 배고프고 시끄럽고 무섭고 슬펐다. 그러자 남자가 외투를 벗어 창수에게 둘러주었다.

"아저씨는요?"

"괜찮아. 죽은 동료들 외투는 수북하니까."

주머니를 뒤적거리던 남자가 무언갈 꺼냈다. 돌돌 말린 종이를 풀자, 고동색 가래떡처럼 생긴 조그만 알맹이가 나왔다. 남자는 그걸 창수의 입에다 넣어주었다.

"캐러멜이라는 거야. 하늘에서 군함기가 눈처럼 뿌려주었단다."

침이 고였다. 머리가 핑 돌 정도로 끈끈하고 뜨거운 단맛이 입

안에 얼얼하게 퍼졌다. 침을 꿀꺽 삼키자 눈물이 쏙 들어갔다. 다디달았다.

"그래, 울지 말고 웃어라. 조그맣고 달콤한 맛을 기억하렴. 배를 타고 가면 크리스마스쯤 도착할 거야. 미군들 말이 크리스마스는 유일하게 기적이 허락되는 날이라더구나. 그러니 무사히 도착할 거다. 미스터 구, 너는 사는 거다. 엄마도 아빠도 없지만 너는 사는 거야. 작은 캐러멜 하나에 행복해하면서 사는 거다. 매일매일 이도 잘 닦고."

창수는 소맷부리로 눈물을 닦으며 고갤 끄덕였다. 남자는 창수를 번쩍 안아 달려가 함선에 태웠다.

메러디스 빅토리호가 바다를 떠나자마자, 부둣가에서는 거대한 폭발이 일어났다. 거짓말 같은 불꽃놀이. 모든 걸 송두리째 잃어버렸다. 놓치고 헤어지고 파괴되고 사라지고 멀어져 간다. 새빨간 불길이 번지며 고향을 삼키는 모습을 멀거니 지켜보았다. 고아가 된 창수는 외투 주머니에 손을 찔러 넣었다. 캐러멜이 한 움큼 들어 있었다. 군복 가슴팍에 새겨진 이름을 손가락으로 매만졌다. 지원우.

1950년 12월 25일. 메러디스 빅토리호는 거제도에 도착했다. 남자가 입혀준 외투와 캐러멜이 너무 귀해서 항해하는 동안 먹지도 못하고 손에 꽉 쥐고 있었다. 지상에 첫발을 내디뎠을 때 창수는 손바닥에서 다 녹아 조그매진 캐러멜을 핥았다. 다디달았다.

이게 인생의 맛이구나. 구창수는 살아남았다. 1950년 크리스마스. 마지막 함선까지 수송 완료. 흥남철수작전 임무 완료. 흥남 부두에서 실어 나른 피란민 10만 명은 모두 살아남았다. 크리스마스의 기적이었다.

지원우의 페이지, 1950년 12월 23일
구창수의 페이지, 1950년 12월 23일
두 인생의 무수한 페이지 가운데 한 페이지가 겹쳐졌다.

"메리 크리스마스, 미스터 구(Merry Christmas, Mr. Koo)."
지원우와 구창수가 마주 보았다.
"미스터 구. 저를 알아보시겠습니까?"
"선생님을…… 어찌 잊겠습니까. 어째서 하나도 나이 들지 않으셨습니까?"
창수의 주름진 눈가에 눈물이 차올랐다.
"어차피 인간은 모두 죽습니다만. 조금 일렀을 뿐, 저도 예외는 아니지요. 창수 씨는 어땠습니까. 살아보니 좋은 생이었습니까?"
"열심히는 살았습니다만 송구스럽게도 그리 대단한 삶은 아니었습니다."
"꼬맹이 미스터 구는 어떻게 됐을까. 전장에서 자주 떠올렸습니다. 무사히 살아주었군요. 그것만으로도 충분합니다."

"그래도 제가 여즉 이는 튼튼합니다. 틀니도 안 했습니다. 제 평생 약속은 잊지 않았습니다."

창수가 어금니를 부딪치며 일곱 살 어린애처럼 흰히 치아를 드러냈다. 원우가 웃었다.

"창수 씨가 온 후로 집무실 가는 길이 항상 깨끗하게 치워져 있더군요. 감사했습니다."

"꼭 한번 인사드리고 싶었는데…… 죽어서야 만나 뵙네요. 지원우 선생님, 감사했습니다."

창수가 처음으로 웃었다. 마치 웃는 걸 처음 배운 사람처럼 어색하게 얼굴을 일그러뜨리며, 원우를 향해 활짝 웃었다.

성탄전야, 〈메리 크리스마스 미스터 로런스〉가 흘렀다.

"언니, 저도 좋아했던 노래였어요. 기억나지 않아도 끝까지 연주해 볼래요? 기적이 허락된다는 크리스마스잖아요."

진아에게 바투 앉은 이수가 피아노 건반을 눌렀다.

"괜찮을까?"

"괜찮을 거예요."

이수의 음계를 따라 더듬더듬 진아가 연주를 시작했다. 돌림노래처럼 이어지던 두 멜로디는 흩어졌다가 한데 겹쳐졌다가 잠시 끊겼다가 다시 이어졌다가, 어느새 익숙하게 어우러졌다. 거봐요, 언니. 이수가 두 팔을 활짝 벌려 진아를 껴안았다.

"기억하지 못해도 괜찮아요."

이수의 친절한 마음. 괜찮아요, 괜찮아요. 다정한 목소리. 다독이는 손바닥. 진아는 이수에게 기댔다. 두 사람의 목덜미에 닿는 빨간 목도리의 감촉처럼 안도감이 느껴졌다. 그런데 그때였다. 왈칵, 날카로운 무언가에 베인 듯 불안하고 알싸한 기시감이 가슴께로 퍼져나갔다. 좋은데, 너무 좋은데…… 진아는 무서울 정도로 슬퍼졌다.

댕그랑댕그랑. 여순자가 작은 종을 울렸다.

"오늘 밤 우리는 서로에게 놀라운 선물이군요. 메리 크리스마스!"

그해 크리스마스 아침에는 눈이 내렸다.

박복희는 라울 뒤피의 그림 〈장밋빛 인생〉을 보고 있었다. 그림 가득 온화한 사랑과 기쁨이 느껴졌다. 그 아래 적힌 화가의 말을 중얼거렸다. "그러나 나는 언제나 삶에게 미소 지었습니다." 아름다운 것. 보내줘야지. 그림 사진을 찍어 화가의 말과 함께 메시지를 전송했다. 그리고 딸아이가 알려준 노래 핑크 마티니의 〈초원의 빛(Splendor In The Grass)〉을 들었다. CCTV와 사람들 눈길을 피해 잠시간 평화. 일터에 나서기 전 의식 같은 순간이었다. 복희는 눈을 감고 이어폰 볼륨을 올렸다. 차이코프스키의 피아노 협주곡이 흐르고 찬란한 초원의 빛이 스포트라이트처럼 복희를 비출

때, 복희는 더할 나위 없이 충만한 감사를 느꼈다. 복희는 아름다움을 알았다. 아름다운 건 모두 우리 딸에게 배웠지. 보배와 함께라면 그곳이 어디든 천국 같은 초원이었다. 새근새근 숨 쉬는 아이 곁에 누워 아이가 자라는 소리를 들으며 살아왔다. 부러울 것도 두려울 것도 없었다. 오늘 하루도 무사히 보내고 보배랑 맛있는 거 먹어야지. 바라는 건 그뿐.

— 딸아. 꽃 봐라. 세상에 예쁜 것만 보고 행복하렴.
— 꽃보다 예쁜 박 여사만 봐야지. 오늘도 좋은 글 감사!
— 사랑한다, 딸아.
— 나도 사랑해.

복희는 미소 지었다. 걸터앉아 있던 변기에서 일어났다. 청소 도구를 들고 밖으로 나섰다. 눈이 부셨다. 백화점의 빛. 크리스마스트리를 빙 둘러 찬란하게 빛나는 세속의 빛. 그러나 아무것도 부럽지 않았다. 아무것도 두렵지 않았다. 복희의 손길로 세상을 아름답게 꾸밀 시간이었다.

방전.
마두열은 완전히 지쳐 있었다. 철야 진화 작업에 체력이 완전히 연소되었다. 특별한 날일수록 사건 사고가 잦았으므로, 두열에겐 가족들과 기념일 챙기기야말로 가장 수행하기 어려운 임무였다. 여러 번 몸을 씻었는데도 매캐한 연기 냄새가 배어 있었다. 두열은 커다란 몸을 구기며 조심스럽게 현관문을 열었다.

거실에 희붐한 아침이 내려앉고 있었다. 아내와 쌍둥이 남매가 곤히 잠들어 있었다. 키 작은 트리 하나 곁에서 소리 없이 반짝였다. 오늘도 무사히 돌아왔다.

어유, 방에서 자지 않고. 두열을 기다리던 아내 곁에서 다 같이 잠들어 버린 모양이었다. 크리스마스이브에 걱정과 기도로 자신을 기다렸을 가족들에게 미안했다. 하얀 이불을 둘둘 말고서 팔을 활짝 벌린 채 잠든 두 아이는 그야말로 천사 같았다. 머리맡에 쿠키와 코코아가 놓여 있었다. 아이들의 손 편지와 함께.

산타 할아버지. 쿠키랑 코코아 드세요. 선물은 꼭 주고 가세요.

오냐. 두열은 퍼석한 쿠키를 씹으며 식은 코코아를 홀짝 마셨다. 그러곤 가방에서 무언갈 꺼냈다. 콕 집어 선물 달라던 캐릭터 인형들. 종류만 수십 종인데 남매가 좋아하는 인형은 개중에서도 인기 없는 캐릭터였다. 어찌나 구하기 까다로웠는지. 욘석들. 아이들 머리맡에 올려두었다. 왼손으로 또박또박 쓴 크리스마스 엽서도 놓아두었다. 두열은 가족들 이불을 끌어 덮어주었다. 까끌까끌한 수염을 비비며 뽀뽀했다.

아등바등 살아남은 생에서, 일분일초 사투를 벌이던 현장에서 집으로 돌아오면 평화가 있었다. 너무 예뻐서, 너무 평화로워서, 너무 행복해서 비죽 눈물이 났다. 이토록 선명한 행복이라니. 두열은 주먹으로 눈물을 훔쳤다. 산타클로스가 덩치 큰 울보라는 걸 아이들은 알까. 가족들 곁에 쪼그려 누운 두열은 그대로 잠이 들었다. 온 가족이 곤히 잠든 아침, 산타의 엽서 위로 함박눈처럼 평화가 내려앉았다.

태어나 줘서 고맙다. 메리 크리스마스!

'나는 왜 태어났어요?'

안지호는 엄마에게 물었다. 바랜 사진 속에 엄마는 희미하게 미소 지었다.

엄마, 여전히 겨울 좋아해? 거긴 추워? 아님 따뜻할까? 올해도 산타는 안 왔어. 울지도 않고 착하게 잘 지냈는데……. 산타는 착한 애들 집에 오는 게 아니라 행복한 애들 집에만 온대. 그래서 나는 산타가 미워. 산타보다 엄마가 더 밉고. 엄마, 미워. 다신 보고 싶지 않아. 근데 내 마음을 잘 모르겠어. 보고 싶지 않다고 말하면서도 보고 싶거든. 보고 싶어, 엄마.

죽은 엄마는 말이 없었다. 지호는 주머니에서 무언갈 꺼냈다. 스노볼이었다. 투명한 유리 볼 속에 작은 숲이 우거져 있었다. 스노볼을 흔들어 엄마 사진 곁에 올려두었다. 눈송이가 휘돌며 작은 숲에 눈이 내렸다. 엄마, 밖에 눈 내려..

지호가 문밖으로 나섰을 땐, 세상이 눈으로 덮여 있었다. 모든 걸 하얗게 지우려는 듯이. 어디로 가야 할까. 한 사람이 사라졌고 세상엔 아무도 없었다. 지호는 어디로든 발자국을 남기며 걸어갔다. 금세 지호의 흔적도 하얗게 사라졌다.

"아부지, 겉옷은? 구둣방에 두고 오셨어?"

아침부터 어딜 다녀왔는지 귀가한 구창수는 떨고 있었다. 얇은 차림으로 고스란히 눈을 맞고서. "아부지, 사드린 잠바는요? 감기 들어요. 인제 나이 생각하셔야지. 잘 챙겨 입고 다녀요." 아들의 걱정 어린 타박에도 창수는 묵묵부답. 그사이 손녀가 거실 탁자에 올려둔 붕어빵 봉투를 발견했다. 눅눅해졌지만 아직 온기가 남아 있는 붕어빵. "할아부지! 붕어빵!" 고갤 끄덕이는 창수의 얼굴에 그제야 슬그머니 미소가 번졌다.

유이수는 붕어빵 봉투를 품에 안고 걸었다.

추워 죽겠는데……. 유이진, 가만 안 둬. 크리스마스 아침 댓바람부터 난데없이 붕어빵 붕어빵 노래를 부르던 아홉 살. 그럼 같이 사러 가자니까 저 혼자 이불로 쏙 파고드는 녀석. "누나야. 젤 좋은 크리스마스 선물이 나였다며." 녀석의 애교에 피식 웃어버

린 순간 이미 졌다. 팥 붕어빵 슈크림 붕어빵 반반씩 사 오라는 야
무진 당부까지. 여섯 살 아래 남동생에겐 한 번도 이겨본 적이 없
었다. 어유, 내가 너 업어 키우길 잘못했지. 생일이니까 봐준다.

툴툴거리면서도 붕어빵 식을세라 봉투를 품에 안고 돌아가는
길. 이수가 강변을 가로지르는 동안 눈발이 굵어졌다. 고요한 강
변에 펑펑 쏟아지는 함박눈. 크리스마스카드 같은 풍경이 펼쳐졌
다. 기분이 좋았다.

그때, 요란한 사이렌을 울리며 구급차 한 대가 지나갔다. 선득해
졌다. 대로변 가까이 살다 보면 하루에도 열댓 번 구급차 지나가는
소리를 듣는다. 마치 알람처럼, 사이렌 소리는 이수를 깨워 과거로
데려갔다. 사이렌, 밤, 아스팔트, 아이스크림, 울음, 겨울. 그리고 아
빠. 평범해 보이는 하루에도 도처에 죽음이 있었다.

자신도 모르게 붕어빵 봉투를 움켜쥐었을 때, 이수는 발견했다.
함박눈이 쏟아지는 난간 위에 걸쳐진 빨간 목도리, 울고 있는 여
자를. 크리스마스카드 같은 평화로운 풍경 속에 숨은 그림 같은
여자를 찾아냈다. 어떡하지. 어쩌면 좋지. 어떡해야 하지. 온몸이
덜덜덜 떨렸다. 이수는 여자에게 다가갔다. 간신히 입술을 달싹거
렸다.

"언니, 괜찮아요?"

여자가 돌아보았다. 눈물범벅인 채로 여자도 떨고 있었다. 이수
는 애써 미소 지었다. 그리고 말했다.

"괜찮아요. 괜찮아요."

물음인지 달램인지 위안인지 모를 말. 어디라도 누구에게라도 닿길 바라는 간절한 말을 혼잣말처럼 중얼거렸다. 손을 뻗으면 닿을 거리에 다다랐을 때, 이수는 빨간 목도리를 움켜잡고 여자를 끌어 내렸다. 그러고는 와락 껴안아 버렸다.

"언니, 괜찮아요."

얼마 동안인지 모르게 이수는 여자를 끌어안고 있었다. 엉엉 울면서. 두 사람은 서로에게 기대 고스란히 눈을 맞았다. 아무도 모르게 함박눈 속에 숨어버렸다. 쏟아지던 눈물 때문인지 짓이겨진 붕어빵 때문인지 죽으려던 여자는 몹시도 뜨거웠다.

까멜리아 싸롱에서 맞이한 크리스마스 아침.

설진아는 그날을 기억해 냈다.

후회

茶店 戀愛風景 다점 연애풍경

까멜리아-싸롱 1944년 12월 대담

긔자: 거리의 한모퉁이 조용한 안식처인 다점에서 비저지는 '사랑의 로-맨스'나 풍경을 말슴해 주서요. 스겟취식으로.

까멜리아-싸롱 마담: 피 씨와 궐녀가 도회의 애스팔트 우로 뚜벅뚜벅 거러 겨울 찬달을 처다보면서 한참 란데뷰하다가 따듯한 자리를 차저 드러와선 테-불에 마조 안저 뜨거운 고히나 마시면서 방그러 우스며 이약이하는 풍경을 바라볼 때면 내 자신이 엇

전지 행복하게 늑겨저요. 더구나 함박눈이 푸실푸실 오는 삼동(三
冬)의 싸롱은 몹시 아름다워서 두 분이 고요히 차 마시고는 다시
장곡천정(長谷川町) 애스팔트 거리로 뚜벅뚜벅 거러 차츰차츰 사
라저가는 풍경은 참으로 무에라 말할 수 업시 조와요. 속으로 그
저 '두 분이여 행복하소서' 하고 빌어드리지요.

"마담! 마담! 이리 좀 와보시오."

대담 중 불쑥 명랑한 목소리가 끼어들었다.

"지금 무에라 말할 수 없는 아름다운 대담 중이오."

"지금 무에라 말할 수 없는 아름다운 순간이란 말여요. 아이참,
지금 와야 해요."

치잇. 그깟 눈이야 하루 이틀 내리나. 무에 별일이라고.

"기자 양반, 오늘 대담은 여기까지요."

마담은 구시렁거리면서도 미소를 머금고 자리에서 일어났다.
마담의 무릎에서 내려온 검은 고양이가 훌쩍 창가로 뛰어올랐다.
이난영의 노래가 흐르는 까멜리아 싸롱, 창밖에는 함박눈이 쏟아
지고 있었다.

벌컥, 집무실 문이 열렸다.

인사를 건네기도 전에 설진아가 성큼성큼 걸어 들어왔다. "진
아 씨?" 순자의 걱정스러운 목소리. 진아는 쓰러질 듯 창백한 얼

굴이었다. "제가 죽으려고 했어요. 제가요." 진아가 알 수 없는 혼잣말을 중얼거리며 탁자를 더듬었다.

"제 인생책 여기 있나요?"

"무슨 일입니까? 뭔가 떠오른 겁니까?"

원우가 물었다. 바리가 앉은 자리에 겹쳐 있는 두 권의 책.

설진아 偰眞我

진아는 자신의 이름을 알아보았다.

"이거죠, 제 책?"

"아니 그건……."

진아는 막무가내로 책을 펼쳤다. 붉은 섬광이 일었다.

눈이 부셨다.

팟, 하는 커다란 소리와 함께 재차 섬광이 일었다.

"진정 작품이오! 한 판 더 찍습니다. 두 분 꼼짝 말고 그대로 계시오."

온통 희고 환한 세상. 함박눈이 내렸다. 아슴아슴 정신이 들었을 때 진아는 손바닥에서 온기를 느꼈다.

"아무튼 질색이야. 이 어색함을 어찌 견딘단 말이오."

지원우? 원우가 어색한 미소를 지으며 진아의 손을 잡고 있었다. 빳빳하게 깃을 세운 진녹색 코듀로이 외투에 단정하게 빗어 넘긴 포마드 헤어스타일. 환한 빛에 원우의 얼굴 윤곽이 도드라졌다. 함박눈을 맞으며, 숨결이 닿을 듯 가까이 서서 원우는 진아의 손을 잡고 있었다. 대체 이게……. 그러나 목이 꽉 잠겨서 진아는 아무 말도 할 수 없었다. 물끄러미 원우를 바라볼 뿐.

"어찌 그리 빤히 보오."

"좋아서."

진아의 의지와 다르게 입술이 달싹거리더니 놀라운 말이 새어 나왔다. 몸도 의지와 다르게 움직였다. 진아는 장갑을 벗었다. 그리고 맨손으로 다시 원우의 손을 잡았다. 오목한 서로의 손바닥이 꼭 맞게 포개졌다.

"한겨울 손잡기. 장갑은 필요 없어요. 원우 씨 손이 따뜻하니까."

믿을 수 없었다. 제 입으로 이런 말을 하다니. 아니, 이런 말이 나오다니. 원우의 눈동자가 크게 일렁였다. 동백역에서 처음 마주쳤던 눈. 이 세상 사람 것이 아닌 것 같은, 깊고 푸른 바다색 눈동자. 원우의 눈이 가늘게 휘어졌다. 천진한 미소를 품었다. 처음 보는 원우의 환한 미소. 원우의 속눈썹과 눈꼬리, 광대와 콧등, 그리고 입술, 지그시 올라간 입꼬리까지 눈송이가 떨어져 미끄러졌다.

진아는 그 아름다운 얼굴을 바라보았다. 자, 찍습니다!

"한겨울 손잡기."

속삭이며, 순간 원우가 손가락을 겹쳐 깍지를 꼈다.

숨이 멎을 것 같았다. 얼어 죽을 만큼 차갑고 녹아내릴 만큼 뜨거운 이상한 느낌. 동백역에서 원우를 처음 만났을 때와 같은 느낌이 온몸을 휘감았다. 둥실, 공중에 떠오른 듯 아득해졌다. 두 사람은 환히 웃었다. 꿈결처럼 하얀 세상. 푸실푸실 함박눈 내리는데 진녹색 외투를 입은 남자와 검은 코트에 붉은 목도리를 두른 여자, 그림 같은 두 사람이 환하게 웃었다. 아아, 꿈이라도 좋아.

팟, 사진을 찍었다. 꿈이라면 이건 분명 사랑의 꿈.

원우가 진아를 마주 보았다. 활짝 웃으며 이름을 불렀다.

"홍도야."

아득해졌다. 어지러이 눈송이가 쏟아졌다. 세상이 눈보라 치듯 빙빙 돌았다. 주위를 돌아보았다. 사진의 배경이 된 붉은 벽돌집에 시선이 닿자 진아는 소스라치게 놀랐다. 어슴푸레 보이는 간판 '까멜리아 싸롱'.

붉은 숄을 두르고 우아하게 머리를 틀어 올린 미인이 문간에 기대 담배를 태우고 있었다. 꼿꼿한 등과 기품 어린 눈빛. 훨씬 젊고 아름다웠지만 첫눈에 알아볼 수 있었다. 마담 여순자. 순자가 그윽하게 미소 지었다.

"맞구나 홍도야. 무에라 말할 수 없는 아름다운 순간."

탁. 진아는 책을 덮었다.

순식간에 나이 든 여순자와 웃음기 사라진 지원우. 두 사람이 자신을 바라보고 있었다. 말도 안 돼. 온몸의 떨림이 진정되지 않았다. 간신히 제 몸을 감싸안았을 때, 주르륵 한 줄기 눈물이 흘렀다.

"홍도가 누구예요?"

"당신, 책을 읽은 겁니까?"

원우가 얼굴을 구기며 물었다. "대답해요!" 진아를 붙잡고 무섭게 다그쳤다. 온몸에 힘이 풀린 진아가 풀썩 주저앉았다. 그때 진아를 떠받치던 원우의 품에서 회중시계가 떨어졌다. 시계는 마치 기다렸단 듯이 진아에게로 굴러가 달칵, 열렸다.

"왜…… 제가 저기 있어요?"

흑백사진 속에서 웃고 있는 원우. 그리고 그의 손을 잡고 서 있는, 설진아와 똑같이 생긴 홍도라는 여자. 시간이 멈춘 시계 안에서 아름다운 연인이 행복하게 웃고 있었다. 진아는 질끈 눈을 감아버렸다.

할짝, 바리가 진아의 손등을 핥았다.

"정신이 좀 듭니까?"

진아가 벌떡 일어났다.

"제가, 제가 죽으려고 했는데…… 이수가 저를…… 그래서 책을 펼쳤는데…… 저를 홍도라고, 저랑 똑같이 생긴 여자였어요."

쉬잇. 순자가 진아의 어깨를 감싸며 다독였다.

"알고 있어요. 혼란스러울 겁니다."

"그리고 마담, 마담도 봤어요."

"그랬을 테지요. 주홍도의 책을 읽었으니까. 주홍도의 기억을 겪은 겁니다."

"주홍도?"

"지원우가 사랑한 사람."

자신과 꼭 닮은 여자, 지원우가 사랑한 주홍도. 주홍도의 기억을 겪은 거라니.

"진아 씨도 인생책을 읽는군요. 보통 사람들에겐 활자 빽빽한 기록으로만 보일 테지만, 저와 원우 사서에겐 기억을 경험하는 책입니다. 마치 시간 여행자처럼 타인의 기억으로 들어가 생생하게 그 일을 겪어보는 거지요."

"모두들 저를 홍도라고 불렀어요."

"이제 와 고백하자면, 첫눈에 놀랐습니다. 주홍도와 같은 얼굴, 같은 차림으로 까멜리아 싸롱에 찾아온 진아 씨라서. 하물며 기억마저 상실한 망자였으니까요. 또한, 그래서 원우 사서가 진아 씨에게 감정적으로 굴었을 겁니다. 혼란스러운 마음을 감추기 힘들었을 테니까요. 내내 설진아와 주홍도의 책을 겹쳐두고 읽어보았던 이입니다."

"……어떻게 된 일이죠?"

"설진아가 주홍도의 환생이 아닐까, 조심스럽게 추측해 볼 뿐이었습니다. 그런데 놀랍게도 진아 씨가 주홍도의 인생책을 읽어 버렸으니, 게다가 주홍도에게 빙의해 기억을 겪었으니…… 추측만은 아닐지도 모르겠어요. 아아, 저 또한 혼란스럽군요. 하나 지금은 진아 씨가 가장 힘들 겁니다."

스스로 목숨을 끊으려고 했던 설진아. 그런 진아를 구했던 유이수. 진아의 전생일지도 모를 주홍도. 주홍도를 사랑했던 지원우. 이 모든 기억의 열쇠를 잃어버린 설진아.

"마담, 저는…… 저는 누구예요?"

왈칵, 아이처럼 눈물이 터졌다. 순자도 눈시울을 붉히며 진아를 안아주었다.

"어쩜, 가여워라. 설진아든 주홍도든 상관없어요. 내가 느끼는 대로, 내가 믿는 대로. 그게 나예요. 자기 자신을 믿어야만 해요. 하나, 나조차도 믿지 못하겠다면 어디라도 기대요."

"저는, 갈 데가 없어요."

순자가 진아의 손을 잡았다.

"여기 있어요. 까멜리아 싸롱에서 편히 쉬어요."

그로부터 얼마나 세월이 흘렀던가.

진아의 떨리는 손을 맞잡은 순자는 문밖에 서 있을 원우를 생각했다. 원우 그이도 지금처럼 울고 있었지. 지원우는 까멜리아 싸롱에 찾아온 첫 번째 망자였다.

"마담, 아무리 찾아봐도 없습니다."

새까만 군복 차림에 일그러진 얼굴로 원우는 울음을 터트렸다. 가여운 영혼. 자넨 너무 이른 나이에 죽어버렸네. 죽기엔 너무나 창창했어. 이리도 젊은 얼굴로 그리도 늙은 고통을 짊어지고서, 얼마나 오래 구천을 떠돌았던 겐가.

"홍도가 없습니다. 아무도, 아무것도 제겐 없습니다."

지원우과 주홍도. 두 사람이 부디 살아 있길 바랐다. 그저 행복하길 빌었다. 순자는 벗들의 생사도 확인하지 못한 채 남은 생을 누렸던 자신이 한탄스러웠다.

"더는 갈 데가 없습니다. 너무 지쳤습니다."

"여기 있어요. 까멜리아 싸롱에서 편히 쉬시오."

운명이여. 행복은 찰나, 슬픔은 까마득한 가혹한 운명이여. 휘몰아치는 운명에 얼어붙은 영혼들이 여기서나마 쉬어 가기를. 이 또한 우리의 연이겠지요. 그러니 다시.

순자의 늙은 손이 원우의 지친 손을 잡았다.

"동작 그만!"

두열의 목소리가 몹시도 단호했다.

"왜들 그리 부지런하십니까? 객실장 마두열의 일이란 말입니다."

"자꾸 눈에 밟혀서."

"원체 잠이 없어서."

창틀을 닦고 바닥을 쓸던 복희와 창수가 동시에 대답했다.

"치워도 치워도 먼지는 날리는지라."

"쓸어도 쓸어도 먼지는 쌓이는지라."

언제부턴가 까멜리아 싸롱이 먼지 한 톨 없이 반짝반짝 빛났다. 커피라도 내릴라치면 탁자에 잡동사니 늘기 무섭게 복희가 치워버렸다. 눈이라도 내릴라치면 바닥에 눈 쌓이기 무섭게 창수가 쓸어버렸다.

"정말이지 두 분 무섭네요, 무서워."

한시라도 가만있는 법이 없었다. 앉으나 서나 사부작사부작 주위를 정리하고 청소하는 통에 복희와 창수가 지나가는 자리마다 반짝반짝 윤이 났다. 두 사람은 아침저녁으로 잠도 없어서 까멜리아 싸롱의 청결과 운영을 담당하는 객실장 마두열의 업무에 엄청난 혼선이 빚어졌다. 한마디로 마두열의 할 일이 없어진 것. 그 와중에도 슬쩍 걸레를 훔치는 복희와 습관처럼 밀대를 움직이는 창수를 찌릿, 두열이 쏘아보았다.

"제발! 아무것도 하지 말고 가마안히 앉아 좀 쉬세요."

푸하하. 복희가 특유의 호쾌한 웃음을 터트렸다.

"구 씨 할아버지, 마두열 씨가 우리더러 가마안히 앉아 쉬래요. 것두 쉬어본 사람들이야 쉴 줄 알지. 따순 자리서 꿀떡꿀떡 맛난 거 받아먹는 거, 우린 영 불편해요."

"사람은 노동을 해야 합니다." 복희의 대구에 창수가 뚝뚝하게 맞받아쳤다. 결국 절레절레 고개를 흔드는 두열.

"졌습니다. 그렇다면 제대로 노동하러 가봅시다. 설경 보면서 빨래해 보셨습니까. 아주 끝내줍니다."

폭닥 눈이불을 덮은 동백섬이 한눈에 내려다보이는 옥상. 마치 알프스 마을처럼 평화로운 풍경 한가운데 빨간 고무 대야가 덩그러니 놓여 있었다. 대야에 한가득 받아둔 물이 찰랑거렸다. 그 앞에 비장하게 선 세 사람. 기하학적인 꽃무늬가 돋보이는 일 바지 차림이었다. 창수가 한숨을 폭 쉬었다.

"……이렇게까지 해야 합니까?"

"저는 매사, 모든 업무에 진지하게 임합니다."

두열이 절도 있는 동작으로 셔츠 소매를 걷어 올리자, 불끈 팔뚝이 드러났다. 팔꿈치를 섬세하게 물에 담그는 두열. "수온 체크 완료." 이어서 쪼르륵 세제를 풀더니 으아아앗 단전부터 끌어올린 기합과 함께 힘차게 대야를 휘저었다. 금세 한가득 부르르 거품이 올라왔다. 우와. 복희가 손뼉을 쳤다.

"준비는 끝났습니다. 이불 입수에 앞서 말끔히 탈탈 이불 털기 과정이 선행됩니다. 복희 씨와 창수 씨, 각자 사각형 꼭짓점에 해당되는 이불 모퉁이를 단단히 잡아주세요."

이불을 맞잡은 세 사람. 두열의 으아아앗 기합 소리와 동시에 이불이 팽팽하게 당겨졌다. 복희와 창수가 끌려올 정도로 엄청난 힘. 탁탁 소리를 내며 이불이 말끔하게 털렸다.

"드디어 입수합니다. 모두들 바짓단 고무줄을 무릎 위까지 올려주세요."

두열이 이불 더미를 대야에 가지런히 넣더니 망설임 없이 풍덩, 뛰어 들어갔다. 그러곤 정중하게 손을 뻗었다. "두 분, 함께하시겠습니까?"

창수가 복희에게 소곤거렸다. "참 재밌는 친굽니다." 복희가 웃음을 터트렸다. 환하게 뜬 태양 아래 세 사람은 힘차게 이불을 밟았다.

"부탁이 있어."

지호는 이수를 따라 으스스한 숲길을 걷고 있었다. 같이 등대에 가달라는 이수의 부탁 때문이었다.

"등대엔 왜?"

"비밀. 아무한테도 말하면 안 돼."

빙그레 웃는 이수. 무슨 꿍꿍이일까. 아무튼 그래서 깊은 밤에, 둘은 손전등 하나에 의지해 숲길을 올랐다.

"바로 앞을 비추면 길이 안 보여. 빛은 되도록 멀리 비춰야 해."

어둠과 눈과 수풀이 우거진 밤의 숲이 무섭지도 않은지 이수는 성큼성큼 앞서 걸었다. 따지자면 누나일 테지만, 겉보기엔 또래인 여자애한테 의지해 걷는 게 어쩐지 자존심 상했다. 지호도 무섭지 않은 척 뒤따랐다.

"귀여워. 벌써 꽃망울이 부풀었네."

이수가 손전등을 비춘 자리에 아담한 나무들, 눈 쌓인 나뭇잎 사이로 고양이 발 같은 꽃망울들이 통통하게 부풀어 있었다.

"무슨 꽃인데?"

"동백나무. 얼마 안 있으면 꽃이 필 거야. 동백꽃이 피면, 그때 가 되면…….'"

"그때가 되면?"

"그때 알게 될 거야."

싱긋. 이수가 의미심장하게 웃으며 다시 걸었다. 알다가도 모를 애야. 속이 훤히 비치는 것 같아도 막상 그 속은 알 길 없이 깊고, 마냥 어린애처럼 밝다가도 결정적인 순간엔 어른스러운 강단이 있었다. 여느 또래 여자애들하곤 달랐다. 유이수, 넌 전생에 어떤 삶을 살았을까.

"지호 군. 너도 알아챘지?"

"응. 우리 학교 교복인 거."

"학교에 괴담 같은 거 없어? 엄청 예쁜 여자 귀신이 도서실에서 책 읽고 있다거나, 엄청 예쁜 여자 귀신이 음악실에서 피아노 친 다거나. 뭐 그런 엄청 예쁜 귀신 얘기 못 들어봤어?"

"응. 여자 귀신 얘긴 들어봤는데 걔가 엄청 예쁘단 얘긴 못 들어

봤어."

"하기야 내가 좀 바빴거든. 중천의 업무가 몹시 중하여 이승 근처엔 얼씬도 못했는걸. 기일에나 잠깐 가족들 얼굴 보고 오는 게 전부야. 근데 지호 군, 몇 살에 죽었어?"

"왜?"

"은근 말이 짧길래. 내가 몇 살일 줄 알고."

"먼저 죽었을 테니 따지자면 나보다야 많겠지. 그게 중요해? 존대해 줘?"

"아니. 죽은 나이가 뭐 중요한가. 그냥 어린 망자는 희귀하니까. 어쩌면 우리가 친구가 될 수 있진 않을까 싶어서."

"그럼 해, 친구."

"그래, 그럼. 그냥 친구인 셈 치자. 좋다 친구. 나도 생겼다 친구. 안녕 친구!"

손전등을 깜박이며 장난치는 이수를 보며 지호는 피식 웃었다.

"저기야." 휘파람처럼 산뜻한 이수의 목소리. 어둠 속에 후우 불을 꺼뜨린 양초 같은 하얀 등대가 서 있었다. 자물쇠를 열고 들어가 나선 계단을 빙글빙글 올랐다. 꼭대기에 도착했을 때 지호는 감탄했다. 작은 등대라고 생각했지만, 꼭대기에서 내려다보는 아래는 아찔했다. 수평선을 지운 깜깜한 바다와 하늘. 발아래에는 아무것도 보이지 않았다.

"우주 같지?"

지호는 고갤 끄덕였다. 부드러운 바람이 불었다. 쏴아아 쏴아아 파도 소리 메아리치는 우주 한가운데 두둥실 떠 있는 것 같았다.

"이러면 별이 된 거 같아."

이수가 손전등을 깜박거렸다. 밤의 한복판에서 이수와 지호가 반짝였다. 불쑥 이수가 울타리 밖으로 다리를 꺼내 앉았다. 놀란 지호가 옷깃을 붙잡았다.

"떨어질까 봐? 안 죽어. 우린 이미 죽었잖아."

양팔로 울타리를 끌어안고서 허공에 달랑달랑 다리를 흔드는 이수. 지호도 조심스레 따라 앉았다. 안 죽는다고 해도 솔직히 깜깜한 발아래는 무서웠다.

"여기 혼자 오면 두열 아저씨한테 혼나거든. 웃기지? 난 이미 죽었는데도 위험하대. 그냥 아저씨 마음이 그런 거지 뭐. 나중에 걸려도 지호 너랑 왔다고 하면 덜 혼날 테니까."

"나 이용당한 거네. 그나저나 이 등대는 버려진 건가?"

"동백섬 등대가 불을 밝히는 건 기차가 달릴 때뿐이야."

"배가 아니라 기차?"

"바다를 달리는 기차."

"아아."

"널 태우고 왔던 기차 말이야. 나도 한 번 타봤지."

"왜 한 번뿐이야?"

"난 아직 준비가 안 됐거든. 다시 기차를 탄다면 기차가 널 어디론가 데려다줄 거야. 어디로 갈지는 네가 정해야 해."

"어렵다."

"걱정 마, 친구. 네가 여길 떠날 땐, 내가 등대를 밝혀줄게. 길을 잃지 않도록."

이수의 말에 쓸쓸해졌다. 떠난다니. 어디로? 여기가 아닌 다른 곳. 죽은 다음에도 어디론가 떠날 거란 생각은 해본 적 없기에 떠난다, 그 말이 낯설었다.

"조용히. 저길 봐."

이수의 손끝을 따라 칠흑 같은 밤을 응시했다. 밤은 너무나 고요해서, 이수의 고른 숨소리와 입김까지도 귓가에 와닿았다. 두근두근. 지호는 가슴 뛰는 소리를 애써 숨기며 밤을 응시했다. 조용히, 가만히, 자세히. 연약하지만 반짝.

"별!"

"그래. 별이 보고 싶었어. 별을 보려면 아주 어두운 하늘을 찾아야 해. 조용히, 가만히, 자세히 올려다봐야 해. 그럼 신기하게도 별들이 하나둘 반짝인다. 오래 볼수록 더 많이 더 밝게 빛나."

"중천에서도 별을 볼 수 있다니."

"저게 진짜 별일까? 어쩌면 여기가 아닌 다른 세계이진 않을까 상상해. 까멜리아 싸롱 하나둘. 알고 보면 이런 세계가 하늘에 별만큼 존재하는 건 아닐까. 나는 단지 지구별을 떠났을 뿐. 그럼 이상하게 위안이 돼."

"넌 정말…….”

신기해. 사람도 반짝일 수 있구나. 지호는 별을 보듯 이수를 보았다.

"그나저나 친구. 무슨 노래 들어? 항상 뭔갈 듣고 있잖아.”

지호가 백팩을 뒤적거리더니 CD플레이어를 꺼냈다. 이수가 감탄했다.

"유물 같다. 여기선 데이터화된 건 전부 사라지고 아날로그만 남으니까. 게다가 내 또래 영혼은 드물거든. 그래서 반가웠어. 절대 반가워해선 안 되는 거지만 솔직히는 그랬어.”

"유물은 아니고 유품. 우리 엄마 유품이야. 듣는 건 최애 노래고. 들어볼래? 지금 들으면 좋을 노래가 있거든.”

"얼마 만에 요즘 노랠 듣는 건지. 중천에선 와이파이가 안 터진단 걸 알았다면 나도 CD나 카세트테이프로 노랠 들었을 텐데.”

"CD로 노래 듣는 나도 유별나긴 하지만, 너도 평범하진 않다. 암튼 들어봐.”

지호가 이어폰을 건넸다. “같이 듣자.” 이수가 다시 이어폰 한쪽을 내밀었다. 얼떨결에 이어폰을 한쪽씩 나눠 가졌다. 지호가 재생 버튼을 누르자 빙그르르 CD가 회전했다.

3분 44초의 ‘소우주’.

같이 노래를 들었다. 224초가 이렇게나 길었었나. 깜깜해서 다행이었다. 달아오른 지호의 얼굴을 숨길 수 있었으니까. 순간이 우리를 붙잡은 순간이었다. 아무 말도 하지 않았지만 모든 걸 말해버린 기분. 노래가 끝났을 때 이수가 들릴 듯 말 듯 조그맣게 중얼거렸다.

"죽어버린 게 후회돼. 조금만 더 살아보고 싶었는데."

손전등이 툭, 짙은 어둠을 등대처럼 내리비쳤다. 보이지 않아도 알 수 있었다. 울고 있단 걸. 이수가 지호에게 말했다.

"고마워. 방금 나 되게 행복했어."

별 보러 가자, 친구.

이수와 떠났다. 까멜리아 싸롱에 머무는 동안에 종종 한밤의 등대로 떠났다. 등대 꼭대기에 나란히 앉아 이야기를 나눴다. 네 이야기를 해줘. 삶과 죽음, 그런 대단한 거 말고 아주 작은 이야기를 해줘. 사소하고 소소하게 반짝이는 이야기를 나눴다. 노래를 들었다. 별을 보았다. 서로의 손전등을 깜박이며, 반짝이고 반짝였다. 떠난다, 낯설었던 마음이 설렘이었다가 기쁨이었다가 위안이었다가 아쉬움이 되었다. 가장 깊은 밤에 떠났던, 가장 깊은 밤에 반짝였던 우리들의 피크닉. 언젠가 여길 떠나더라도 떠났던 밤들을 기억하고 싶었다.

내가 완전히 떠날 때, 너는 빛을 밝혀줄까.

진아는 불 꺼진 응접실에 홀로 서 있었다. 창가로 새어 들어오는 달빛에 샤갈의 그림이 보였다. 검은 드레스를 입은 여자와 그녀를 휘돌며 입 맞추는 진녹색 옷을 입은 남자. 허공에 떠오른 창백한 연인은 마치 지상을 떠도는 유령 같아 보였다. 그런데도 어떻게, 두 사람은 웃고 있을까. 어째서 그림의 제목은 〈생일〉인 걸까. 아무것도 이해할 수 없었다.

생의 유일한 기억 앞에서 진아는 허망해졌다. 죽으려던 진아와 진아를 구했던 이수. 진아에겐 기댈 사람도 머물 장소도 없었다. 진아에게 죽음과 고독은 어둠처럼 익숙했던 걸까. 어쨌든 진아는 혼자 죽어버렸고, 기억도 의지도 없이 유령이 되어버렸다. 그 진실이 못 견디게 쓸쓸했다.

"진아 씨." 어둠 속에서 원우의 목소리가 들렸다.

"불을 좀 밝힐까요?"

"아니요."

"따뜻한 차는요?"

"괜찮아요."

주홍도의 기억을 읽은 뒤로 원우를 대하기가 껄끄러웠다. 절망스러운 설진아의 기억과는 달리, 너무나 행복했던 주홍도의 기억. 잠시나마 주홍도였던 순간을 겪은 이후로 진아는 자신의 인생이, 자신이 설진아라는 사실이 너무나 비루하게 느껴졌다. 내가 주홍도일 리가 없지. 그런 한편, 사무치게 행복했던 추억의 생생한 실감이 자꾸만 떠올라, 원우를 기다리고 기대하는 들뜬 마음을 감당하기 힘들었다. 지금도 다가온 원우 때문에 가슴 뛰는 자신이, 숨을 고르는 자신이 싫었다.

"진아 씨의 인생책에 기록이 생겼습니다."

진아가 원우를 돌아보았다.

"제 마지막 사인은…… 자살이던가요?"

"아니요. 그날의 자살 시도는 미수에 그쳤습니다. 해당 기억은 그보다 과거의 일이에요. 진아 씨의 자살을 막았던 이가, 이듬해 죽었으니까요."

"이수가 죽었다고요?"

"안타까운 죽음이었습니다."

이수가, 그 천사 같은 아이가 어째서. 머릿속이 새하얘졌다.

"아무래도 진아 씨에겐 인생책을 읽는 능력이 있는 것 같습니다만."

원우가 담담하게 말했다.

"까멜리아 싸롱에 머물렀던 이들이 남긴 책은 누구나 열람할 수 있습니다. 2014년 12월 25일. 유이수의 인생책과 겹쳐지는 기록. 이어서 진아 씨를 구한 이의 인생을 읽어보시겠습니까? 이수와의 인연이 어쩌면 당신 인생의 실마리가 되지 않겠습니까."

유이수 兪利水

원우가 진아에게 유이수의 인생책을 내밀었다. 이수의 기억을 생생하게 겪어보는 일. 이수의 마지막을 지켜보는 일. 몰라도 될 타인의 슬픔과 고통을 고스란히 겪어내야 할지도 몰랐다. 내가 감히 너의 인생에 들어가도 괜찮을까.

'괜찮아요. 괜찮아요.'

이수의 목소리가 진아를 끌어당겼다.

"괜찮습니까?"

그리고 원우의 목소리가 진아를 붙잡았다.

괜찮을까. 괜찮은 걸까. 괜찮을 수 있을까. 내 곁엔 어째서 온통 죽음뿐일까.

"……아니요."

창가를 향해 돌아선 진아가 작은 목소리로 대답했다. 어둠 속에 움츠린 진아의 어깨가 가늘게 떨리고 있었다. 무너질 듯 홀로 버티고 선 뒷모습이 가여웠다. 쓸쓸했다. 염려되었다. 그리고 마음 아팠다. 한 걸음 다가간 원우는 잠시 머뭇거렸다.

설진아일까 주홍도일까.

하나 그게 중요할까. 그보다 원우의 마음이 움직여 흐느끼는 진아에게 다가갔다. 이 마음만은 남겨두고 싶었다. 고독한 영으로 떠돌던 시간 동안 간절히 듣고 싶었던 위로였으므로. 마지막으로 남은 인간다운 이 마음, 아마도 연민이었다.

초저녁 동백역.

눈 덮인 다갈색 지붕에 조그마한 단층 역사. 널찍한 목조 창문으로 오후의 빛이 기울었다. 드르륵 미닫이문을 열면 바다가 한눈에 들어왔다. 파도가 밀려오는 눈밭 위로 연필로 주욱 그린 듯한 철로가 동백 역사까지 뻗어 있었다. 그 끄트머리에는 망자들을 데리고 온 기차가 얼어붙어 겨울잠에 빠져 있었다. 하늘은 발그레한 복숭앗빛, 고양이 털처럼 구름 결이 고왔다. 바다는 잔잔했다.

"제야(除夜)가 다가옵니다. 조금 이르게 만나죠. 마지막 일몰을 지켜봅시다."

망자들이 동백역 대합실에 모였다. 네모로 놓인 기다란 나무 의자에 둘러앉았다. 오래 비어 있던 역사의 공기는 더욱이 스산해서 후우 하얀 입김이 새어 나왔다. 장소가 낯설어서인지 처음 도착했던 동백역의 기억 때문인지 모두 말이 없었다. 두열이 대합실 한가운데 놓인 톱밥 난로를 지폈다. 난로가 발그름히 달아오르자, 온기가 돌았다. 바리를 쓰다듬으며 순자는 너그러운 미소를 품었다.

"모두들 기차에서 내린 뒤로 처음 올 테죠. 동백역은 아주 작은 역사입니다. 기차도 가끔씩만 찾아오고요. 여기서 누군가는 도착하고 누군가는 떠납니다. 또 누군가는 기다리지요. 저는 늘 기다리는 사람입니다. 기다리는 마음은 좀 이상해요. 맞이하려는 걸까, 떠나보내려는 걸까. 반가운 걸까, 아쉬운 걸까. 설렜다가 쓸쓸했다가 오고 가는 마음들이 파도처럼 심란하죠. 그러나 그 마음도 어느샌가 잔잔해집니다. 마치 오늘의 바다처럼. 잔잔한 마음으로

바랍니다. 여기 머무는 이들도 여길 떠나는 이들도 그저 평안하기
를. 이승의 시간으로 오늘은 제야, 마지막 밤입니다. 이승에선 한
해를 떠나보내는 밤일 테지만, 중천에선 한 생이 소멸하는 밤이지
요. 우리, 마지막 해를 배웅할까요?"

타닥타닥 불티 소리와 나무 타는 냄새가 퍼져나갔다. 온기와
소리와 냄새, 그리고 사람들. 따스한 저녁의 기운이 스며들자 그
제야 역사는 머무는 자리처럼 편안해졌다.

"여기서는 음악도 필요 없습니다." 원우의 말에 조용히 귀를 기
울였다. 바다 소리가 콘트라베이스 연주처럼 낮게 울려 퍼졌다.

"오늘의 스페셜 티는 다방 커피입니다." 이수가 눈을 찡긋거리
자, 두열이 꽃무늬 보자기로 감싼 커다란 바구니를 들고 왔다. "제
법 무겁습니다." 보자기를 풀자 다홍색 보온병과 동백꽃 문양이
새겨진 앤티크한 커피 잔들이 나왔다. 이어서 커피와 프림, 각설
탕이 담긴 유리병까지. 세상에. 복희가 감탄했다.

"구 씨 할아버진 아시죠? 정통 다방 커피네요. 어찌나 마시고
싶었는지!"

"여러분의 황금 비율은, 222?" 순자의 물음에 복희가 단호히 대
답했다. "232가 진리죠." 창수가 대꾸했다. "233. 저는 단 거 좋아
합니다."

진아와 지호는 혼란스러웠다.

"222, 232, 233. 암호 같은 건가요?" 지호의 말에 이수가 유리병

을 가리켰다.

"커피 두 스푼, 프림 두 스푼, 각설탕 두 개. 다방 커피 타는 비율을 말해요. 취향껏 마음대로."

커피, 프림, 각설탕. 커피 잔에 각자의 취향대로 톨톨 넣고선 뜨거운 물을 부어 저었다. 따뜻한 잔을 감싸 쥐고서 홀짝, 모두들 커피를 마셨다.

"암만. 추울 땐 다방 커피죠. 어릴 적 울 엄마한테 많이도 타드렸어요. 엄마는 손에 물기 마를 일이 없었어요. 새벽부터 어판장에 나가서 생선들 떼어다 팔았거든요. 겨울엔 장사 준비할라치면 너무 추워서 손가락이 다 곱아요. 그래서 시장통 사람들이 커다란 드럼통에다 모닥불을 피운단 말이죠. 그럼 다들 모여서 지금 우리처럼 이러곤 불을 쬐는 거예요. 엄마 따라 나선 날이면 너무너무 추우니까 자꾸만 저를 불러요. '복희야. 커피 한 잔만.' 울 엄만 부드러운 크림 커피를 좋아했어요. 커피 두 스푼, 프림 세 스푼, 설탕 두 스푼에 뜨거운 물은 종이컵 딱 절반만. 엄마뿐이다마다요. 옆집 건넌집 이모들 커피도 야무지게 타드려서 예쁨을 받았답니다. 시장통 여자들 틈에 껴서는 불 쬐면서 달달하게 홀짝홀짝. 우리 딸이 타준 커피가 젤루 맛있다. 엄마가 제 머릴 쓰다듬어주는데. 우리 복희 착하네. 우리 복희 예쁘네. 이모들도 너도나도 제 머릴 쓰다듬어줬죠. 비린내 밴 손길이래두 어찌나 다정했나 몰라요."
복희가 홀짝, 크림 커피를 마셨다.

"전 자판기 커피를 정말 좋아했지 말입니다. 철야 근무 설 때는 새벽 3시쯤이 고비입니다. '마 대장님, 커피 한잔?' 동료가 저를 깨우면, 주머니에 동전을 챙겨선 비몽사몽으로 나갑니다. 잠도 깰 겸 외투도 없이 찬바람 쐬러 다녀오는 거죠. 자판기 커피를 막 꺼내잖아요? 쬐끄만한 종이컵에서 김이 폴폴 나요. 찬 바람 쐬면서 따끈한 커피 마시면서 동료랑 실없는 농담 나누던 밤이 좋았습니다. 그때는 세상이 곤히 잠든 듯이 고요합니다. 오늘 밤은 아무 일도 없으면 좋겠다고 얘기하던, 무탈한 하루가 좋았습니다. 그러고 보니 저도 꼭 크림 커피만 눌러 마셨습니다. 아니 근데 프림이 들어가는데 왜 자판기엔 크림 커피라고 써 있는 것이냐. 크림이냐 프림이냐 해도, 좌우간 프림 없는 다방 커피란 상상할 수 없는 거죠." 너무나 앙증맞은 잔을 홀짝, 두열도 커피를 들이켰다.

"저는 믹스 커피 중독입니다. 믹스 커피 없이는 하루를 제대로 보낼 수 없습니다. 이 커피가 얼마나 마시고 싶었던지." 창수도 홀짝, 달달한 커피를 음미했다. 순자가 뿌듯하게 웃었다.

"재밌는 게, 까멜리아 싸롱에서도 사람들은 다방 커피를 제일 좋아했어요. 전 무엇보다도 홀짝홀짝, 지금처럼 커피 마시는 소리를 좋아했고요. 사람들이 조그만 커피 잔 들고서 홀짝홀짝 단 커피 마시는 게 너무 귀엽잖아요. 귀여워서 인간적이고요. 익숙한 맛이야말로 그리운 법이지요."

난롯가에 둘러앉아 불을 쬐며 마시는 다방 커피. 따뜻하고 익

숙한 맛에 낯선 마음을 풀어졌다. 마침 역사 안으로 다홍빛 햇살
이 쏟아졌다.

"배웅할까요?"

"예스, 마담." 원우가 역사 문을 활짝 열었다.

눈이 부셨다. 수평선 한가운데 홍시 같은 해가 발갛게 떠 있었
다. 이윽고 홍시를 으깬 듯 붉어지는 하늘. 보랏빛으로 물드는 바
다 위로 다홍빛 윤슬이 반짝이며 부서졌다. 낙하하는 저녁. 세상은
다홍이었다가 주홍이었다가 분홍이었다가 보라였다가 군청이었
다가, 끝내 색채를 잃어버리고 저 멀리 사라졌다. 아름다웠다. 마
지막까지도 아름다웠으나, 저무는 저녁을 따라 어두워지는 마음.

"마음이 이상하네요." 누군가의 말에 순자가 덧붙였다.

"이내 밝아질 걸 알고 있는 마음과 오래 어두울 걸 알아버린 마
음은 다르니까요."

"이제 어쩌죠?" 진아가 물었다.

"어둠을 받아들여야죠." 원우가 대답했다.

"그리고 불을 밝혀야죠." 순자는 발그름히 타오르는 난로에 톱
밥 한 줌을 던져주었다.

"한 줌씩 던져버려요. 그게 무엇이든 버리고 싶었던 마음들, 여
기다가 한 줌씩."

복희도 창수도 지호도 진아도. 모두들 한 줌씩. 눈가루 같은 톱
밥을 불빛 속에 던져줄 때, 싸르륵싸르륵 소리가 났다. 어둠 속에

타오르는 불빛이 환해지며 따뜻해졌다. 손바닥을 대고 가만히 불을 쪼이는 사람들. 흰 벽에 비친 그림자가 한 몸처럼 일렁였다.

"까멜리아 싸롱에서 교우했던 지기, 백석의 시「흰 바람벽이 있어」가 떠오르는군요." 나직하게 울리는 순자의 목소리.

하늘이 이 세상을 내일 적에 그가 가장 귀해하고 사랑하는 것들은 모두

가난하고 외롭고 높고 쓸쓸하니 그리고 언제나 넘치는 사랑과 슬픔 속에 살도록 만드신 것이다

초생달과 바구지꽃과 짝새와 당나귀가 그러하듯이

그리고 또 프랑시스 쨈과 도연명과 라이너 마리아 릴케가 그러하듯이

미야오. 바리가 울었다. 밤하늘에 가느다란 그믐달이 걸렸다.

"마담, 제야입니다."

"우리 이제 돌아가죠. 까멜리아 싸롱으로."

겨울 바다를 걸었다. 눈 쌓인 바닷가를 함께 걸었다. 바리를 품에 안고 앞서 걷는 순자와 복희. 뒤이어 두열과 창수, 이수와 지호, 그리고 원우와 진아. 툭 툭. 눈을 떨구며 앞서 걷는 이들의 발꿈치를 따라 걸었다. 눈밭 위로 발자국들이 겹쳐졌다. 자신의 보폭에

맞춰 걷는 원우에게 진아가 물었다.

"우리에게 시간이 얼마나 남았죠?"

"동백꽃 필 때까지. 머지않았습니다."

"시간이 없군요. 저는 여기가 좋아요. 지금 이 순간이야말로 제겐 진짜 같아요."

"……지금은 괜찮습니까?"

오래 망설였을 원우의 한마디. 진아가 고갤 끄덕였다.

"훌훌 털어버린 기분이랄까. 좋아요."

"다행입니다."

"그렇담 이제야 알아보려고요. 잠시 머무는 동안이라도."

"무엇을요?"

"설진아, 제가 어떤 사람인지. 외면하지도 연연하지도 않고, 그저 있는 그대로."

"좋습니다. 외면하지도 연연하지도 않고, 그저 있는 그대로."

"고마워요. 원우 씨."

진아는 원우의 이름을 불러보았다.

원우의 얼굴을 바라보았다. 희미한 어둠 속에서 원우가 선명하게 느껴졌다. 이 사람은 참, 밝았었다. 사랑했었다. 행복했었다. 아팠었다. 슬펐었다. 쓸쓸했었다. 사랑과 슬픔이 넘치는 사람이었다. 좋은 사람이었다. 비로소 원우의 얼굴을 마주 본 기분이 들었다. 원우와 나란히 걸었다.

우리는 달빛에도 걸을 수 있다. 생이 저물어도 밤이 내려와도 우리는 걷는다. 달빛에 반사된 눈밭이 깨끗이 타버린 재처럼 희게 빛났다. 쉼 없이 움직이는 파도에 하얀 포말이 일었다. 잘 보이지 않아도 발이 푹푹 빠져도 서로에게 의지해 걸었다. 조곤조곤 이야기를 나누며 발맘발맘 걸었다. 단지 함께 밤을 걷고 있을 뿐인데 좋았다. 빙그레 미소 짓는 그믐달이 맑게 빛났다. 밝은 밤이었다.

까멜리아 싸롱에 돌아와 제야 인사를 나눴다.

"좋은 꿈 꾸세요."

소멸하는 밤.

둥, 이승에서 제야의 종이 울려 퍼질 때 망자들은 깊은 잠에 빠져들었다. 꿈을 꾸었다. 한 번만 다시 돌아갈 수 있다면. 꿈속에서 그리웠던 곳으로 걸어갔다. 창수는 한 평 구둣방으로, 복희는 따뜻한 집으로, 지호는 불 꺼진 등대로. 진아는 푸실푸실 눈이 내리는 까멜리아 싸롱으로 걸어갔다.

복희의 집. 엄마는 현관 바닥을 보고 있었다.

"뭐 해, 엄마. 들어와." 신발은 구석에 가지런히 벗어두고 양 발바닥을 탈탈 털고, 그제야 고갤 들어 집을 둘러보는 엄마.

"히야, 좋다야."

"좋지? 내 집이야."

상아색 실크 벽지가 도배된 벽, 깔끔한 등 커버가 높게 매달려 있는 천장, 나무색 마루가 깔린 거실로 햇살이 쏟아졌다. 새 벽지, 새 천장, 새 바닥, 하늘을 볼 수 있는 새 아파트. 내 집을 장만하기까지 꼬박 20년이 걸렸다.

"짐을 다 안 풀어서 집이 좀 썰렁해. 앉아 계셔. 같이 밥 먹자."

"보배는?"

"기숙사서 공부하느라 바빠. 우리 보배가 공부를 좀 잘해야지."

"니를 아주 쏙 빼닮았다. 얼라가 밥은 잘 먹고 다니나 모르겠네."

아고고고. 엄마는 소파 귀퉁이에 앉았다. 엉덩이를 들썩이며 앉아보고, 손바닥으로 가죽 커버를 만져보고, 발을 뻗어 마룻바닥을 문질러보았다. 고 자리에 얌전히 앉은 채로 집 안을 두리번거렸다. 히야 히야. 연신 조그맣게 감탄하는 엄마. 남의 집에 놀러 온 어린애처럼 귀엽고 짠했다.

"꽃이 폈네."

화병에 장미꽃이 활짝 피어 있었다.

"보배가 준 거야. 우리 딸은 그렇게 교양 있게 꽃을 사 오데."

"집에 꽃도 피고, 예쁘다야."

엄마는 한참 그리 꽃을 보았다. 저녁을 준비하는 동안 해가 저

물었다. 해는 빠르게 여물어 짙은 다홍색으로 익었다가 파르라니 사그라들었다. 엄마는 소파에 쪼그려 앉아 멀거니 창밖만 바라보았다.

내 손으로 엄마에게 밥상을 차려주는 저녁을 꿈꿨었다. 다들 하니까 쉬울 줄 알았지. 아니었다. 닥치는 대로 벌어먹고 아등바등 혼자 딸애 키워내느라 시간 가는 줄 몰랐다. 이제야 휴, 허리 좀 펴나 싶어 고갤 돌리니 엄마는 꼬부라진 할머니가 되어 있었다.

엄마, 같이 밥 먹자. 그게 오늘이라 생각하니 눈자위가 시큰거렸다. 이미 지나가 버린 세월을 토막토막 잘라내고, 데쳐 볶아 무치고, 치글치글 굽고, 펄펄 삶아내, 푹 고아서 엄마에게 한 상 내밀고 싶었다. 하지만 겨우 고등어구이와 김치찌개, 밑반찬 두어 개가 전부인 단출한 밥상이었다. 그조차도 엄마는 좋다며 자글자글 웃었다. 고등어 가시를 발라주는데 엄마가 말했다.

"새집이 좋은데 영 적응이 안 된다."

"아파트 15층이야. 땅바닥에서 이만큼 높은 데서 우리가 밥 먹는 거야."

"신기하네."

"엄마가 시골서만 살아 그렇지."

엄마, 이제 우리 여기서 같이 살자. 엄마랑 나랑 보배랑 우리 셋이 살자. 매일매일 같이 밥도 먹고 텔레비전도 보고 같이 자고 그러자.

"뭐가 그래 우습나."

"좋아서."

엄마랑 마주 보고 실없이 웃었다. 그래, 두 사람은 있어야 웃지. 이제야 사람 사는 집 같았다.

밤. 엄마가 목화솜을 채워다 손바느질해 준 이불을 거실에 폈다. 불을 끄고 엄마랑 나란히 누웠다. 묵직한 이불을 목까지 끌어 덮었다. 엄마랑 얼굴만 쏙 내민 채로 멀뚱히 누워 있는데 엄마 냄새가 솔솔 났다. 졸음이 쏟아졌다.

"왜 이래 졸리지?"

"인제 내 집 같은 갑다. 맘이 편하니까 자꾸 잠이 쏟아지지."

"이불 폭닥 덮고서 이래 발 뻗고 누워 있으니까 세상 부러울 게 없네."

"복희야. 행복이 별거 없다. 따순 집에서 새끼랑 따순 밥 지어 먹으면 그게 행복이지."

그러게, 엄마. 더는 바랄 게 없다. 손마디가 퉁퉁 부어 짤뚱하게 굵어진 엄마 손을 조물거리다가 잠이 들었다.

한밤중에 눈을 떴다. 엄마가 베란다를 향해 오도카니 앉아 있었다.

"뭐이 번쩍거려서 잘 수가 있나. 야야. 여기는 밤에 차들이 잠도 안 자고 돌아다니나."

"……그러게."

"다들 사는 게 힘들지."

복희야, 시간이 잘도 간다. 깜박, 눈 감았다 뜨면은 세월이 휘 가버린다. 사는 게 힘들지. 힘들어도 복희야. 따순 데 맘 붙이고 살다 보면 또 살아지는 게 인생이라. 세상에 미운 것도 싫은 것도 섭섭한 것도 좀 깜박깜박, 까먹어 버리면서 니는 그래 살아라.

둥그런 엄마의 등이 말했다. 무슨 다섯 살배기가 노인네처럼 말하는 것 같네. 몽롱한 정신에 엄마의 뒷모습이 신기루처럼 흐려졌다. 까무룩 잠이 들었다.

다음 날, 엄마는 영영 일어나지 않았다.

정신없이 장례를 치렀다. 엄마의 죽음이 실감 나지 않았다. 밥만 잘 먹던 양반이 하룻밤 새 이리 가버리다니. 너무 거짓말 같아서 믿기지 않았다. 이게 진짜라면, 인생이 참으로 같잖았다.

"엄마, 괜찮아? 나 며칠 엄마 옆에 있을래."

"아니다. 보배야, 너는 공부만 열심히 해라."

딸애 기숙사 보내고 다시 집으로 돌아왔을 때, 새집의 감흥은 사라져 버렸다. 모든 게 낯설고 쓸쓸해 견딜 수 없이 외로웠다. 엄마가 앉았던 소파 귀퉁이에 쪼그려 누웠다. 모로 기울어진 풍경이 어지러웠다. 깜박, 눈을 감으면 개운하지 않은 선잠이 들었다. 그리고 깜박, 눈을 뜨면 휑뎅그렁한 집 안이 보였다.

저무는 하루. 어둠은 빠르게 집을 집어삼켰다. 꼼짝할 수 없었다. 쪼그려 누운 채 방바닥만 볼 뿐. 한밤에 엄마가 앉아 있던 자리. 눈물이 주르르 흘러내렸다. 엄마는 대체 뭘 봤어? 갑자기 울컥 치밀어 오르는 마음에 휘청거리며 엄마가 앉았던 자리에 가 앉았다. 베란다 창 아래로 사거리가 내려다보였다.

가로등이 빛나는 사거리. 자동차들이 지나가고 있었다. 사거리 신호등이 켜졌다. 차례로 차들이 멈췄다가 뒤엉켰다가 흩어졌다. 멀거니 보고 있자니 가로등이 황황히 빛났다. 빨강 노랑 초록 불이 점점이 빛났다. 자동차들의 헤드라이트와 방향지시등이 반짝반짝 빛났다. 눈이 부셨다.

그제야 깨달았다. 엄마는 한 번도 이렇게 높은 곳에서 내려다본 적이 없었다. 평생 어딘가를 올려다보거나, 누군가의 눈치를 보거나, 딸네 집 현관 바닥만 쳐다보고 살았다. 그런 엄마가 마지막에 굽어살피던 풍경은 '야야, 여기는 밤에 차들이 잠도 안 자고 돌아다니나' 잠도 없이 반짝이며 살아가던 삶이었다. 복희야 복희야.

"살자, 복희야. 살다 보면 살아진다."

어린애처럼 엉엉 울던 내게 엄마는 목멘 소리로 말했다. 그때부터였나. 엄마는 떠나기를 잠시 미뤄두고 나를 지켜줬나 보다. 제 눈물은 옷소매로 꾹 찍어두고, 허리를 굽히고 단단히 버틴 채로 그렇게 나를 지켜주었나 보다.

사거리를 지나가는 빛들은 부지런히 움직였다. 살아가는 것들은 잠시도 빛나지 않는 순간이 없었다. 눈물이 차올라 빛들이 아롱졌다. 그 위로 엄마의 둥그런 등이 맺혀 아른거렸다.

엄마, 엄마는 신이었어. 자나 깨나 나를 굽어살피던, 가장 작고 가엽고 슬픈 신. 이제 쉬어.

꿈에서 복희는 엄마를 만났다. 엄마와 방바닥에 앉아 저무는 저녁을 바라보았다. 아름다웠다. 눈 깜박할 사이 사라져 버릴 걸 알기에 더욱이 아름다웠다. 점점이 빛나던 불빛들이 하나둘 소멸하고 잠잠한 어둠에 잠겼을 때, 복희는 고백했다.

엄마. 살면서 제일 고마웠던 게. 나 대학 가고 싶다 했을 때 엄마만 가라고 편들어 줬던 거. 내가 공부를 좀 잘했어야지. 근데 우리 집 형제들만 몇이야. 계집애가 너무 똑똑해도 안 된다고 길길이 날뛰는 아부지한테 뺨 맞고선 우는데. 엄마가 몰래 쌈짓돈 꺼내 쥐여주더라. 복희야, 도망가라. 니는 멀리 가서 공부해라. 내 등 떠밀어 주는데…… 꼬깃꼬깃 비린내 밴 그 돈을 내가 어떻게 써. 엄마. 내가 대학은 못 갔어도 멀끔한 남자도 만나보고 보배도 낳고. 이만하면 살 만하다 싶었지. 근데 또 내가 맞고 살아서 겨우 도망친다는 게 엄마였어.

엄마. 보배가 돌잡이 때 뭐 잡았는지 알아? 아무리 볼품없어도 애기 돌상은 차려줘야지. 우리 둘이 마주 앉아서 "보배야, 니가 갖고픈 거 잡아봐라" 그러니까 애기가 무명실을 잡더라. 그게 얼마나 좋았는지 몰라. 연필이고 돈이고 그딴 거 하나도 필요 없지. 우리 애기는 그저 아프지 말고 오래오래 살아라. 행복하게 편하게만 살아라 싶었거든.

　차라리 나 죽어버리니까 후련해. 불행은 이제야 살겠다 발 뻗고 잘 때쯤 따박따박 찾아오더라. 박복한 년. 내 인생 지지리도 박복해. 엄마 보내고 얼마 안 돼 보배도 가버렸지 뭐야. 새파랗게 어린 것이, 생때같은 내 새끼가 이리도 훌쩍 가버렸네. 미안해 죽겠어. 내 새끼 못 지켜줘서. 평생 해준 게 없어서. 진짜 내가 너무 미안해서, 염치가 없어서, 보배도 엄마도 죽어서도 볼 낯이 없어.

　내가 잘못했어. 돌잡이 때 새 무명실을 사다 줄걸. 튼튼하고 깨끗한 실로 사다 줄걸……. 엄마 내가 돈이 없었어. 그것조차 살 돈이 없었어. 엄마한테 달랠 수가 있어야지. 엄마가 퉁퉁 불어 터진 손으로 생선 대가리 잘라가며 모은 돈을. 엄마. 그 돈을 내가 또 어떻게 달라 해. 엄마. 우린 왜 그렇게 사는 게 힘들었어. 왜 그렇게 힘들어서 슬펐어. 왜. 왜들 그리 슬퍼.

　복희야 복희야.

　엄마가 겨우 내 이름만 부르며 울었다.

비밀

"엄청난 밤이네요."

눈자락을 몰고 온 진아가 서둘러 문을 닫았다.

"밤과 눈뿐일 겁니다. 한동안은요."

"그렇지만 집무실은 더 아늑하달까요. 방공호 같아요."

"다행입니다."

단정한 감색 스웨터 차림에 외눈 안경을 걸쳐 쓴 원우. 탁자를 치우는 원우의 손길에 바리가 귀찮은 듯 꼬리를 말고 웅크렸다. 심드렁하게 인사하듯 노란 눈을 깜박이며. 진아가 설핏 웃었다.

"원우 씨랑 바리, 닮았어요. 차분하고 조용하고 좀 애늙은이 같은데, 그게 또 귀엽고. 그 안경 되게 똑똑해 보이는데 또 되게 귀여워 보이는 것도 알죠?"

"칭찬인지 놀림인지 모르겠군요. 추울 텐데 차부터 들어요."

원우가 따뜻한 홍차를 따라주었다. 어김없이 마들렌과 홍차. 정말 프루스트 효과가 있는진 모르겠지만 앞으로 마들렌과 홍차만보면 원우와의 차담이 떠오를 게 분명했다. 언젠가 좋은 기억으로남을 이 시간. 따뜻한 찻잔을 그러쥐고 두 사람은 마주 앉았다.

"떠오르는 다른 기억은요?"

"없었어요. 다만, 때때로 강렬한 기시감이 들어요. 꼭 겪어본 것같은 익숙한 느낌이요. 때론 기분 좋고 때론 불길하기도 한 감각들이 예민하게 느껴져요. 나, 기억은 없지만 감정은 살아 있는 건가. 그런데 그게 솔직한 나인 것 같아서 느끼는 대로 받아들이려고 노력해요."

"그렇군요. 유이수의 인생책은 읽었습니까?"

"마음이…… 너무 아팠어요."

"거기서도 이수에게 빙의해 기억을 겪었습니까?"

"아뇨. 이수가 저를 구해줬던 기억 속에선 설진아였지만, 이후로는 아니었어요. 저는 그저…… 유령처럼 이수 곁을 맴돌며 지켜볼 뿐이었어요. 이를테면 이수의 마지막 기억. 하굣길 동생을 데리러 가는 이수. 갑자기 학교 앞으로 들이닥친 자동차. 아이들을막아서고 자동차에 치인 이수. 대낮에 만취한 운전자. 비명들, 울음들, 짓이겨진 이수의 몸……. 수술실에 들어갈 때까지도 저는줄곧 이수를 지켜보았어요. 이수는 마지막까지도 장기 기증으로 사람들을 살리고 죽었더라고요. 하지만 저는, 이수를 살리고 싶었어요. 살릴 수만 있다면 간절하게 살리고 싶었어요. 그러나 아무것도 할 수 없었어요. 저는 아무것도 바꿀 수 없었어요."

원우가 물끄러미 진아의 눈을 들여다보았다.

"진아 씨에게 인생책을 읽는 능력이 있다는 게 명확해졌군요."

"혹시 이런 거였나요? 다른 이의 인생책을 읽는 일, 타인의 기억을 겪는 사서의 일이라는 게."

잠잠히 끄덕이는 원우. 진아의 얼굴이 구겨졌다.

"이건 너무…… 가혹하잖아요. 타인의 슬픔과 고통을 고스란히 지켜보는 일. 홀로 감당하기엔 너무나 버거워요."

진아는 집무실을 둘러보았다. 방공호처럼 아늑하고 견고하게 느껴지는 이곳엔 수많은 망자의 책이 가득했다. 한 권 한 권, 다 다른 죽음의 기억이 담겨 있을 터였다.

"원우 씬, 이 죽음들을 모두 읽은 건가요?"

"이 삶들을 모두 읽은 거지요. 온통 슬프고 고통스러운 기억들만 있는 건 아닙니다. 기쁘고 행복하고 평온하고 그립고 고마운, 그런 기억도 많습니다."

"그렇지만 결국 결말은 죽음이잖아요."

"죽음이 슬픈 결말이라고 생각합니까?"

"해피엔드는 아니죠. 새드엔드는 딱 질색이에요."

"인간은 모두 죽습니다. 그렇다면 인간들의 결말은 모두 새드엔드입니까? 대체 해피엔드란 뭘까요?"

"그건…….'

"진아 씬, 삶이 행복해야 한다고 생각합니까?"

"당연히 그렇다면 좋겠죠."

"진아 씨에겐 진정 행복했던 때가 있었습니까?"

진아는 말문이 막혔다. 행복이라…… 진정 행복하다 느꼈을 때. 순간 떠오른 기억이 있었지만 말할 수 없었다. 딱 한 번, 주홍도의 기억을 읽었을 때. 혼란스러웠지만 행복했다. 그 기억 속에 영원히 머물고 싶을 만큼. 하지만 그건 설진아의 기억이 아니었다. 주홍도의 기억도 유이수의 기억도 고스란히 겪어보았지만, 타인의 인생 속에서 진아가 할 수 있는 건 아무것도 없었다.

"타인의 인생을 읽는다고 바꿀 수 있는 건 아무것도 없어요."

"바꾸려는 게 아닙니다. 그 누구도 인간의 생사에 관여할 순 없으니까요. 그렇지만, 헤아려볼 순 있지 않겠습니까."

"헤아린다고요?"

"짐작하거나 가늠하거나 생각하거나. 한 사람이 살아온 시간을 깊이 생각하고 또 생각해 보는 일."

당신은 어떤 사람일까. 어떻게 태어났을까. 어떤 생을 살았을까. 어떤 행복을 느끼고 어떤 상처를 겪었을까. 어떤 비밀을 견뎌냈을까. 어떻게 죽음까지 무사히 살아냈을까. 그리고 어떻게 죽음을 맞이했을까. 이런 게 헤아리는 마음이라면.

"헤아리는 마음…… 너무 슬프지 않나요?"

"슬프죠. 슬픕니다."

비스듬히 고개를 기울인 원우가 찻잔 위를 검지로 둥글게 쓸었다.

"이 일은 대체로 슬픕니다. 타인의 삶을 헤아리고 타인의 죽음을 진정 슬퍼하는 일이 우리의 소명입니다. 어딘가에는 한 사람의 인생을 헤아리고 진심으로 슬퍼해 주는 마음도 있어야 하지 않겠습니까. 그러한 마음을 애도라고 합니다."

"제가 품기엔…… 너무도 대단한 마음이네요."

원우가 진아를 응시했다. 묘하게 다정한 눈빛으로.

"진아 씨도 이미 품고 있습니다. 까멜리아 싸롱에 마주 앉아 사람들의 이야기를 들어주고 있지 않습니까. 사람이라는 책을 읽고 있어요. 진아 씬 누구보다 묵묵히 잘 들어주는 사람, 그리하여 잘 헤아리는 사람입니다."

짐작하거나 가늠하거나 생각하거나. 한 사람이 살아온 시간을 깊이 생각하고 또 생각해 보는 마음. 원우와 대화하는 지금, 진아는 깨달았다. 그 마음의 방향이 원우에게로 향해 있단 걸.

"살아생전에 저는 간절하게 사람을 살리고 싶었습니다. 그러나 명분도 이유도 알지 못한 채 사람이 사람을 죽이는 끔찍한 시대였죠. 도처에 들불처럼 번지는 고통스러운 죽음들을 목도해야만 했어요. 험악한 고해 앞에 인간은 너무나 연약합니다. 저도 한낱 연약한 인간. 죽음을 막을 순 없었습니다. 살리지도 못했습니다. 그렇지만 여기서는, 죽은 이들이 편히 떠날 수 있도록 생을 헤아리고 애도할 수 있습니다. 이상하죠. 죽음을 애도하는 마음이 간절하게 살리고 싶은 마음으로부터 비롯되었다는 것이. 자신의 죽음뿐 아니라 타인의 죽음까지도 충분히 애도해 본 이들은 종내 환하게 웃으며 떠납니다. 미처 알지 못했던 행복한 기억을 찾아 마지막 장에 남겨두고서. 그렇게 웃으며 떠나는 모습을 지켜볼 때가 기쁩니다. 저에겐 그 순간이야말로 한 생의 마지막 장면입니다. 모든 고통과 슬픔을 감당하고서야 알 수 있는 깨끗한 기쁨도 있어요. 저는 이 결말이 새드엔드라고는 생각하지 않습니다."

당신은 어떤 생을 살았기에 이다지도. 눈앞에 쓸쓸하고 슬픈, 그러나 사랑이 넘치는 이 사람의 인생을 헤아려보고 싶었다.

"지원우의 인생도 누군가 읽어준 적 있나요?"

"……아니요. 읽을 수 없습니다. 숨겨두었으니까요."

"어째서요?"

"아무에게도 읽히고 싶지 않아서."

"쓸쓸하겠다."

"……"

"원우 씬, 아무도 읽을 수 없는 책이군요. 헤아릴 수도, 애도할 수도 없는 생. 너무 쓸쓸하겠다."

진아의 말은 고요한 바람 같았다. 어째서일까. 진아의 한마디에 마음이 동요하는 걸까. 짐짓 기대하는 걸까, 애써 외면하는 걸까. 어째서 이리도 갈피 없이 마음이 흔들리는 걸까. 원우는 낮은 한숨을 내쉬었다. 바리가 탁자 위 책 더미로 사뿐히 뛰어올랐다. 거기엔 원우가 읽고 또 읽었던 두 권의 책이 있었다.

"제게도 그런 책이 있습니다. 읽고 싶지만 읽을 수 없어, 끝내 다 읽지 못한 책. 두 권뿐인 미완결 책이죠. 행방불명의 책과 기억상실의 책. 주홍도와 설진아."

"마담이 그러더군요. 제가 주홍도의 환생일지도 모르겠다고요. 원우 씬, 어떻게 생각해요?"

원우가 진아의 눈을 들여다보았다. 진아도 원우를 마주 보았다. 서로 보고만 있을 뿐인데도 차마 말할 수 없는 수많은 말과 마음이 오고 갔다. 어떻게 대답할 수 있을까. 대답할 수 없음에도 눈빛 너머로 느껴지는 모든 것. 마주치고 외면하고 흔들리고 어느새 스며들어 이다지도 커져버린 무엇이, 원우의 눈 속에 담겨 있었다. 진아는 다가가고 싶었다.

"주홍도의 인생, 제가 읽어봐도 될까요?"

"이건, 제 사랑의 기억이기도 합니다."

"그래서요. 그래서 읽고 싶어요. 주홍도과 지원우를 만나보고 싶어서."

원우가 흔들리는 눈빛으로 물었다.

"왜죠? 왜 저를 읽고 싶은 겁니까?"

"원우 씨가 덜 쓸쓸할 테니까. 단 한 사람이라도 당신의 인생을 읽어준다면. 원우 씨가 저를 읽어주었어요. 잊어버린 기억과 잃어버린 인생조차도 애써 읽어보려던 원우 씨 덕분에 저는 괜찮아졌거든요. 헤아리는 마음이랬죠? 어쩌면 그 마음이야말로 제가 당신에게 줄 수 있는 가장 인간다운 마음일지 몰라요. 헤아려주고 싶어요. 무엇도 알 순 없지만, 무언가 달라질 수도 있겠죠."

진심을 담아, 진아가 미소 지었다.

쿵 쿵 쿵 쿵. 두 사람을 둘러싼 수백 개의 시계 초침 소리가 심장박동처럼 울렸다. 너무도 익숙한 미소. 홍도와 같은 차림, 같은 얼굴로 같은 미소를 짓고 있는 진아가 있었다. 당장이라도 손을 뻗어 눈앞에 얼굴을 만지고 싶었다. 보고 싶었다고. 아주 많이 보고 싶었다고.

"원우 씨." 그 얼굴이 원우를 불렀다.

"나는 당신이 쓸쓸하지 않았으면 좋겠어요."

밤. 오직 밤. 제야 이후로 해는 떠오르지 않았다. 흑야(黑夜). 아주 캄캄한 밤이 계속되었다. 해가 사라진 자리엔 검은 물감을 덧칠하듯 혹독한 어둠과 추위가 흘러들었다. 밤과 밤 사이 온종일 눈이 내렸다. 기묘하게도 폭설에도 달만은 오롯이 떠올라 모양을 달리했다. 어지러운 눈발 사이로 어렴풋하게 보이는 빛의 형체만이 유일하게 시간의 흐름을 가늠할 수 있게 해주었다. 몇 번의 하루가 지나갔을까. 밤과 눈과 고요뿐. 동백섬에 깊은 겨울이 찾아왔다. 윤심덕의 〈사의 찬미〉가 흐르는 까멜리아 싸롱.

"갑니다."

복희의 진지한 목소리. "모 아니면 걸!" 가지런히 윷가락을 모아 힘차게 던졌다. 떼구르르 윷가락이 뒤집히자 "걸!" 환호가 쏟아졌다. "업고 먼저 갑니다." 복희의 호쾌한 웃음소리. 도 개 걸. 진아와 이수가 동그란 윷밭에 흰 돌 두 개를 겹쳐놓았다.

"같이 가요. 곰방 잡으러 갑니다. 모 아니면 모!" 마두열이 으아아앗 기합과 함께 윷을 던졌다. 윷가락이 건빵처럼 나란히 엎어졌다. "모!" 환호와 탄식이 엇갈렸다.

"도 개 걸 윷 모. 잡았습니다." 마두열이 호탕하게 웃었다. 모났네. 모났어. 창수가 허허실실 웃으며 윷밭으로 검은 돌을 옮겼다. 가차 없이 흰 돌들을 들어내 처음으로 옮겨두는 지호. "아저씨, 한 번 더!"

흑야와 눈보라, 그리고 우울한 노래에도 까멜리아 싸롱은 화기애애했다. 여러 밤을 보내며 친해진 망자들은 함께 시간을 보냈다. 따뜻한 차를 마시며 이야기를 나누거나, 피아노를 치거나, 뜨개질을 하거나, 책을 읽거나, LP를 듣거나, 이런저런 놀거리를 찾아 놀거나. 오늘은 창수가 깎아준 윷으로 윷놀이 판이 벌어졌다. 망자들의 웃음소리가 시끌벅적했다.

창가에 선 바리가 꼬리를 치켜세우더니 원우를 돌아보았다. 마담. 원우가 순자를 불렀다. 윷놀이 판에서 눈을 떼지 못한 채 순자가 생글거리며 다가왔다.

"오늘일 듯싶습니다."

원우가 눈발에 가려 혼탁한 달을 올려다보았다. 일순 미소를 지우며 순자가 중얼거렸다.

"심술궂기도 하지. 이제 좀 웃어볼까 했는데…… 조금만요. 조금만 더 웃자고요."

예스, 마담. 원우와 순자는 환하게 웃고 있는 망자들을 바라보았다. 즐거운 시간에 집중해 아무것도 들리지 않는, 죽은 자들의 환한 미소와 편안한 마음. 들어주는 이 없는 〈사의 찬미〉만 까멜리아 싸롱을 떠다녔다.

"대단히 감동적인 승부였습니다."

"왕년에 시장판 이모들 사이서 윷가락 좀 던져봤죠. 속단은 금물. 뭐든 굳게 마음먹고 끝까지 가봐야 알아요. 이모들이 가르쳐준 인생의 교훈이 뭐다? 운보다 중한 건 끈질긴 의지. 바로 고것이다."

복희가 두열에게 의기양양하게 말했다. 예상과 달리, 윷놀이는 복희와 여자들의 역전승으로 끝났다. 엎치락뒤치락 복희네가 지는 듯했지만, 연달아 윷과 모가 이어지며 기회를 잡았다. 욕심 부려 여러 개를 업은 두열네 말을 단번에 잡아버리면서 판세가 뒤집어졌다. 흥미진진한 승부였다.

"밤은 역시 망자들의 시간이 틀림없습니다. 흑야가 이어지는데도 이리 생기가 넘치니 말입니다. 따뜻한 쌍화차를 준비했어요. 좋은 것들만 담아 오래 달였답니다."

"여러분, 이건 차가 아니라 약이에요. 백작약, 숙지황, 당귀, 천궁, 대추, 계피, 생강, 감초를 넣어 달인 보약이지요. 쌍화차 올립니다."

순자와 이수가 쌍화차를 건네주었다. 고풍스러운 검은 도기 찻잔에 찰랑이는 진갈색 차. 호두, 대추, 잣이 담뿍. 그리고 달걀노른자가 동동 떠 있었다.

"이거 달걀노른자인가요?" 진아의 말에 "심지어 날달걀인데요?" 지호도 놀라 물었다.

"인간들도 참. 보약을 이리 먹을 생각을 하다니. 대단히 귀엽지요? 내려다보면 모양새가 꼭 어지러운 밤에 뜬 만월 같지 않습니까?"

순자가 장난스럽게 웃었다.

"이걸 어떻게 먹어요?"

"호로록 먹지요."

지호 보란 듯이 티스푼으로 노른자 먼저 호로록 떠먹고 홀짝 차를 마시는 두열.

"암요. 노른자가 있어야 쌍화차지요." 창수도 호로록.

"반가워라. 옛날 다방 쌍화차 그대룹니다." 복희도 호로록 차를 들이켰다.

"천천히 드세요. 구운 가래떡도 있다고요."

이수가 구운 가래떡과 조청을 탁자에 올렸다. 따끈한 쌍화차를 호로록 마시고, 바삭하고 쫀득한 구운 가래떡을 조청에 찍어 먹었다. 쌉쌀하고 고소하고 달달하고 담백한, 그리운 맛. 복희가 감탄했다.

"좋다, 좋아. 이런 밤이라면 며칠이고 지새워도 좋겠어요."

"흑야래도 하나도 무섭지 않은걸요."

진아가 흘깃 창밖을 바라보았다. 안에선 아무것도 보이지 않는 깜깜한 창. 창밖엔 여전히 눈보라가 몰아치는 밤이었다. 덜컹거리는 창문 너머로 위이이잉 바람 소리가 요란했다. 그러나 까멜리아 싸롱은 안전하고 따뜻했다. 순자가 어느새 다가온 바리의 등을 부드럽게 쓰다듬었다.

"속도 마음도 든든해졌으니, 오늘은 까멜리아 흑야 낭독회를 열어보려고요."

"긴긴밤을 보내기엔 독서만 한 것도 없죠."

원우가 인생책을 들고 왔다. 까멜리아 싸롱에서 얼마나 지냈던 걸까. 처음 인생책을 펼쳤을 때가 오래전처럼 아득하게 느껴졌다. 다시 인생책을 맞닥뜨리자 재차 실감할 수 있었다. 여기는 이승도 저승도 아닌 중천임을, 그리고 언젠가, 머지않은 어느 날에는 이

곳을 떠나야만 한다는 사실을. 함께 웃으며 이야기 나누는 우리는 모두 죽었다는 진실도.

"사서의 능력으로 모두의 인생 기록은 완독했습니다. 비단 책이 아니더라도 여러 밤 대화를 나누며 우리는 서로의 인생을 읽었습니다. 그러나 여전히 마지막 이야기는 공란이지요. 걱정하진 않으셔도 됩니다. 곧 기록될 테니까요. 그 전에 재차 인생을 읽어볼 기회를 드립니다. 읽었던 책도 다시 읽었을 때에야 새로이 보이는 것들이 있으니까요."

따뜻한 쌍화차를 마시며 다시 인생책을 열어보았다. 기록이라곤 이수와의 기억이 전부인 진아는 빠르게 책을 훑고선 까멜리아 싸롱을 둘러보았다. 그런데 미묘하게 이상한 분위기가 느껴졌다. 두열과 이수가 굳은 얼굴로 순자를 응시하고, 어째선지 순자는 서글픈 미소를 머금고 있었다. 그리고 그늘진 원우의 눈빛도. 진아는 감지할 수 있었다. "저의 바람은……." 순자가 정적을 깨트렸다.

"훗날 까멜리아 싸롱을 떠올리게 된다면 모쪼록 편안하고 따뜻했다고 기억해 주면 좋겠습니다. 살아생전 여러분에게도 그런 곳이 있었는지요. 홀로 있어도 편안했던 장소가?"

차르륵 차르륵. 망자들의 인생책 넘어가는 소리가 들렸다.

"구둣방입니다."

창수가 너비를 가늠하듯 양팔을 길게 뻗어 휘 돌려보았다.

"저는 양미 역사 앞에서 50년 동안 구둣방을 했습니다. 빙 둘러

요 정도 되는 한 평짜리 구둣방에서 평생을 보냈죠. 부모도 고향
도 없는 전쟁고아가 가능한 벌이라곤 슈샤인 보이뿐이었습니다.
가만있어 보자, 그 노래가 여기 어디 있을 텐데요."

"박단마의 〈슈샤인 보이〉 말입니까?" 원우가 LP를 찾아 재생하
자 경쾌한 멜로디가 흘러나왔다.

"슈 슈 슈 슈 슈-샨 보이. 당시엔 길거리에 미군들 군화 닦는 슈
샤인 보이(shoe shine boy)가 지천이었습니다. 제가 부끄러움도 꿀
꺽 삼키고 이 노랠 얼마나 목청 터져라 불렀었는지. 덩치 큰 슈샤
인 보이들 사이에서 얻어터지면서도 끈질기게 살아남았죠. 그렇
게라도 벌어먹은 게 기술이라고, 집도 피붙이도 없으니 구두닦이
통 하나 들고서 혼자 상경했습니다. 전후에 돈 좀 벌어보려는 뜨
내기들 오가는 양미역에 일찌감치 자릴 잡았죠. 저는 겁도 많고
사람도 무서워해서 다른 일일랑 꿈도 못 꿔봤습니다. 폭염에도 혹
한에도 구둣방에 그저 제 몸뚱이 하나 쪼그리고 앉아 있자면 마음
이 편했습니다. 한 평짜리 쪽방이래도 제겐 구둣방이 집이고 꿈이
고 돈이고 밥이었거든요. 맨 재미없는 인생이지요."

"그래서 할아버지 손재주가 그리 탁월하셨던 거군요."

진아가 빙그레 웃었다. 슈 슈 슈 슈 슈-샨 보이. 뚝뚝한 창수가
부끄러움도 삼키고 목청껏 부르고 다녔을 노래. 나풀나풀 한없이
가벼운 노래가 가슴 묵직하게 내려앉았다.

이수가 지호에게 시선을 옮겼다. "지호, 너는?"

책을 훑어보던 지호가 고갤 들었다. 조금 난감한 표정으로.

"저도 맨 재미없지만…… 학교요. 매일 첫차를 타고 학교에 갔어요. 이른 아침에 아무도 등교하지 않은 빈 교실을 제일 좋아했어요. 잠을 푹 잔 적도 별로 없고, 마땅히 지낼 데가 없었거든요. 아침 일찍 학교에 가면 몽롱해서 꿈꾸는 기분이 들어요. 빈 교실에 나 혼자구나. 되게 꿈 같다. 책상에 엎드려서 CD플레이어로 최애의 노래를 들을 때가 행복했어요. 멤버가 직접 쓴 가사를 듣고 또 들었어요. 제일 많이 들었던 노래는 〈134340〉."

"134340?" 이수가 낯선 숫자를 중얼거렸다.

"왜소행성 134340. '명왕성'이란 이름으로 기억할 태양계의 아홉 번째 행성. 그런데 자기 궤도에서 제 역할을 제대로 해내지 못해서 태양계에서 퇴출당하고 말았어요. '명왕성'이라는 주인공이었다가 갑자기 '행인1' 같은 존재가 되어버린 거죠. 왜소행성 134340. 심지어 행인 134340쯤 되는 하찮은 존재, 그게 저 같아서요. 저는 늘 세상에 지는 기분이 들었거든요. 내쫓기고 맴돌고 헛도는 행인 134340. 제 인생이 왜소행성 134340처럼 느껴졌어요. 평생 내 의지로 살 수 있던 순간들이 얼마나 있었더라. 살아본 인생이 그리 길지 않아서일까요. 몇몇 사건을 제외하곤 잘 기억나지 않아요. 대체로 무기력했던 것 같아요. 그런데……."

지호가 넘기던 페이지를 멈추고 피식 웃었다.

"죽기 얼마 전에 이상한 앨 하나 알게 됐어요. 아, 이제 알겠다.

왜 여기가 익숙하게 느껴졌는지. 걔가 덩치랑 생김새가 꼭 두열 아저씨 같아요. 근데 또 말투랑 성격은 묘하게 이수랑 비슷하달 까. 두 사람을 섞어놓은 것 같은 열혈단순명랑캐. 그런 남자애가 하나 있었어요. 언제부턴가 아침 일찍 등교하면 걔가 제 앞에 엎어져서 자고 있어요. 드르렁드르렁 코까지 골면서. 짜증은 났지만 그래도 걘 착한 애였어요. 걔 덕분에 우리 반에선 학폭 같은 건 일어나지 않았으니까. 무지막지하게 힘세고, 정의롭고, 정 많고, 성격 좋고. 저와는 달리 이타적인 애였어요. 근데 하루는 걔가 저한테 다가와 그러더라고요. '어이, 좋겠네. NASA 달 탐사선에서 〈134340〉 노랠 들을 거래. 기어코 우주로 가는구나.'"

"좋아하네."

두열이 씨익 웃었다.

"널 좋아해."

이수도 눈을 찡끗거리며 대꾸했다.

"그런 거 아녜요. 그러니까 주어를 제대로…… 암튼 그런 거 아니라니까."

손사래 치는 지호의 얼굴이 달아올랐다. 두열과 이수가 헤벌쭉 웃었다.

"낭독회니까. 그리고 죽었으니까요." 복희가 입을 열었다.

"마지막으로 꼭 한 번, 낭독하고픈 자작시가 있어요. 아유, 떨려라."

늘 살갑게 사람들 챙기고 잘 웃던 복희가 떨고 있었다.
"제목, 파랑새."

나는 밤을 나는 파랑새
푸른 옷소매의 날갯짓
꿈으로
꿈속으로
멀리 높이 날아가
눈에는 보이지도 않는다지

"저는요. 학교가 제일 좋았어요. 학교서 공부할 때가 젤루다가 맘 편하고 행복했거든요. 저 때는 산골짝서 여자가 학교 가는 게 당연한 일이 아니었어요. 고생고생해서 고등학교까지 들어간 얘길 풀어놓자면 너무 복잡스러워서, 되려 암말도 못하겠어요. 저는 낮엔 공장서 일하고 밤에 공부했어요. 낮엔 파란색 유니폼 입고 섬유 공장에서 일했는데, 아유, 먼지가 말도 못 해. 찜통 같은 공장에서 백 킬로짜리 옷 더미를 질질 끌고 다니면서 먼지 더미 풀풀 죄 마셔가며 일한 돈일랑 전부 집에 부쳐줬어요. 그 돈으로 남자 형제들 뒷바라지하는 거죠. 첨으로 집 떠나서 기숙사에 들어갔어요. 기숙사 방이래도 이층침대에 애들 열댓 명씩 다닥다닥 붙어 잠만 자는 비좁은 방이거든요. 근데요, 집 떠나 나 혼자니까 외롭

긴커녕 좋았어요. 너무너무. 학교에는요. 내 책상이 있었어요. 교실에도 자습실에도 '복희야, 공부해도 된다' 하구선 박복희 책상이 있는 거예요. 요만한 널빤지, 고만큼은 딱 내 세상이다. 눈치 하나 안 보고 내 맘대루 공부해도 된다. 그게 너무 좋아서, 죙일 일해서 피곤한 눈꺼풀이 깜빡깜빡 내려와도 책상에 앉아 공부만 했어요. 잠도 책상에 엎어져서 잤대니까요. 그런 밤마다 교과서에 끄적여 놨던 시를 하루는 선생님이 발견하고는 학보에 추천해 실어 줬어요. 그게 「파랑새」라는 시였어요. 시 읽구선 선생님이 울더라고요. 친구들도 훌쩍훌쩍 울고요. 박복희가 쓴 글에 사람들이 우는 게 너무 이상하구 신기하구……. 정말이지 제 평생 유일한 자랑이에요. 저는요, 파랑새처럼 훨훨 날아가고 싶었어요. 파란색 유니폼 입고 공장서 일할 때도 머릿속에 맨 공부 생각밖에 없었거든요. 근데 그거, 아무도 몰라요. 아무도 못 봐요. 낮이든 밤이든, 저는요, 매일 꿈을 꿨어요. 그저 박복희, 나 하나 되는 꿈."

복희와 순자가 옷소매로 눈물을 꾹 찍어 닦았다. 순자가 노래하듯 불러주었다.

"복희야, 너는 멀리 높이 날아가라. 눈에도 안 보이게 멀리 높이 날아가라."

"아유, 마담 목소리만 들으면 왜 이리 눈물 바람인지…… 예스, 마담."

두 사람은 웃다가 울다가 다시 웃었다. 눈물 바람은 훌훌 쉽게도 번져서, 그 모습을 지켜보던 진아도 먹먹한 목소리로 말했다.

"기억상실 망자는 이래서 여기가 좋아요. 지켜보고만 있어도 안겨 있는 기분이 들거든요. 저한텐 까멜리아 싸롱이 안전하고 따뜻한 품이에요."

"으, 좋다." 이수가 콧잔등을 찡그리며 웃었다. 울다가 웃다가 이렇게 영영 좋기만 하면 좋겠는데……

그때였다. 창가로 훌쩍 뛰어오른 바리가 새까만 털을 빳빳하게 세우고 하아악, 위협적인 소리를 냈다. 뒤이어 냉랭한 원우의 목소리.

"시작되었습니다."

"좋은데. 영영 이대로면 좋을 텐데…… 빛이 사라집니다."

순자의 목소리에 망자들이 주위를 둘러보았다.

조용했다. 기묘하리만큼 조용했다. 언제부턴가 축음기에서 흘러나오던 노래도, 몰아치던 눈보라도, 덜컹거리던 창문도, 뒤엉켜 흔들리던 숲도, 너울 치던 바다도 전부, 고요해졌다. 세상에 음소거를 누른 듯 고요한 밤. 이끼 긴 물속 같은 밤하늘에 영묘한 만월이 떠올랐다. 그러나 달은, 어둠에 잡아먹히듯 소용돌이치며 사라지고 있었다.

두열과 이수가 망자들을 막아섰다. 푸른 눈을 치켜뜬 원우가 달을 쏘아보았다. 송곳니를 드러낸 바리도 샛노란 맹수의 눈으로 달을 노려보았다. 까멜리아 싸롱을 마주 노려보는 거대한 눈동자

같은 달이 흑야의 한가운데로 소멸하고 있었다.

오묘한 빛깔로 뒤섞여 소용돌이치던 거대한 눈동자가 깜박.

까멜리아 싸롱의 불빛들이 한순간에 꺼졌다.

"어림없습니다. 아무도 다그쳐 데려가진 못합니다!"

순자가 카랑카랑한 목소리로 호령했다. 지독히도 고요하고 빠르게 사위는 어둠 속에서, 망자들의 눈빛이 촛불처럼 흔들렸다. 악몽에 갇힌 듯 쇳덩이처럼 굳어버린 몸에선 목소리조차 나오지 않았다. 두려움이 오소소 망자들의 온몸을 훑었다. 살갗을 파고드는 공포. 그때, 그림자처럼 다가온 원우가 진아의 손을 잡았다. 누구랄 것도 없이 가까스로 손을 뻗어 서로를 붙잡았다.

"모든 빛이 사라지는 흑야. 곧 여러분 생의 마지막 순간을 만나게 될 겁니다. 부디 사악한 어둠을 조심해요. 어둠은 눈을 감은 것, 단지 그뿐. 우리를 해칠 수 없습니다. 기억하세요. 여기, 돌아올 곳이 있다는 걸."

순자의 목소리가 메아리 되어 흩어졌다.

암전.

몽마처럼 사악한 어둠이 망자들을 집어삼켰다.

박복희 朴福希

"죽어."

남자의 목에 싸늘한 쇠붙이가 느껴졌다. 복희였다.

손에 쥔 식칼이 와들와들 떨렸다. 남자는 술이 덜 깬 얼굴로 복희를 올려다보았다. 어두운 단칸방. 부서진 문틈으로 가로등 불빛이 비쳐 들었다. 부서지고 찢어지고 망가진 곳곳. 소주병이 뒹구는 방구석엔 아기 하나가 포대기에 싸여 잠들어 있었다.

"죽여버릴 거야." 눈물로 번들거리는 얼굴을 일그러뜨리며 복희가 말했다. 그러나 남자는 입꼬리를 비틀었다. "이년이 덜 처맞았네." 주먹을 뻗으려는 찰나. 복희의 눈이 형형하게 빛났다.

"똑똑히 봐."

복희는 번뜩이는 칼날로 그대로 제 팔뚝을 그었다. 길게 그어진 붉은 선에서 이윽고 뜨거운 피가 솟구쳐 흘렀다. 뚝 뚝. 남자의 얼굴에 핏방울이 떨어졌다. 피범벅이 된 남자의 뺨에 서슬 퍼런 칼날을 가져다 대고서 복희가 속삭였다.

"내 새끼 건들지 마. 난 더는 무서울 게 없는 년이야. 내 딸한테 또 손대는 날엔 네놈 목을 그어버릴 거야. 죽여버릴 거야. 세상 끝

189

까지 쫓아가서 아주 고통스럽게 죽여줄 거야. 숨이 붙어 있는 한, 우릴 찾지 마."

그날 밤, 복희는 아기를 업고서 어둠 속으로 숨어들었다.

복희는 손등에 흐르는 피를 쭙 빨아 먹었다.

비릿한 냄새. 피비린내 같은 생선 비린내. 날 때부터 몸에 밴 비린내가 지긋지긋하게 싫었다. 가부장적인 아버지 아래, 줄줄이 오빠들 부양하느라 걸음마 뗄 적부터 복희는 노상 일만 했다. 생선 파는 엄마를 도와 겨울 댓바람에 삐덕 삐덕 말린 노가리 떼느라고 어린 손가락이 곱았다. 손등이 다 터져 피가 났다. 그래도 복희는 손등의 피를 쭙 빨아 먹고 부지런히 엄마를 도왔다. 일 끝나면 학교에 갈 수 있으니까. 고개 넘어 학교 갈 적이 젤루 좋았다.

아이들이 골뱅이처럼 다글거리는 교실에서도 복희는 일등으로 공부를 잘했다. 하지만 중학교까지만 겨우 졸업했을 때, 아버지는 계집애가 무슨 공부냐며 밥상을 뒤집었다. 복희네 언니들처럼 좀 사는 집에다가 식모로 보내버릴 꿍꿍이였다. 울다 지쳐 퉁퉁 부은 눈으로 졸업하던 날, 복희를 아끼던 선생님이 그랬다. "복희야, 일하다가 너무너무 공부가 하고 싶으면 선생님한테 달려오너라. 여자도 공부를 해야 한다." 복희는 노가리 떼고 오징어 펴고 생선 궤짝 나르면서 꼬박꼬박 돼지저금통에 돈을 모았다. 일찌감치 알았다. 세상사 돈이면 안 되는 게 없으니까. 돼지저금통을 꽉 채운 날,

한달음에 선생님께 달려갔다. "이 돈이면 저도 공부할 수 있습니까? 노가리 떼면서도 너무너무 공부가 하고 싶었어요."

선생님은 간곡하게 부모님을 설득했다. "복희가 아주 영특한 앱니다. 요즘은 공장서 일하면서 다니는 학교들도 있습니다. 기숙사에서 먹고 자고 챙겨주고 공부만 잘하면 장학금도 다 나온답니다. 낮엔 돈 벌어서 집에 보내드리고 밤엔 열심히 공부하고 두루두루 좋지 않겠습니까. 시대가 변하고 있습니다. 계집애지만 나중에 집안에 큰 힘이 될 겁니다. 영특한 복희가 희망입니다." 선생님이 평생의 은인이었다. 그 길로 복희는 실업고등학교에 들어갔다. 맨 신발 한 켤레에 외투 한 벌, 빨아 말려 입으며 쑥쑥 자라는 제 몸 건사해야 했지만, 그래도 복희는 학교에서 공부할 때가 젤루 행복했다.

실업고 생활도 녹록지는 않았다. 낮에는 파란색 공장 유니폼을 입고 섬유 공장에서 일했다. 종일 먼지와 땀에 절어 기계처럼 일했다. 해 떨어지고 늦은 밤에야 겨우 공부할 수 있었는데, 온몸이 천근만근 눈꺼풀이 내려앉아도 밤새워 공부하는 게 그저 감사하고 행복했다. 그런 복희가 기특하고 영특해서 선생님들은 몰래 문제집을 챙겨줬다. 복희는 글도 잘 써서 학보에 시도 실었다. 복희의 문장은 모두를 울렸다. 선생님이 훌쩍거리며 그랬다. "복희야, 힘들어도 너는 공부만 열심히 해라. 파랑새처럼 멀리 높이 날아가서 너는 선생님 하거라." 복희는 꿈을 꿨다. 어떻게든 대학까지 날아가 보고 싶었다.

그런데 돈이 없었다. 대학 가겠단 얘기에 아버지는 복희의 뺨을 올려붙였다. 보자 보자 하니까 계집애가 괘씸하게두 혼자 똑똑해서 뭣에 쓰냐. 고등학교까지 다녔으면 고마운 줄 알고 결혼이나 해라. 복희를 두드려 팼다. 형제들도 잘 배운 복희가 부럽고 얄미워서 그만하면 됐다며 등을 돌렸다.

엄마만 복희 편을 들어주었다. 평생 생선 궤짝을 떠나본 적 없는 엄마가 "복희야 멀리 도망가라" 하면서 비린내 밴 쌈짓돈 꺼내 쥐여줬는데, 얼마 안 되는 그 돈이 꼬깃꼬깃 슬퍼서, 제 삶이 구질구질 싫어서 시장통을 엉엉 울면서 걸었다. 고된 시집살이에 망나니 남편이랑 이기적인 아들들 뒷바라지 하느라고 물기 마를 새 없이 불어 터진 엄마의 손. 미안해, 엄마. 근데 나 엄마처럼은 살기 싫어. 복희는 엄마 돈도 엄마 손도 뿌리치고 집을 나왔다.

그 길로 상경했다. 한동안은 섬유 공장에서 공순이로 일했다. 매사 씩씩하고 싹싹한 복희는 언니들에게 귀염을 받았다. 언니들 건너 건너 소개받아 백화점 의류 판매원이 되었던 날, 복희는 처음으로 뾰족구두를 신어보았다. 가느다란 구두 굽에 휘청휘청 바로 서기조차 힘들었지만, 하늘색 스커트 유니폼을 입고 투명한 쇼윈도 앞에 섰을 땐, 세상을 다 가진 것처럼 뿌듯했다. 박복희, 이제야 날아오르나 보다. 쇼윈도에 비친 자신이 어여쁜 파랑새 같았다. 훨훨 훌훌. 멀리 높이 날아가나 싶었다.

그러다 지점 관리인이랑 눈이 맞았다. 말끔한 정장을 차려입고 뚜걱뚜걱 구둣발로 걸어 다니는 훤칠하고 번듯한 월급쟁이. 그 남자가 남몰래 복희에게 잘해줬다. 남들 눈은 피해 만나자던 남자는 신중하고, 누가 버린 영수증에 러브레터 써주던 남자는 알뜰한 사람이라 믿었다. 비밀 연애. 가슴 벅찬 그런 걸 남자랑 해봤다. 어디선가 뚜걱뚜걱 구둣발 소리가 들릴 때, 돌아보면 멀리서도 남자에게선 빛이 났다.

하루는 남자가 반짝이는 백 원짜리 동전 하나를 복희 손에 쥐여주며 말했다. "반짝반짝하지요? 발행년도 올해로 찍힌 새 동전입니다. 앞면이면 나랑 계속 만나고, 뒷면이면 나랑 계속 사는 겁니다. 복희 씨 인생, 날 믿고 나한테 파는 겁니다." 빙그르르 날아오른 동전은 복희의 손바닥에 떨어졌다. 뒷면이었다. 그래, 다들 그리 산다더라. 나도 이만하면 됐다. 애 낳고 살림하면서 남들만치만 평범하게 살아야지. "좋아요. 내 인생 당신한테 팔게요." 이런 게 행복이라던데. 복희는 인생을 팔고 행복을 샀다.

혼인신고도 못 했는데 덜컥 아이가 들어섰다. 배는 불러오고 비밀 연애를 고집하던 남자 때문에 직장을 그만뒀다. 복희도 집을 나온 처지였고 남자도 피치 못할 사정이 있다기에 결혼은 미루고 남들 몰래 달동네에 단출한 살림집을 차렸다. 다들 시작은 조촐하게 단칸방에서 하더란다. 복희는 고분고분 믿었다. 그러나 점점 배가 불러올수록 혼자인 시간이 길어졌다. 딸을 낳았다. 그때부터 남자의 태도가 싹 달라졌다. 알고 보니 남자는 순 난봉꾼에 노름꾼, 초혼 아닌 유부남이었다. 피붙이로 삼을 아들이 아니라면 하등 쓸모없다며 복희를 내쳤다. 급기야 손찌검까지 했다.

남자가 복희 인생에 빛인 줄 알았는데 빚이었다. 어디선가 뚜걱뚜걱 구둣발 소리가 들릴 때 복희는 숨을 죽였다. 남자의 구둣발에 차이면서도 복희는 젖먹이를 껴안고 어금니를 꽉 물었다. 생활비 명목으로 주는 쥐꼬리만 한 돈을 생각하며 꾹 참았다. 그러던 어느 날, 술에 취한 남자가 갓난쟁이한테까지 손을 댔을 때, 복희는 그만 정신을 놓아버렸다. 하마터면 남자를 죽일 뻔했던 밤, 복희는 피가 흐르는 팔뚝을 강보로 칭칭 감고, 아기를 등에 업고서 야반도주했다. 겨우 도망친 데가 엄마였다.

"복희야 복희야. 금쪽같은 내 새끼." 암말도 못하고 갓난쟁이 껴안고 우는 복희에게 엄마는 암말도 묻지 않았다. "내 딸 보배야. 나처럼 박복하게 살지 말라고, 세상에 딱 하나밖에 없으니까, 보배." 엄마는 평생 손댄 적 없는 이불장에서 훔쳐 온 돈을 복희에게 쥐여주었다. "이걸로 살자, 복희야. 살다 보면 살아진다." 엄마가 복희 손을 붙잡고 뚝뚝 울었다.

토박이는 없고 뜨내기들 오가는 양미동 단칸방에 복희와 보배는 숨어들었다. 노점상, 식당 찬모, 청소 일 전전하며 보배를 키웠다. 허리 펼 새 없이 하루들이 지나갔다. 어금니 꽉 깨물고 낮엔 걸레질하고 밤엔 파전을 부쳤다. 쪼그려 앉아 걸레질할 때, 기름 냄새에 구역질 날 때, 똑똑 떨어지는 눈물에선 폴폴 김이 났다. 물기 마를 새 없어 퉁퉁 붓고 짓무른 손등에서 피가 났다. 복희는 손등의 피를 쭙 빨아 먹었다. 눈물일랑 꾹 찍어내고 하하하 소리 내서 웃었다. 암만. 악착같이 살다 보면 살아진다. 바닥을 쏘아보며 악착같이 하하하 웃었다.

복희의 피땀 눈물을 고스란히 받아먹으며 보배는 피가 돌고 살이 찌고 쑥쑥 키가 컸다. 보배는 복희를 빼닮아 씩씩하고 싹싹하고 영특하고, 또 기특하게도 공부를 잘했다. "힘든 일일랑 내가 해 줄 테니 너는 공부만 해라." 복희는 제 배 곯을망정 악착같이 보배를 공부시켰다. 여자라고 살림하는 거 아니라며 보배는 부엌에 얼씬도 못 하게 혼냈다. 지긋지긋하게 벌어먹기 고됐어도, 딸내미 커가는 뒤통수만 봐도 가슴 뻐근하게 벅차던 시절이었다.

빙그르르 날아올라 복희의 손바닥에 떨어졌던 백 원짜리 동전은 어떻게 되었던가. 그런 일이 있었었나 가물가물해졌을 즈음, 이제야 좀 살 만하다 허리 좀 펴볼까 싶었을 즈음 복희의 인생은 송두리째 뒤집어졌다. 작은 평수지만 처음으로 박복희 명의 아파트에 들어간 날, 집들이 온 엄마는 잠든 채로 세상을 떠났다. 엄마한테 겨우 밥상 한 번 차려준 게 전부였는데. 가슴이 미어졌다. "그래도 보배야, 너는 공부만 열심히 해라." 복희는 보배를 다그쳤다.

이듬해 복희를 닮아 글도 잘 쓰고 공부도 잘했던 보배는 사범대 국어교육과에 합격했다. "나 국어 선생님 될 거야." 보배가 복희에게 꽃다발을 안겨주며 웃었다. 인생이, 나쁜 일 뒤집으면 좋은 일 온다더라. 글두 우리 보배한테 좋은 일 와서 참만 다행이다 싶었다. 그런데 대학교 입학식을 앞두고 떠난 졸업 여행에서 멀쩡했던 터널에 불이 붙을 줄은 몰랐지. 과적 화물차에서 일어난 불길은 터널 방음벽으로 옮겨붙어 순식간에 터널 전체를 집어삼켰다. 보배는 불타는 터널에 갇혀 죽어버렸다.

복희 혼자만 뻔뻔하게 살아남았다. 이후로 복희는 어떻게 살았던가. 그래도 산 사람은 살아야지. 아니. 박복한 년이 무슨 낯짝으로 죽어. 죽는 것도 미안해서, 염치가 없어서 죽지 못해 살았다. 용역 청소 일을 전전하다가 백화점 청소 일을 시작했다. 환하고 따뜻한 백화점에서 복희의 젊은 날이 겹쳐졌다. 인생이 어디서부터 잘못된 걸까. 퍼석 말라버린 가슴께에서 무언가 왈칵 치밀 때마다 복희는 주먹으로 제 명치를 턱턱 때렸다.

내가 인생을 잘못 팔았어요.

12월. 크리스마스 시즌에 들어선 백화점은 눈부시고 시끄럽고 분주했다. 인파에 치여 겨우 교대를 마친 복희는 물류 창고 옆에 있는 간이 휴게실로 돌아왔다. 문을 열자 곰팡내가 훅 끼쳐와 기침을 터트렸다. 유난히 힘든 하루였다. 너무 힘들어서 손가락 하나 까딱할 힘이 없었다. 복희는 바닥에 퍼더앉았다. 얼음장 같은 휴게실에 스토브 하나 틀어두고서 웅크려 잠이 들었다.

얼마나 지났을까. 요란한 소리에 잠이 깼다. 무거운 눈꺼풀을 들어 올렸을 때, 창문도 없는 좁은 방이 온통 뿌옜다. 쾅쾅쾅. 누군가 밖에서 문을 두드리고 있었다.

"사람 있어요? 불났어요! 대피해요!"

복희는 기침을 터트렸다. 스멀스멀 문틈으로 연기가 들어오고 있었다. 양동이에 던져둔 걸레처럼 온몸이 무거웠다. 복희는 가까스로 몸을 일으켜 문고리를 잡았다. 달아오른 문고리에 손바닥이 타는 듯 아팠다. 그때였다.

'복희야. 복희야.'

누군가 복희를 불렀다.

……엄마? 복희가 돌아보았다. 벽시계의 긴 바늘이 숫자 4를 향하고 있었다. 왕왕거리는 소리와 매캐한 연기에 연신 기침이 났다. 연기를 들이마신 입안에는 온통 역겨운 비린 맛이 가득했다. 뜨거운 쇠붙이가 손바닥을 깊숙이 파고들었다. 가슴이 미어졌다. 애가 끊어질 듯 고통스러웠다. 뜨거워라. 아파라. 얼마나 무서웠을까 내 새끼. 내 보배야. 눈물이 줄줄 쏟아졌다. 아득해지는 의식 사이로 다시 목소리가 들렸다.

'복희야. 박복희.'

번쩍, 섬광이 일었다. 빙그르르 날아올라 복희의 손바닥에 떨어졌던 백 원짜리 동전. 앞면이든 뒷면이든 똑같았을 것이다. 엄마. 나는 똑같이 박복했을 거야. 너무 악착같이 쥐고 살았어. 징그럽게도.

사는 거 정말 너무 같잖다.

박복희는 툭, 문고리를 놓아버렸다.

안지호 安志浩

"죽자. 같이 죽어버리자."

엄마의 목소리가 파고들었다. 헤드폰을 뒤집어쓴 어린 지호. 빙그르르 돌아가는 CD플레이어 선을 따라 노래가 흐르고 있었다. 왼쪽 눈두덩이에 뜨거운 통증이 느껴졌다. 끈적한 액체가 흘러내렸다. 떨리는 손길로 지호의 얼굴을 쓰다듬던 엄마는 입꼬리를 비틀며 유령처럼 미소 지었다. 제대로 눈을 뜨려고, 제대로 엄마를 보려고, 지호는 울음을 참았다. 언제부턴가 표정도 몸짓도 목소리도 희미해지는 엄마. 당장이라도 눈앞에서 엄마가 사라져 버릴 것 같아서 지호는 엄마의 손을 붙잡았다. 엄마가 마네킹처럼 웃었다.

"아무것도 아니야. 자고 나면 끝일 거야, 아가."

지호의 귓가엔 우울하고 아름다운 자장가가 흘렀다. 그러나 오소소 솜털마저 쓰다듬는 무서운 한기에 지호는 떨었다. 울면 안 돼. 지호는 울음을 삼키며 엄마의 손을 붙들고 있었다.

"아무것도 아니야. 정말 아무것도 아니야."

엄마는 헤드폰을 씌워주며 속삭였다. 소란이 찾아오는 밤마다 엄마는 지호를 옷장에 숨겼다. 빙그르르 CD가 돌아갔다. 헤드폰으로 시끄러운 노래가 흘러나왔다. 어둠 속에 숨어든 어린 지호가 공벌레처럼 몸을 말고 노래를 듣는 동안 문밖에선 알고 싶지 않은 일들이, 믿고 싶지 않은 일들이 벌어졌다.

아버지는 한 번도 옷장 문을 열지 않았다. 조그만 구멍으로 어린 지호가 지켜보고 있단 걸 알고 있었으면서도. 어둠이 무서워서, 한 줄기 빛을 더듬어 구멍을 들여다보았을 때부터 지호는 아버지의 방식을 학습했다. 아버지의 눈. 아버지는 문 너머의 지호를 응시하며 보란 듯이 가르쳤다. 눈을 뜨고는 볼 수 없는, 그러나 눈을 감아버릴 수도 없는 잔혹한 현실을. 네 엄말 지킬 수 있어? 구할 수 있어? 넌 아무것도 못 해. 어린 지호가 아버지에게서 학습한 건 두려움이 아니었다. 까마득한 죄책감과 무력감이었다. 달아날 곳 없는 어둠으로 죽은 척 몸을 말고 웅크린 벌레처럼, 지호는 살아남는 법을 깨우쳤다. 아무것도 아니야. 아무것도 할 수 없는 나는, 정말 아무것도 아니야. 지호는 제 몸을 웅크려 안았다.

지호도 버둥거려 본 적이 있었다. 어느 밤에 엄마의 휴대폰을 숨겨 와 112를 눌렀다. "아빠가 엄마를 때려요." 울먹이며 속삭였다. 소란 중에 경찰들이 찾아왔을 때 아버지는 침착하게 현관문을 열었다. 눈물 콧물로 범벅된 지호는 목이 콱 막혀서 겨우 손짓으로 아버지를 가리켰다. 아버지는 순식간에 선량해진 얼굴로 머리를 조아렸다. "죄송합니다. 전부 제 잘못입니다. 부부 싸움 중에 가벼운 몸싸움이 일어났는데 애가 놀라 신고한 모양이에요. 제 잘 못입니다. 죄송합니다." 소란에 이웃들이 모여들었다. 누군가 쯧 쯧 혀를 차며 수군거렸다. 저 양반은 법 없이도 살 사람인데. 애 엄 마가 어디 아프다던데요. 아버지가 머리를 조아린 채 울먹였다. "실은 애 엄마가 가끔 발작을 일으킵니다. 치료를 받고 있거든요. 조금만 이해해 주시면 좋겠습니다." 괜찮으십니까? 마지막으로 경찰들이 물었을 때, 엄마는 "아니에요. 아무것도 아니에요" 거짓 말을 했다. 경찰들이 돌아가고, 현관문이 닫히고, 엄마는 고개를 떨궜다. 지호는 얼어붙었다. "지호야." 아버지는 여전히 선량한 미 소를 지으며 지호를 돌아보았다. "네 말을 누가 믿어주겠니?"

싸락눈이 베일처럼 흩날리던 날이었다. 엄마는 빨간 구두를 꺼 내 신고 산책하러 가자고 했다. 좀처럼 같이 외출한 적 없었던 엄 마에게 이렇게나 화려한 구두가 있었나. 엄마는 지호의 손을 잡고 한나절 거리를 쏘다녔다. 어딜 가볼까나. 혼잣말하며 내내 웃고 있던 엄마. 그러나 찬바람에 오들오들 떠는 지호가 홑겹의 외투 차림인 것도 알아채지 못했다. 유령의 울음 같은 바람 소리가 지 호의 귀를 후벼 팠다. 또각또각. 엄마의 빨간 구두에 조그만 얼음 알갱이들이 낱낱이 으깨지는 비명이 들리는 것 같았다. 지호는 사 탕 하나를 입안에서 천천히 굴리며 울음을 삼켰다. 엄마가 떠날까 봐, 사라질까 봐 엄마의 손을 꽈악 붙잡았다. 또각또각, 걸어가던 엄마가 멈춰 섰다. 다정하게 지호를 불렀다. "지호야. 엄마랑 같이 가자."

그리고 집. 아버지. 옷장. 옷장 밖을 뛰쳐나온 지호. 아버지. 그리고 엄마의 품. 우울한 자장가가 울려 퍼지는 이상한 잠에 빠져들었다가 다시 눈을 떴을 때, 누군가 지호를 부둥켜안고 울부짖고 있었다.

"우리 지호 살았어. 살아줘서 고마워."

아버지였다. 병실 안에 잘 차려입은 사람들이 애틋한 부자를 지켜보고 있었다. 아무것도 아니야. 아무것도 할 수 없는 나는, 정말 아무것도 아니야. 엄마는 홀로 떠났다. 지호는 홀로 버려졌다. 울면 안 돼. 아버지의 방식을 학습한 지호가 도출해 낸 정답. 지호는 아버지의 손을 잡았다. 입꼬리를 올렸다. 평생 엄마가 그랬듯이 쇼윈도에 전시된 마네킹처럼 지호는 희미하게 웃었다. 살아남기 위해 오멜라스에 갇혔다. 유토피아에 살기를 원하는 사람들, 행복을 추구하는 사람들 사이에서 완벽하게 행복해 보이는 착한 아이로.

스타 변호사 안광일. 지호의 아버지는 완벽했다. 온화한 인상과 수려한 외모, 지적인 화법으로 일찍이 사회적 우위를 점령했다. 실상은 위선적이고 잔혹했지만, 매력적인 모습만을 세상에 내보였다. 밖에선 존경받는 법조인이 집에선 폭군으로 변한다고 세상의 누가 믿어줄까.

"넌 아무 쓸모 없어."

엄마가 떠난 후로 광일은 지호에게 집착했다. 학대의 형태와 강도가 교묘하게 견고해졌다. 지호는 꼼짝할 수 없었다. 태어날 때부터 자신을 꽁꽁 옭아맨 끔찍한 뿌리를 도무지 벗어날 수 없었다. 어쩔 수 없었다. 지호는 뿌리에 기생하며 공포와 고통과 분노와 경멸과 슬픔과 체념을 쭉쭉 빨아 먹으며 자랐다. 달아날 곳 없는 어둠으로 지호는 자신의 뿌리를 내렸다. 축축한 어둠 속에서 지호가 짓물러 썩어가는 동안 아무도 몰랐다. 보이는 게 전부야. 웃으면 다 행복한 줄 알지. 공부 잘하고 성격 좋은 착한 아이 가면을 쓴 지호는 세상을 향해 웃어주었다. 정치인과 취재진과 유권자들에게 선량하게 미소 짓는 광일처럼, 지호도 선생님과 친구들과 이웃들에게 서글서글 웃어주었다. 그토록 경멸하는 아버지를 닮아갈수록 지호는 자기 자신이 혐오스러웠다.

거울을 보면 아버지 광일과 눈 코 입을 빼닮은 지호가 보였다.

"너는 자라 내가 될 거야." 거울 속 광일이 말했다.

"나는 자라 네가 될 테지." 거울 밖 지호가 대답했다.

스물스물 온몸에 벌레가 기어다니는 것 같았다. 당신을 닮은 얼굴 가죽과 당신 피가 흐르는 온몸의 살갗을 모조리 뜯어내고 싶어. 지호는 자신이 역겨워 견딜 수 없었다. 뿌리에 붙어 빌어먹는 기생충. 자신은 벌레였다. 그때부터였다. 지호는 교복으로 숨겨둔

제 몸 구석구석에 선을 그었다. 알싸한 통증이 느껴지고 비릿하고 끈적한 피가 새어 나올 때, 그제야 지호는 자신이 살아 있는 인간이라는 걸 실감했다. 이 육체와 감각들이야말로 제 것이라 느꼈다. 아이러니하게도 지호가 자기 자신으로 온전히 살아 있음을 느끼는 유일한 방법은 자신에게 고통을 가할 때뿐이었다.

지호는 거울 앞에 서 있었다.

"너는 자라 내가 될 거야." 거울 속 광일이 말했다.

"나는 자라…… 내가 될 거야." 거울 밖 지호가 대답했다.

쑤욱. 광일이 거울 밖으로 기이하게 몸통을 내밀었다. 끈적하고 시꺼먼 점액질이 뚝뚝 떨어졌다. 광일은 지호에게 얼굴을 가져다 대고 속삭였다.

"그럼 죽어."

지호는 얼어붙었다. 어느샌가 뻗어 나온 검은 손이 지호의 머리채를 움켜쥐고 흔들었다. 후드득후드득. 무언가 뜯어지는 소리. 끈적한 손으로 광일은 지호의 그림자를 뜯어내고 있었다. 지호의 귓가에 소름 끼치는 웃음소리가 들렸다.

……지호. 안지호. 누군가 지호를 거칠게 흔들었다.

"괜찮아?"

커다란 그림자가 지호를 내려다보고 있었다. 어둑한 교실. 지호는 찌푸리며 눈을 떴다. 식은땀에 젖어 축 늘어진 몸이 욱신거렸다. "어디 아파?" 험상궂은 얼굴과는 어울리지 않게 빙그레 웃는 덩치. 어느새 두툼한 손을 지호의 이마에 얹었다.

"뭐야, 눈썹의 상처는?"

지호가 손길을 뿌리쳤다.

"건들지 마."

"오. 안지호 화났어."

"꺼져."

"아니, 안 꺼져. 사탕 먹을래?"

막대 사탕을 내미는 덩치. 가만 보니 막대 사탕을 입에 물고서 히죽 웃고 있었다.

"유이진, 넌 어째서……."

"응?"

"어째서 친절하게 구는 거야?"

"웃어주랬어."

"무슨 개소리야."

"아무렇지 않아 보이는 사람도 자기만의 싸움을 하고 있을지 모른다고. 그러니까 사람들한테 친절하게 대해주랬어. 우리 누나가."

지호는 입을 다물었다. 교실에 떠돌던 말들이 스쳐 갔다. 쟤네 누나 죽었다잖아. 저 새끼 대신 죽었다던데. 뭐야, 살인자야? 쟤네 아빠도 죽었대. 어쩐지 존나 으스스하다 했어. 눈이 은은하게 돌아 있지 않냐? 뭣도 아니면서 드럽게 힘만 센 새끼. 등 뒤에 그런 뒷말들이 떠다니는 걸 뻔히 알고 있으면서도 유이진의 등줄기는 언제나 꼿꼿했다. 단정하게 교복을 차려입고 책상에 앉아 있는 유이진. 툭툭 우스갯소리를 늘어놓고 궂은일은 마다치 않는 단순무식한 덩치. 그런 녀석의 뒷모습에선 어쩐지 무거운 성숙함과 서늘함이 느껴졌다. 괜찮은 녀석이었다. 그러나 가까워지고 싶진 않았다. 지호는 너무 지쳐버렸으니까. 자신을 숨겨야만 하는 모든 관계가 버거웠다. 지호는 휘청거리며 가방을 들었다. 그대로 유이진을 무시한 채 지나쳤다.

"안지호." 지호가 멈춰 섰다.

등 뒤에서 유이진이 우렁차게 인사했다.

"내일 보자!"

오멜라스 134340 소멸 예고

Live 버튼을 눌렀다. 네모난 영상에 지호의 얼굴이 떠올랐다.

"아이디 134340. 본캐 구청장 후보 안광일 아들 안지호. 자살 중계 라이브 온."

집으로 돌아가는 저녁, 모두들 살아 있나요? 나는 서서히 살해당하고 있어요. 이제 그만 나의 의지로, 소멸을 선택하겠습니다.

지호가 셔츠 소매를 걷었다. 가는 손목에 난 상처투성이 빗금들이 고스란히 드러났다. 지호는 천천히 단추를 풀어 셔츠를 벗었다. 앙상한 몸에 멍자국과 상처가 곰팡이처럼 피어 있었다. 채팅창으로 자극적인 활자들이 빗금처럼 쏟아졌다.

지호는 생각했다. 나는 살아남았나. 살고 싶었나. 아니면 그냥 살아져 왔었나. 사라지고 있었나. 모르겠다. 다만 나는……. 푸른 창을 오래도록 응시하던 지호가 아버지를 불렀다.

"안광일 씨. 나는 아무도 죽이고 싶지 않았어요."

지호는 쇠붙이를 손목에 올렸다. 노래가 흘렀다. 엄마가 마지막으로 들려주었던 자장가. 멜로디 끝에 다다랐을 땐 20:20. 두려움도 놀람도 없이 그냥 이대로.

조용히 사라지고 싶어.

안지호는 마지막 선을 그었다.

구창수 具蒼樹

"뒈져."

등짝에 홧홧한 통증이 느껴졌다. 꽉 깨문 잇새로 신음이 새어나왔다. 바닥에 웅크린 창수는 무자비한 발길질을 받아내고 있었다. 안 돼, 안 돼. 창수가 중얼거렸다. 발길질이 멈췄다. 뭐라고?

"안 돼…… 그렇게 살면 안 돼."

욕설과 동시에 뒤통수를 강타한 통증에 창수는 정신을 잃었다.

눈을 감으면 집채만 한 파도가 와르르르 몰려왔다. 눈을 뜨면 와장창창 송두리째 휩쓸려 갔다. 일곱 살, 눈보라 치던 흥남 부두에서 창수는 모든 걸 잃었다. 남은 건 제 몸뚱이 하나. 단단히 끌어안고 버텼다. 무자비한 풍파를 맨몸으로 견디는 돌덩이처럼 악착같이 살아남았다.

전쟁통에 거제로 밀려든 피란민들은 갈 곳이 없었다. 전쟁고아 구창수는 움막으로 지어진 보육원에서 물죽을 먹으며 자랐다. 널빤지에 걸어둔 종이에 가나다라를 배우며 간신히 한글만 떼고선 부산으로 향했다. 돈을 벌어야 했다. 길거리 구두닦이 슈샤인 보이가 되었다. 슈 슈 슈 슈 슈-샨 보이. 구두를 닦으세요. 목이 터져라 노랠 부르고 다니다가도 툭하면 덩치 큰 패거리들에게 얻어터지기 일쑤였다. 거리엔 창수 같은 전쟁고아들이 다글다글 짱돌처럼 굴러다녔다. 저들 사이에서도 살아남겠다고 이어지는 몸부림과 위협 속에서 창수는 닥치는 대로 살아남았다. 이리저리 구르고 부서지고 깨지고 버티며 맷집과 뚝심을 딴딴하게 다졌다.

청년이 된 슈샤인 보이는 구두닦이 통 하나 들고서 양미동에 굴러들었다. 그간 밑바닥을 구르며 악착같이 모은 돈으로 양미 역사 앞에 구둣방을 차렸다. 처음엔 파라솔 하나 얹어두고 시작했던 게 오가는 단골들이 늘어나다니 한 평짜리 컨테이너 구둣방이 되었다. 묵묵하고 성실했던 창수는 야금야금 구두 수선까지 익혀서 어떤 신발이든 꼼꼼하게 고쳤다. 가격도 저렴한데 실력도 좋으니 금세 입소문이 났다. 양미역 구두장이 구 씨로, 구둣방에 바윗돌처럼 눌러앉았다. 그렇게 반평생 구둣방을 지켰다.

구두장이 구 씨의 생활은 단순했다. 이른 아침 구둣방을 열고 구두를 닦고 고치다가 시장 백반집에서 점심을 먹었다. 다시 구둣방으로 돌아와 믹스 커피를 마시며 라디오를 듣거나 고물상에서 집어 와 수리한 텔레비전으로 세상 구경을 했다. 반나절 구두를 닦고 고치다가 해가 지면 구둣방을 닫았다. 매일매일 되풀이되는 하루가 좋았다. 단순하고 무사한 하루에 창수는 감사했다.

점심때마다 들르던 백반집에는 잘 웃는 여자 하나가 카운터를 지키고 있었다. 작고 동그란 몸, 그 안에 웃음이 찰랑찰랑 차 있을 것 같은 키 작은 여자였다. 톡 하고 건드리면 흔들흔들 웃음을 터트리다가도 오뚝오뚝 제자리를 지킬 것 같은 오뚝이 같은 여자. 손님들에게 생글생글 인사를 건네고 짓궂은 농담도 서슴없이 받아치는 야무진 여자였다. 하루는 여자가 창수에게 거스름돈을 건네며 말했다.

"아저씨, 구두도 만들어요? 나한테도 예쁜 구두 하나 있으면 좋겠네."

창수가 처음으로 여자의 눈을 보았다. "이제야 보네요." 여자가 홍소를 터트렸다. 무섭고 무거운 세상일랑 아무 때고 깨트려 버릴 것 같은 씩씩한 웃음. 창수의 얼굴이 붉어졌다. 창수는 처음으로 여자 신발을 만들어봤다. 낮은 굽에 폭신한 밑창을 덧대고 발등에 가죽 꽃 장식을 달아 고정 끈을 연결한 서양식 메리제인 슈즈.

푸설푸설 가랑눈 내리던 날. 창수는 카운터에 앉아 있던 여자에게 구두를 내밀었다. 여자는 몸을 끌고 나와 평생 걸어본 적 없는 가느다란 발목을 창수에게 보여주었다. 작은 발에 구두는 예쁘게 맞았다.

"고와라. 꽃이 폈네요."

여자는 상그레 미소 지었다. 창수는 그렇게 아내를 만났다.

타고나길 몸이 약한 아내와는 힘들게 호준이를 얻었다. 세상에 우릴 닮은 아이 하나는 있었으면 좋겠다던, 아내의 고집스러운 바람 때문이었다. 바람 불면 날아갈까 눈비 내리면 젖을까, 창수는 아기보다 더 아낄 보듯이 아내를 애지중지 아꼈다. 아내와 아기가 함께 타고 다닐 수 있도록 손수 휠체어를 개조했다. 작은 수레 같은 모양새에 조화 꽃 장식으로 꾸민 꽃수레. 언제 어디든 두 사람을 데리고 다녔다. 이른 아침, 아기를 꺼안은 아내를 꽃수레에 태워 와 구둣방을 열었다. 구둣방 안쪽도 개조해서 두 사람이 머물 자리를 만들고 전기장판을 데웠다. 비좁은 구둣방에 세 사람이 다 닥다닥 붙어 앉았다. 구두를 닦던 창수가 뒤를 돌아보면 나들이 가는 자가용 뒤에 탄 사람들처럼 아내와 아기가 방글방글 웃고 있었다.

나란히 벽에 등을 대고 앉아 쉬는 틈에는 아내가 작은 새처럼 조롱조롱 얘기했다. 여보, 테레비에 당신 좋아하는 프로 나와요. 여보, 라디오에 당신 좋아하는 노래 나와요. 여보, 이따가는 당신 좋아하는 거 먹을까요. 여보, 밥 먹고 동네 한 바퀴 산책할까요. 여보, 예쁜 화분 사다가 밖에다가 둘까요. 구둣방에 온 손님들이 "누구요?" 창수에게 물으면 뒤에서 아내가 웃으며 대답했다. "애기요."

묵묵하고 뚝뚝한 창수에게 포르르 날아든 지빠귀들처럼 아내와 아기는 창수를 편안하고 듬직하게 해주었다. 날이 좋으면, 기분이 좋으면, 창수는 구둣방 문을 닫고 수레를 끌고 산책을 나섰다. 맨 역사와 거리, 골목과 시장을 오갈 뿐이었지만 날마다 새로웠다.

여길 봐라. 저길 봐라. 창수가 수레를 끌며 말하면 아내와 아기가 까르르 웃으며 이름을 불러주었다. 꽃과 새와 나무, 도로 표지판, 상점 간판들, 시장에 파는 별별 것들까지. 아내를 따라 더듬더듬 말이 튼 아이가 하나하나 이름을 불러주면, 세상 모든 게 새로 태어난 것처럼 죄 신기하고 예뻐 보였다. 그럴 때마다 창수는 말랑하고 뭉클한 무언가가 마음속에 빵처럼 부풀어 오르는 걸 느꼈다. 평생 가져보지 못한 좋은 것, 꿈도 꿔보지 못한 좋은 걸 소중히 품고 있는 기분에 두둥실 마음이 들떴다. 창수의 인생은 이것만으

로도 과분했다. 어느새 둥그런 구둣방은 꽃으로 둘러싸였다. 아내
와 하나둘 데려왔던 화분들이 계절마다 꽃을 피웠다. 꽃으로 장식
한 꽃마차 같기도, 꽃으로 둘러싸인 꽃 요새 같기도 한 구둣방은
사계절 향기로웠다. 좋은 날들. 창수의 호시절이었다.

"호준아."

"예, 호준 아빠."

아내가 알감자처럼 동그란 얼굴로 방그레 웃었다. "커피요?" 창
수가 고갤 끄덕이자, 아내는 커다란 보온통을 꺼내 커피를 탔다.
종이컵에 커피 두 스푼, 프림 세 스푼, 설탕 세 스푼. 그리고 따뜻
한 물을 쪼르르 부어 휘휘 저은 믹스 커피 두 잔. 창수와 아내는
구둣방 가장자리에 기대앉아 커피를 마셨다. 어느새 창수의 허리
춤까지 자라 머리통이 굵어진 아이가 두 사람 발치에 쪼그려 자고
있었다. 창수는 아내와 아이에게 담요를 끌어 덮어주었다. 낡은
텔레비전에서는 남해의 오지 섬마을이 나오고 있었다.

"겨울을 이기고 봄을 부르는 꽃, 동백꽃이 외딴섬을 붉게 수놓
습니다. 푸른 바다와 푸른 하늘을 껴안은 빨간 동백섬. 어느새 아
낙들의 소쿠리마다 동백꽃이 넘실거립니다."

동백꽃이 만개한 섬. 동네 아낙들이 동백꽃을 똑똑 따다가 화
전을 부쳤다. 토박이 어부가 도다리를 잡아 와 도다리쑥국을 만드
는 장면도 이어졌다. 아내가 종알거렸다. 호준 아빠, 동백꽃으로

도 화전을 부치네요. 도다리는 생긴 게 꼭 가자미 같은데 쑥을 캐다가 넣어 끓인다네요. 호준 아빠, 나중에요. 호준이 장가가면은 우리 둘이 저기 가봐요. 가서 동백화전이랑 도다리쑥국 먹는 거예요, 예? 창수는 말없이 고갤 끄덕였다.

하루에도 수십 번 창수가 "호준아" 부르면 "예, 호준 아빠" 하고 대답하던 아내. 호준아. 바람이 춥진 않니? 바닥이 차진 않니? 배고프진 않니? 졸리진 않니? 아프진 않니? 호준아. 호준아. 그러면 아내가 웃으며 대답했다. 예, 호준 아빠. 괜찮아요.

아내와 텔레비전을 보면서 단 커피를 마시던 하루의 끝, 밤이 내려앉으면 구둣방 문을 닫고 수레에 아내를 안아 태웠다. 바람이라도 들면 어쩌나 담요로 꽁꽁 싸매고선 어린 아들과 수레를 끌며 집으로 돌아갔다. 달떡같이 둥근 달이 떠올랐다. 호준이는 달이 우리를 따라온다며 신기해했고, 아내는 예쁘다 예쁘다 감탄했다. 달동네 조그마한 집이라도 세 사람 다닥다닥 붙어서 누워 있자면, 어느새 달이 창문까지 따라와 있었다.

창수는 소원을 빌었다. 아무 일도 일어나지 않게 해달라고. 세 가족 이렇게만 평범하게 살게 해달라고. 하루하루 그저 평범하게 살다 보면 호준이도 쑥쑥 자랄 테고 호준이 다 키워 장가보내고 나면, 당신이랑 나랑 둘이서 저기 땅끝에 동백꽃 피는 섬으로 놀러 가자고. 가서 동백화전이랑 도다리쑥국 먹어보자고. 창수는 달을 보며 그런 소박한 소원을 빌었다. 꽃들 피고 지고 계절들 오고 가고, 시간은 하루하루 부지런히 지나갔다. 호준이 점점 커갈수록 아내는 점점 자그매졌다.

"호준아."

"예, 아부지."

찐 감자처럼 토실토실한 아들이 헤벌쭉 웃었다. 생글생글 잘 웃던 애 엄마 얼굴이 그대로 들어 있었다. "숙제하고 있어요." 창수는 주머니를 부스럭거리며 유가 사탕을 꺼내 아들 손에 쥐여주었다. 호준은 엎드려 사탕을 오물거리며 연필을 움직였다. 창수는 커다란 보온통을 꺼내 커피를 탔다. 종이컵에 커피 두 스푼, 프림 세 스푼, 설탕 세 스푼. 그리고 따뜻한 물을 쪼르르 부어 휘휘 저은 믹스 커피 한 잔. 창수는 구둣방 가장자리에 기대앉아 커피를 마셨다. 습관처럼 "호준아" 불러보았다. 그러나 아이는 대답하지 않았다.

오래전부터 고정해 둔 스포츠 경기 채널에 화면 가득 찬 사람들이 내는 시끄러운 소리를 들었다. 부자는 그렇게 정적을 견뎠다. 대답 없는 누군가의 대답을 기다리는 그리움은 텔레비전 소리에 묻혀 애써 견딜 만한 쓸쓸한 일상이 되었다. 사춘기도 없이 창수 곁을 지키던 아이의 웅크린 등을 보고 있자면 애 엄마의 빈자리가 눈에 설어 서러웠다.

몸이 약했던 아내는 너무 일찍 세상을 떠났다. 호준이는 너무 일찍 철이 들었고, 창수는 너무 일찍 늙어버렸다. 아내가 생전 신고 걸어보지 못했던 꽃신은 떠나던 길에 신겨주었다. 거기선 걸어볼 수 있으려나. 창수가 지어준 구두를 신고서 꽃도 보고 바다도 보고 어디든 마음껏 가볼 수 있으려나. 다만, 아내 혼자 보내는 게 마음에 걸렸다. 바람 불고 눈비 오면 어쩌나. 애 엄만 더위도 추위도 많이 타는데. 호준이 잘 키워놓구선 따라가겠다고. 창수는 마지막 순간까지도 아내의 발을 주물러주었다.

"좋은 곳으로 가, 순애야."

그 후로도 20년이 넘도록 창수는 구둣방을 지켰다. 호준이 대학교를 졸업하고 장가가던 날에도 아들 곁에 서 있다가 돌아와 구둣방을 열었다. 꽃마차 같기도, 꽃 요새 같기도 한 둥그런 구둣방에 홀로 앉아 있자면 가끔 쿠구구궁, 묵직한 돌닻 같은 것이 속 깊이 내려앉는 소리가 울렸다. 한때 좋은 것으로 충만했던 마음이 이제는 온통 슬픈 것으로 차 있다는 걸 깨달았다. 그러나 창수는 좋은 것이든 슬픈 것이든 아무에게도 말하고 싶지 않았다. 흩어지지 않도록 사라지지 않도록 잘 그러모아 간직하고 싶었다. 이조차도 순애가 준 것이었으므로. 어디선가 꽃향기가 났다. 계절들 지나가고 화분들 들고날 때도 창수는 순애가 불러줬던 꽃들의 이름을 잊지 않았다.

눈을 감으면 집채만 한 파도가 와르르르 몰려왔다. 눈을 뜨면 와장창창 송두리째 휩쓸려 갔다. 모든 건 지나가고 변해가고 떠나가고 사라졌다. 세월이 흘렀다. 한때 밀물처럼 밀려왔던 손님들도 썰물처럼 빠져나갔다. 반평생 지켜왔던 구둣방도 끝내 문을 닫았다. 창수는 어느덧 노인이 되어 있었다. 늘그막에 아들에게 기대고 싶지 않았다. 평생 움직이고 노동하던 몸이었다. 창수는 일흔에 경비 일을 시작했다. 양미역을 떠나 강 건너 대단지 아파트에서 일했다. 구둣방처럼 한 평 남짓한 경비 초소를 지켰다. 그러나 암만해도 익숙해지지 않는 자리였다. 여름엔 찜통이고 겨울엔 냉동고인 경비 초소에 머물며 창수는 온갖 잡일을 해냈다. 그나마도 잡무로 몸이 힘든 게 나았다. 사람들 상대하는 일이야말로 곤욕이었다. 그중에서도 창수의 고용 계약 여부를 좌지우지하는 동 대표는 여간 힘든 사람이 아니었다. 아들뻘인 젊은 사람이 툭하면 비상식적인 일들을 요구하며 고의적으로 수치심을 주었다. 정말이지 세상이 변해도 너무 변했다. 도무지 창수가 따라잡지 못할 만큼. 바윗돌처럼 눌러앉아 버틸 줄만 알던 창수의 머리 위로 고압적으로 솟아오른 아파트의 창문들은 수백 개의 눈처럼 보였다. 언제 어딜 가나 따가운 눈초리가 창수를 따라다녔다. 자신에게 내리꽂히는 멸시와 괄시를 참아내며 창수는 평생 그래왔듯 돌처럼 버텼다. 세상에 변치 않은 건 창수뿐인가 싶었다.

12월, 한파주의보가 내린 날이었다. 불량해 보이는 10대 무리가 주차장 입구마다 설치된 차량 차단기를 망가뜨리곤 사라졌다. CCTV를 추적해 녀석들 덜미를 잡았다. 놀이터에 모여 있는 무리에게 창수는 다가갔다. 코밑이 거뭇거뭇한 학생들이 휴대폰을 만지며 시시덕거리고 있었다. 추궁하는 창수에게 아니라고 잡아떼던 무리는 부모님께 연락하란 말에 장난이었다고 대꾸했다. 점점 언성이 높아졌다. 눈 깜짝할 새 무리가 창수를 에워싸더니 어깨로 밀치기 시작했다. "뭐 하는 짓이야? 그만해." 창수가 호통쳤다. 그러나 학생들은 창수의 훈계에 멈칫하기는커녕 욕설을 뱉으며 창수를 밀치기 시작했다. 암만 나이가 어리다고는 해도 창수보다 덩치 큰 녀석들이 씨발씨발 욕을 하며 달려들자 섬뜩했다.

그런데 이 광경을 학생 하나가 휴대폰으로 찍고 있었다. "찍지 마!" 창수가 소리치자, 학생들이 키득거리며 병신이니 틀딱이니 모욕적인 말을 아무렇지도 않게 뱉었다. 상식이 통하지 않는 녀석들이 무서워서 자신을 위협하는 학생들을 있는 힘껏 밀쳤다. 그중 하나가 바닥에 넘어졌을 때, 별안간 주먹이 날아들었다. 눈을 부릅뜨고 달려든 남자는 동 대표였다. "지금 우리 아들 때렸어?"

그때부터 상황이 어떻게 돌아갔는지 모르겠다. 창수는 그대로 바닥에 나동그라졌다. 뒈져. 뒈져버려. 온몸에 홧홧한 통증이 느껴졌다. 창수는 이를 꽉 깨물었다. 너 내가 누군지 알아? 우리 아빠 누군지 알아? 그 와중에 이런 말들이 선명하게 들렸다. 혹시라도 가족들에게 피해가 가면 어쩌나 그 생각뿐. 방어할 새도 없이 속수무책으로 얻어맞았다. 창수는 결국 정신을 잃고 말았다.

전치 4주 부상을 입었다. 온몸이 퉁퉁 붓고 벌벌 떨렸다. 몸의 통증보다 자꾸만 치밀어 오르는 모욕감에 창수는 부르르 떨었다. 그래도 겨우 중학생인 애들인데 경찰서까지 가면 어떻게 될까 싶어서, 그나마도 할 수 있는 경비 일을 잘리게 될지 몰라서, 무엇보다 아들 호준에게 피해가 갈까 싶어서 창수는 학생들의 사과와 동 대표의 치료비로 합의를 보고 넘어가기로 했다. 다그치는 아들에게는 계단에서 크게 굴렀노라고 얼버무리곤 입을 꾹 다물었다.

창수는 그저 제자리로 돌아가고 싶었다. 언제나처럼 일터로 출퇴근하는 단순한 매일을 보내고 싶었다. 동 대표가 경비실로 찾아와 조용히 고용 연장 계약서와 돈봉투를 건넸을 때, 창수는 눈을 감아버렸다. 3개월짜리 고용 계약서가 창수에겐 자존심보다 중요했다. 70 평생 나 살아온 인생에 비하면 이건 아무것도 아니지. 단순해지자. 나는 돌이다. 돌처럼 단순해지자. 내일도 모레도 글피도 돌처럼 꿈쩍하지 않고 제자리를 지키고 싶었다. 창수는 어금니를 깨물었다.

언제나처럼 무사히 하루를 마감할 수도 있었다. 그러나 그날 저녁, 모르는 번호로 메시지 하나가 도착했다.

─ 그러헥살면안돼ㅋㅋㅋ

의미심장한 메시지에 적힌 링크를 누르자 커뮤니티 게시판으로 연결되었다. 거기에는 창수가 폭행당하는 영상이 올라와 있었다. 조회수가 꽤 높은 게시물에선 구창수를, 아니 한 인간을 모욕하고 조롱하는 댓글들이 함부로 달려 있었다. 와장창창. 창수 안에서 무언가 부서지는 소리가 들렸다. 평생 남의 발아래 쪼그려 앉아 일했으나 그것은 창수에게 떳떳한 밥벌이였다. 와르르르 밀려오는 세상 풍파에 온몸으로 부딪치고 견디며 제 손으로 일궈온 인생은 구창수의 자부심이었다. 그러나 태어나 처음 느껴보는 치욕에, 평생 바윗돌처럼 버티며 공글려온 구창수의 자존심이 와장창창 산산조각 났다. 때마침 휴대폰이 울렸다. 아들 호준이었다. 경비 초소 밖을 내다보았다. 보이지 않는 사람들이 수군거리며 자신을 쏘아보는 것 같았다.

돈봉투를 손에 쥐고서 창수는 옥상으로 향했다. 까마득한 발아래를 내려다보았다. 평생 이리도 높은 곳에서 아래를 내려다본 적은 없었다. 저무는 저녁, 검푸른 바닷속 같은 그곳엔 휭휭 바람 소리만 울렸다. 호준의 전화가 윙윙 계속해서 울렸다. 창수는 자신이 수치스러웠다. 자신은 어떤 아버지로 기억될까. 좋은 것보다 슬픈 것이, 슬픈 것보다 억울한 것이 인생을 집어삼켜 버리면 그땐 어쩌나.

오후 8:20 부재중 전화 '아들'. 창수는 돈봉투를 구겨 쥐었다. 너무 오래 살았나. 억겁 같은 시간이 빈껍데기처럼 휭휭 울렸다. 인생이 너무 억울해서 허무했다. 나, 구창수는 더 이상 어떻게 살아야 하나. 안 돼. 그렇게 살면 안 돼.

구창수는 이 악물고 버텨왔던 발을,

처음으로 울면서 뗐다.

위로

〈이별의 노래〉가 흘렀다.

눈 내리던 밤, 까멜리아 싸롱 안에 마주 앉은 지원우와 주홍도.

"자신이 쓴 가장 아름다운 선율이라고, 쇼팽은 이 노랠 두고두
고 아꼈대요. 원우 씨, 실은 이 노래, 쇼팽이 첫사랑과 이별하고 만
든 곡이에요. 쇼팽이 사랑한 여자는 조국을 떠나기 전 고별 무대에
함께 올랐던 소프라노였어요. 무대를 마치고 여자는 빨간 리본 머
리 장식을 쇼팽에게 건넸고, 그게 두 사람의 마지막 만남이었죠."

"쇼팽의 짝사랑이었군요."

"쇼팽은 섬세하고 조용한 사람이었으니 그런 줄로 알았죠. 하
나 아니었어요. 훗날 여자의 일기장에서 쇼팽을 향한 사랑의 기록
이 발견되었으니까. 스무 살에 조국을 떠난 쇼팽은 서른아홉 살에

타향에서 죽었어요. 그의 유품에선 빨간 리본이 발견되었고요. 첫
사랑이 준 빨간 리본을 평생 간직했던 거죠."

"슬픈 사랑이었군요."

"첫사랑은 이루어지지 않는다던데…… 원우 씨, 우리도 언젠가
이별하게 될까요?"

"아니요."

"어찌 그리 확신해요?"

"혹여 이별하게 되더라도 우린 다시 만날 겁니다. 어디서 어
떤 모습이든 서로를 찾아낼 테니. 쇼팽의 빨간 리본은 아니지
만……."

원우가 무언갈 꺼냈다. 빨간 목도리였다. 홍도에게 목도리를 둘
러주는 손길이 다정했다.

"따뜻하게 다녀요. 나는 당신이 춥지 않았으면 좋겠어요."

목도리에 파묻힌 홍도가 얼굴을 붉혔다.

"나도요. 원우 씨에게 주고 싶어서……."

홍도가 손바닥에 건넨 차갑고 묵직하고 동그란 것. 원우가 손
바닥을 펼쳤다. 회중시계였다.

"당신의 모든 시간에 내가 있을게요."

원우가 미소 지으며 홍도의 손을 잡았다. 홍도가 장난스럽게
손바닥을 간지럽히더니 원우의 손가락 하나하나를 매만지며 말
했다.

"신기해요. 사람의 손이 가늘고 아름다운 것. 타고난 무늬가 모두 다른 것. 부드럽게 움직이는 것. 평생에 한 번, 손과 손이 만나 이리도 꼭 맞게 포개지는 것. 그리하여 따뜻한 것. 원우 씨, 만에 하나 우리 헤어지더라도……."

"내가 찾아낼게요." 원우가 말했다.

"내가 찾아갈게요." 홍도가 말했다.

지원우와 주홍도는 따뜻한 손을 포개 쥐었다. 홍도가 속삭였다.

"이별은 다시 만나기 위한 기다림일 뿐. 〈이별의 노래〉에 사랑의 노랫말을 붙이겠어요."

〈이별의 노래〉가 흘렀다. 이별은 영영 다가오지 않을 미래처럼 아름다운 노래가 되어 두 사람 곁을 맴돌았다. 이별도 슬픔도 고통도 세월도 죽음도. 아무것도 알지 못하는 행복한 얼굴로 미소 짓는 연인. 두 사람을 담은 유리창이 시리도록 투명했다. 잠시만. 아주 잠시만. 고여 있는 기억을 흔들어 깨우고 싶지 않았다. 서서히 멀어지는 의식 속에서 기억이 꿈결이 될 때, 누군가의 목소리가 들렸다.

까멜리아 싸롱에서 만나.

후우.

숨이 돌았다. 찌르르 가슴께부터 퍼져나가는 뭉클한 기운에 진아는 눈을 떴다. 어둠뿐. 그러나 손을 잡고 있었다. 사람의 손이 유일한 온기. 어둠에 익숙해진 시야가 온기를 좇았을 때, 손의 윤곽이 보였다. 원우의 손이었다. 원우와 마주 그러쥔 손마디에 저릿한 박동이 느껴졌다. 손과 손을 맞잡고, 박동과 박동을 느끼며, 숨과 숨이 뒤섞여 고요한 바람이 불었다. 창가에 바리의 그림자가 지나갔다. 창으로부터 푸르스름한 빛이 스미고, 물기 어린 눈빛이 하나둘 이슬처럼 반짝이며 깨어났다.

"모두 무사합니까?"

순자가 촛불을 밝혔다. 돌아왔다. 까멜리아 싸롱으로.

촛불을 비춰 서로를 확인했다. 여순자와 박복희, 유이수와 안지호, 마두열과 구창수, 설진아와…… 툭. 진아의 왼쪽 어깨에 무게가 실렸다. 오소소 손에 쥔 모래가 빠져나가듯 불길한 낌새, 진아는 옆을 돌아보았다. 사라졌다. 한 사람의 살갗과 온기와 박동과 숨이 순식간에 사라져 버렸다. 진아는 빈 손바닥을 그러쥐었다.

말도 안 돼. 지원우가 사라졌다.

"원우 씨가. 방금까지 있었는데, 손을 잡고 있었는데…… 사라졌어요."

"……잠시 떠난 겁니다."

"무슨 말이죠? 왜요? 어디로요?"

진아를 먹먹하게 바라볼 뿐, 대답 없는 순자는 깨어난 얼굴들을 응시했다.

"그대들의 죽음은 우연이었습니까, 선택이었습니까?"

촛불처럼 흔들리는 눈빛들. 아무도 대답하지 못했다.

"원우 사서의 짐작이 진실이 되었군요. 그러한 연유였군요. 붉은 달과 함께 온 이유가……. 여러분은 스스로 죽음을 선택했습니다. 그리고 지금, 생과 사의 경계에서 서서히 죽어가고 있습니다."

순자의 목소리가 가늘게 떨렸다. 두열의 얼굴이 고통스럽게 일그러졌다. 이수가 흔들리는 눈으로 사람들을 돌아보았다. "진실도 작게 말한다." 순자가 이어 말했다.

"하나 여러분이 몰랐던 진실도 마저 고백해야겠습니다. 아마도 우리가 까멜리아 싸롱에서 다시 만나게 된 이유. 저 여순자와 지원우, 마두열과 유이수는 생전 여러분을 구한 이들입니다. 그대들이 기억하지 못하는 생의 순간에 그대들을 만나보았습니다. 간절히 바랐습니다. 부디 살아주기를. 한데 이토록 가혹한 운명이라뇨. 어찌해야 합니까. 어찌 그리 힘들었습니까."

어둠처럼, 침묵처럼, 힘없이 침잠하는 생명들.

순자가 적막을 깨트렸다.

"하나, 중천에서조차 그대들을 살려내고 싶다면. 우리의 의지가 그러하다면요."

"아직은, 죽지 않았단 거잖아요." 이수가 말했다.

"나는! 어떻게든 구해낼 겁니다!" 두열이 외쳤다.

흔들리면서도 꺼지지 않는 촛불이 일렁이며 타올랐다. 망자들의 책이 꺼질 듯 꺼지지 않는 여린 빛을 뿜어냈다. 이 모든 인생을 읽고 이 모든 비밀을 함구한 한 사람. 그가 가진 마음이라면, 헤아리는 마음이라면. 진아가 중얼거렸다.

"원우 씨가 떠난 것도 그 때문이군요."

"부탁합니다, 진아 씨."

순자가 진아의 손을 붙잡았다.

"지원우의 책을 읽어줘요."

순자의 호박 반지에서 샛노란 빛이 피어올랐다. 문득 발치에 닿는 온기, 바리가 진아를 올려다보았다. 원우와 꼭 닮은 눈빛을 빛내며.

"제가 죽은 후에 그린 그림입니까?"

원우는 벽에 걸린 푸른 그림을 보고 있었다. 짙푸른 점이 빼곡하게 가득 찬 김환기의 점화(點畵).

"환기가 1970년에 완성한 그의 심연, 그의 우주였지. 그의 그림을 보고 죽을 수 있어 운이 좋았다네. 환기, 그이도 얼마 지나지 않아 세상을 떠났어."

비슷해 보이지만 다 다른 점들이 밤하늘의 별처럼 빛났다.

"늙어가는 삶이란 어떻습니까?"

"이별을 되풀이하는 삶이라네."

"이 세계와 다를 바 없군요."

"마중이 곧 이별의 배웅이 되고, 배웅이 곧 추억의 마중이 되는 삶. 대체로는 쓸쓸했지만 귀한 인연들이 남았으니, 이만하면 고마운 삶 아닌가. 이 늙은인 그리 생각하네만."

"어디서 무엇이 되어 다시 만나랴."

원우는 생각에 잠긴 듯 그림의 제목을 중얼거렸다.

"마담, 기적을 믿습니까?"

원우의 목소리만으로도 순자는 알아챘다.

"무슨 일인가?"

"붉은 달과 함께 찾아온 특별한 손님들이라고 하셨습니다. 한데……."

원우가 순자를 돌아보았다.

"죽음의 징후들이 너무나 짙습니다."

"그야, 망자들이지 않은가."

"그럼에도 이들의 마지막이, 그러니까 죽음을 맞이한 인과관계들 전부가 지나치게 분명합니다. 어쩌면 이들의 사인은 우연이 아닐지도 모르겠단 짐작이 듭니다."

"우연이 아니라면……."

"죽음을 선택할 수밖에 없었던 인간들이었다면요."

"이들의 죽음이, 우연이 아니라 선택이라는 건가."

"예스, 마담. 그런 염려가 듭니다. 만일 그렇다면, 지금껏 여길 찾아온 객들과는 분명히 다를 테지요. 그런데 말입니다."

"그런데요?"

"이상합니다. 그러니까 제가 이상합니다. 그간 망자들의 인생을 겪어보면서 이토록 흔들린 적은 없었습니다. 정말로 만에 하나, 죽음을 선택할 수밖에 없었던 이들이라면요. 헤아리는 마음을 넘어서 어떻게든 이들을 살리고 싶어지는 겁니다. 이들이 죽지 않고 계속 살았다면, 살 수 있었다면, 살아주었다면…… 온통 이룰 바 없는 상상과 바람뿐입니다."

"설진아 때문입니까?"

"……아니라곤 할 수 없습니다. 그러나 정작 설진아는 기억을 상실했습니다. 그이의 기억을 저는 읽을 수 없지요. 때문에 처음으로, 기록된 기억이 아닌 눈앞에 사람을 읽으려 노력해 보았습니다. 기록에 의존하지 않고 사람들의 목소리를 듣는 마담처럼 말입니다. 그건 뭐랄까…… 뭐라 설명할 수 없는 경험이었습니다. 설진아 말고도 안지호와 구창수, 박복희. 모두가 우리와 이리도 얽혀 있는 인연이라는 것. 마담, 우리가 여기서 다시 만나게 된 데에는 필시 연유가 있지 않겠습니까? 가혹하긴 하나, 이 또한 인연이라면요…… 다시 한번 구해보고 싶어졌습니다."

"원우 자네, 어느덧 진실을 상상하고 있군."

순자는 뭉클한 얼굴로 원우의 눈동자를 들여다보았다. 언젠가 원우에게 해주었던 말을 재차 읊조렸다.

"겪어본 적 없어도 겪어본 것처럼. 마치 그 사람이 되어본 것처럼. 진정 자기 자신이 되어본 것처럼. 이제야 자네다워. 지원우, 자넨 원래 이런 사람이었네. 이토록 뜨겁고 진실된 인간."

"아무래도 혹독한 흑야를 통과할 것 같습니다만."

"아무도 다치지 않길 바랄 뿐이네."

"흑야를 지날 때, 여길 떠난 영혼들이 꿈으로 환상으로 잠시 찾아오지요. 마담, 그때 영들을 만나보려 합니다."

"아니 될 말일세. 그건 너무 위험해. 흑야는 모든 빛과 숨을 집어삼키네. 또한 중천을 떠난 영들은 우리의 영역이 아니지 않은가."

"까멜리아 싸롱에 머물렀던 영혼들입니다. 그들의 인생을 모두 읽어보았던 저에겐 누구보다 다정한 영들이지요."

"자네, 진심인 건가?"

"도움을 구할 수 있다면요. 애써 구해보고 싶습니다."

"만에 하나 자네가 다친다면……."

"만에 하나 돌아오지 못한다면요. 그땐 마담, 진아 씨에게 제 책을 부탁할게요. 그이는 저와 같은 능력이 있습니다."

"설진아가 자네 책을 읽어주었나?"

"아니요. 하나 반드시 읽어낼 겁니다. 그리할 겁니다."

원우 씨. 순자가 나직하게 원우를 불렀다.

"자넨, 내게도 소중한 이야. 그러니 부디 조심하게나."

예스, 마담. 원우가 푸른 그림을 올려다보았다. 눈보라 몰아치는 창밖과 대비되는 별빛 가득한 푸른 밤이 까멜리아 싸롱에서 빛났다. 어디서 무엇이 되어 다시 만나랴.

"이 모든 게 결코 우연이 아니라는 생각이 듭니다."

"기적을 믿어보는 겐가?"

그림 한가운데 별처럼 선명한 점 하나를 매만지며 원우가 말했다.

"기적을 구해보려 했지만…… 아니요. 인연을 믿어보려 합니다."

집무실.

진아는 초조한 손길로 책 더미를 파헤쳤다.

"지원우의 책…… 지원우의 인생을 읽어야만 해."

원우의 인생책은 어디에 있을까. 진아는 사다리를 타고 올라가 책장 꼭대기에 손을 뻗었다. 후드득 떨어지는 책들, 바닥이 텅텅 울렸다. 수백 개의 시계가 어지러이 울었다. 원우를 찾아야 했다. 진아는 후들거리는 몸을 사다리에 의지한 채 아래를 내려다보았다. 곤두박질치는 기분. 위를 올려다보아도 아래를 내려다보아도 막막했다. 원우라면, 지원우라면 어디에 숨겨두었을까.

"넌 알고 있지? 도와줘. 제발……."

오도카니 진아를 지켜보는 검은 고양이. 바리는 금빛 눈을 반짝이며 미요 미요, 가늘게 울 뿐이었다. 어쩌면! 진아의 시선이 바리에게 닿았다. 타자기 옆에서 바리가 내내 지키던 책. 손때 묻은

낡고 해진 책, 원우가 늘 거기에 놓아두던 책. 홀린 듯 뛰어 내려온 진아는 책을 집어 들었다.

주홍도 朱紅到

내가 읽었던 건 정녕 주홍도의 기억이었을까. 주홍도의 책이 어떻게 여기 있는 걸까. 행방불명 망자 주홍도. 그녀가 언제 어디서 어떻게 죽었는지, 이후로 어디로 갔는지는 알 수 없었다. 어째서 당연히 그녀의 인생책이라고 생각했을까. 주홍도는 까멜리아 싸롱에 온 적이 없어.

주홍도와 지원우의 사랑의 기억, 그러니까 설진아는 지원우의 기억을 읽었다. 지원우가 주홍도의 이름으로 감춰둔 인생은, 실은 설진아가 읽어주길 바랐던 책. 이건 지원우의 인생책이 틀림없었다. 그제야 응답하듯 평평한 책등 위로 갈맷빛 아지랑이가 피어올랐다. 진아는 책을 펼쳤다. 푸른 섬광이 일었다.

타오르는 불꽃.
어린 불꽃이 눈송이처럼 흩날렸다. 문득 손바닥에 느껴지는 뭉클한 온기. 원우가 곁에 있었다.

타르르르 타르르르. 타오르는 소리가 빗소리처럼 울리는 밤의 연못. 별 무리처럼 두 사람을 감싸안은 수만 개의 불꽃이 반짝였다. 언젠가, 정월대보름 낙화놀이.

"아름다워요."

"떨어지는 불꽃, 낙화입니다."

수만 송이 불꽃이 피고 지는 밤. 타오르고, 빛나고, 떨어지고, 이내 스러졌다.

"너무 아름다워서 슬퍼져요. 이 순간도 불꽃처럼 사라질까 봐."

"기억하는 한, 사라지지 않을 테요."

원우가 회중시계를 열어 보여주었다. 하나 둘 셋 넷…… 지금도 지나가는 시간.

"영영 기억할 거예요."

지금 이 순간이 너무 행복해서 황홀한 주홍도, 혹은 그때 그 순간이 너무 아름다워서 슬픈 설진아가 말했다. 사람은, 사랑은 왜 이리도 슬픈 걸까. 전생의 추억 속에서 잠시나마 불꽃처럼 살아 있는 사람의 손을 놓고 싶지 않았다. 헤어지고 싶지 않아. 슬픈 원우를 진아는 이미 사랑하고 있었다. 그 순간, 원우가 진아의 등을 감싸안았다. 목덜미에 고개를 파묻고 나직이 속삭였다.

"잠시만."

하나 둘 셋 넷…… 원우가 둘러주었던 목도리를 데우며 원우의 숨이 퍼져나갔다.

"일분일초가 아까워서."

살아 있는 원우의 숨이 너무나 따뜻해서 울 것 같은 마음이 차올랐을 때, 진아는 눈을 감았다. 멀리서부터 기억처럼 들려오는 목소리.

첫눈에.

나는 너를 알아보았단다.

나를 꿰뚫어 보던 너의 눈동자에는

과거, 현재, 미래까지도. 우리의 모든 시간이 담겨 있었지.

만 번의 눈 맞춤, 만 번의 포옹과 만 번의 입맞춤.

우리는 영원히 함께하리란 걸 첫눈에 알아보았단다.

온통 흰 한낮의 설원.

눈을 감았다 떴을 뿐인데 전부 사라졌다. 폐부를 찌르는 차가운 숨을 들이마셨다. 어느새 진아는 눈보라 몰아치는 설원 한가운데 서 있었다. 혹한의 눈보라를 맞닥뜨리며 힘겹게 나아가는 군인 무리가 진아를 스쳐 갔다. 그때, 진아에게 다가오는 군인. 텅 비어버린 눈. 깊숙이 철모를 눌러 쓴 흙빛 얼굴에 그늘이 짙었다. 순식간에 다른 사람처럼 변해버린 원우였다. 원우는 무섭도록 냉랭한 얼굴로 진아를 지나갔다.

원우는 혼자가 아니었다. 끌려가듯 기대어 걷는 병사 하나를 부축하고 있었다. 얼마 안 가 두 사람은 눈밭에 고꾸라졌다. 원우가 병사를 끌어안았다. 시체처럼 창백한 병사의 얼굴은 공포에 질려 있었다. 수염 자국조차 없는 앳된 얼굴. 깡마른 몸이 당장에라도 부서질 듯 심하게 떨렸다.

"추워요…… 선생님."

"버티자. 조금만 더 버텨보자."

병사는 원우의 옷깃을 부여잡고 입술을 달싹거렸다.

"어매…… 보고 싶소."

와들와들 떨던 병사는 눈을 치켜뜬 채로 숨이 멎었다. 원우가 고개를 떨궜다. 얼어 죽은 소년병의 뻑뻑한 눈을 감겨주는 원우의 어깨 위로 금세 눈이 쌓였다. 슬픔을 짊어진 어깨를 쓰다듬어주고 싶었지만, 진아는 그저 바라볼 수밖에.

살갗을 긁어내는 칼바람이 불어왔다. 푹푹 발이 빠지는 눈밭을 제자리걸음 하듯 걷는 이들. 툭툭 무릎이 꺾여 넘어지고 쓰러지는 이들. 묵묵히 얼어붙은 전우의 시체를 끌고 가는 이들. 시야가 흐려졌다. 어느새 거센 눈보라가 군인 무리를 집어삼켰다.

여기는 희고 흰 눈뿐이야.

눈은 모든 걸 지웠어.

분노와 공포, 비명과 침묵, 고통과 상실, 소망과 절망.

산 자의 눈빛도 죽은 자의 흔적도.

얼어붙은 대지에는 희고 흰 슬픔뿐이야.

고지의 밤.

극한의 추위가 공기마저 얼려버린 듯 고요했다. 원우는 깊은 한숨을 내쉬었다. 하얀 입김이 연기처럼 퍼져나갔다. 살아 있다. 오늘 밤도 부디 죽지 않고 살아남기를. 야전 침낭에 옹송그려 떨던 원우는 회중시계를 열었다. 하나 둘 셋 넷…… 여전히 움직이는 시곗바늘에 안도했다. 덮개 안 흑백사진에는 아름다운 연인이 환하게 웃고 있었다.

'장갑은 필요 없어요. 원우 씨 손이 따뜻하니까.'

원우는 장갑을 벗어 사진 속 얼굴을 매만졌다. 원우를 꿰뚫어보던 새까만 눈동자, 크고 동그란 눈, 빨간 목도리에 파묻힌 발그레한 얼굴, 꼭 맞게 포개어지던 따스한 손, 그리하여 품에 안았던 작은 몸…… 그리워라. 하나 둘 셋 넷…… 원우는 눈을 감았다. 떠올리면, 당신을 떠올리면. 우리는 서로의 손을 잡고 환히 웃었지. 푸실푸실 함박눈이 내리던 까멜리아 싸롱에서 우리는 행복했었지. 영원히 깨고 싶지 않았던 사랑의 꿈.

팟, 섬광이 일었다. 폭음이 울리고 폭격이 쏟아졌다. 갑작스러운 야간 공습. 나는 기어이 살아남겠으니, 당신도 기어코 무사하기를. 원우는 회중시계를 움켜쥐었다. 그 손을 진아가 투명하게 겹쳐 잡았다.

무참한 슬픔 속에 무고한 생들이 스러진다.

부끄럼 없이 선택한 길 끝에 너에게 다다를 수 있을까.

나는 죽지 않기 위해 안간힘으로 너를 기억해.

살아남은 밤마다 거꾸로 시계를 돌린단다.

잿빛 눈보라가 휘몰아치는 흥남 부두.

"미스터 구. 가자."

원우는 좁은 궤짝에 숨어든 아이를 붙잡아 꺼냈다. 울음을 터트리는 아이에게 제 외투를 벗어 둘러주었다. 우는 아이를 달래려면 사탕이 필요하지. 투시롤 하나를 꺼내 아이의 입에 넣어주었다.

"캐러멜이라는 거야. 하늘에서 군함기가 눈처럼 뿌려줬단다."

영하 40도, 혹한의 행군에서 얼어붙은 식량 대신 입안에 굴리며 살아남았던 캐러멜이란다. 머리가 핑 돌 정도로 끈끈하고 뜨거운 단맛이 얼얼하게 퍼져나갈 때, 나는 다디단 생의 의지를 맛보았단다. 캐러멜을 오물거리던 아이가 소맷부리로 눈물을 닦았다. 그러니 너도 조그맣고 달콤한 맛을 기억하렴.

"미스터 구, 너는 사는 거다. 엄마도 아빠도 없지만 너는 사는 거야. 작은 캐러멜 하나에 행복해하면서 사는 거다. 매일매일 이도 잘 닦고."

부디 살아주렴. 아이를 향해 힘껏 웃어주었다. 구창수를 안아 들고 함선으로 달려가는 지원우.

마치 부자처럼 보이는 두 사람을 진아는 바라보았다. 한 사람은 70년을 더 살게 될 것이고, 한 사람은 머지않아 죽게 될 것이다. 한 사람은 백발의 노인이 될 것이고, 한 사람은 영영 늙지 않는 영으로 떠돌 것이다. 관여할 수 없고 고쳐볼 수 없는 생의 뒷모습을 바라보며 진아는 서글픈 인사를 건넸다. 메리 크리스마스.

만 개의 비극, 만 개의 절망과 만 개의 슬픔.

그럼에도 불구하고 만에 하나,

단 하나라도 살릴 수만 있다면.

마을에 들어선 병사들.

눈밭 위로 형체를 가늠할 수 없는 구조물들이 죽은 나무처럼 우거져 있었다. 마을은 버려진 듯 보였다. 모두 무사히 피란을 떠났을까.

"꽃이 피었습니다!"

들뜬 목소리에 우르르 병사들이 몰려갔다. 구름 한 점 없는 새파란 하늘 아래 겨울나무가 울창한 눈밭. 정말로 곳곳에 붉은 꽃봉오리 같은 것들이 어른거렸다. 겨울 동백인가. 눈 덮인 동토를 뚫고 핀 꽃봉오리가 이토록 경이로울 수가.

원우는 가까이 다가가 눈을 걷어냈다. 그것은 꽃이 아니라 천이었다. 붉은 천을 들어 올리자 결박당한 사람의 손이 드러났다.

원우는 눈 더미를 파헤쳤다. 그리고 깨달았다. 그곳은 거대한 무덤이었다는 걸. 전멸이었나. 잔인하게 학살당한 민간인들.

발치에 무언가가 보였다. 작은 발. 어미의 등에 업힌 채 죽은 아기의 발이었다. 원우는 털썩 주저앉았다. 주먹을 바닥에 내리꽂았다. 고개를 떨군 자리에 뜨거운 눈물이 뚝뚝 떨어졌다. 원우는 철모를 벗고 죽은 아기의 발을 잡아주었다. 작은 꽃을 만지듯이 조심스럽게. 너무 작고 약해 손아귀에서 부서질 것 같은 아기의 발을 붙잡고서, 원우는 오랫동안 떠나지 못했다.

진아는 질끈 눈을 감았다. 아아, 슬퍼라.

하늘과 바람과 별과 사람들
아름다운 것들이 죽어간다.
그렇다면 우리는,
죽어가는 것을 사랑해야 하지 않겠니.

"자원하겠소."
원우의 뒷목이 붉었다.
"교편에서 가르치던 제자들이 죄 징집당해 학도병이 되었어. 덜덜 떨며 최전선에서 총부리를 겨누고 있는데, 생때같은 아이들이 이리도 무참히 죽어가고 있는데…… 도저히 견딜 수가 없소. 나의 부끄럼이."

"……그래야지요."

원우는 돌아보았다. 홍도가, 진아가 서 있었다.

"나는 일생을 의롭게 살며 나의 간호를 받는 사람들의 안녕을 위하여 헌신하겠습니다. 저도 자원하겠어요."

언제나 두려움 없이 원우를 꿰뚫어 보던 눈동자에 눈물이 차올랐다. 아무리 참아보아도 넘쳐흐르는 슬픔.

"원우 씨, 만에 하나 우리 헤어지더라도……."

"내가 찾아낼게요."

"내가 찾아갈게요."

두 사람은 서로를 뜨겁게 끌어안았다.

동주의 이름 없는 시를 보낸다.

별을 노래하는 마음으로.

사랑한다. 사랑한다, 홍도야.

밤이 내려앉는 분지.

스산한 바람 소리가 장송곡처럼 메아리쳤다. 적군이 신호탄을 쏘아 올렸다. 하늘에 불길한 불꽃이 피어나자, 요란한 나팔과 북소리가 들려왔다. 개미 떼처럼 몰려드는 적군. 사격이 시작되었다. 수류탄이 우박처럼 날아들고, 곳곳에 커다란 폭음과 함께 연기가 피어올랐다. 흐린 연기 속에 그림자들이 픽픽 쓰러졌다.

아수라장 속에서 의무병 막사로 굴러떨어진 수류탄을 발견한 건, 원우였다. 재와 피를 뒤집어쓴 채 거친 숨을 몰아쉬는 원우. 진아는 원우와 눈이 마주쳤다. 안 돼. 안 돼, 원우 씨. 망설임도 두려움도 없이 원우는 내달렸다.

두 팔 벌려 막아선 진아와 한데 겹쳐지는 원우. 이대로 당신을 안을 수만 있다면. 안 돼요. 죽지 말아요. 한데 겹쳐졌다가 떨어지는 두 사람. 원우는 그대로 투명한 진아를 뚫고 지나갔다. 진아의 등 뒤에서 엄청난 굉음이 울렸다. 원우의 몸이 공중에 떠올랐다가 낙하했다.

죽는 날까지 하늘을 우러러
한 점 부끄럼이 없기를,
잎새에 이는 바람에도
나는 괴로워했다.
별을 노래하는 마음으로
모든 죽어가는 것을 사랑해야지
그리고 나한테 주어진 길을
걸어가야겠다.

오늘 밤에도 별이 바람에 스치운다.

붉은 피가 눈밭을 녹이며 퍼져나갔다.

회중시계를 움켜쥔 원우. 꺼져가는 생을 그러쥐고서 하늘을 우러러보았다.

'당신의 모든 시간에 내가 있을게요.'

새하얀 재가 눈처럼 푸실푸실 날렸다. 원우가 마지막 숨을 몰아쉴 때, 어지러이 날리는 재 가루 사이로 이르게 뜬 별 하나가 반짝였다가 사라졌다. 원우의 시계가 멈췄다. 8시 20분.

미처 감지 못한 원우의 눈을 감겨주고 싶었지만, 아무리 해도 만질 수 없어서 진아는 울었다. 만질 수 없는 원우를 투명하게 매만지고 다시 매만지며. 죽어서야 전해 받은 원우의 유서를 읽고 다시 읽으며.

설진아는, 주홍도는 기억을 되찾았다.

지원우 池圓佑

이름을 찾은 지원우의 책.

원우 씨, 당신을 만나려면 가장 어두운 곳으로. 진아는 흑야로 뛰쳐나갔다.

문을 열자마자 맞닥뜨린 눈부신 빛. 밤하늘에 거대한 초록빛이 너울거리고 있었다. 흑야의 설원에 오로라가 떠올랐다. 먼발치 바다에서 유난히 푸르게 빛나는 점 하나. 그곳으로 진아는 내달렸다. 옅어지는 듯 짙어지고, 다가오는 듯 멀어지는 오로라가 너울거리며 진아를 바다로 이끌었다.

사라지지 마. 그대로 있어줘.

푹푹 발이 빠지는 눈밭을 헤치고 바닷가에 다다랐을 때, 지원우를 만났다.

푸르게 빛나는 바다 위에 원우는 서 있었다. 조그맣고 투명한 물고기처럼 나풀거리는 무수한 초록의 형상이 원우를 하늘로 끌어당기듯 에워싸고 있었다. 신비롭게 속삭이는 목소리들. 초록의 형상들이 뒤엉키며 속삭임이 강해질 때마다 원우는 차츰 투명해졌다. 점차 하늘로 떠오르는 원우의 몸.

"원우 씨!"

진아의 목소리에 원우가 돌아보았다. 그러나 이미 싸늘해진 눈동자.

"원우 씨, 나를 봐요."

진아가 차가운 파도를 헤치며 다가갔다.

"나를 알아보겠어요?"

텅 빈 눈으로 진아를 응시하는 원우.

"나예요, 홍도. 주홍도의 환생 설진아."

순간, 원우의 눈동자가 가늘게 흔들렸다. 진아는 원우를 향해 힘껏 손을 뻗었다. 그리고 원우의 손을 붙잡았다. 꼭 맞게 포개지는 손과 손. 홍도와 진아의 기억들이 한순간 스쳐 지나갔다. 맞잡은 손아귀에 힘이 느껴졌다.

그대로 두둥실, 허공으로 떠올라 서로를 끌어당긴 두 사람. 어느샌가 초록의 형상들이 원우와 진아를 에워쌌다. 따뜻한 물속에 잠긴 듯 뭉클하고 편안한 기분. 둘 사이를 맴도는 속삭임이 익숙한 노래처럼 느껴졌다. 진아는 제 목도리를 풀어 원우에게 둘러주었다.

"혼자 추웠죠."

서서히 색채와 온기를 되찾는 원우의 몸. 얼음이 녹듯 되살아난 원우의 눈동자가 짙게 부풀더니, 한 줄기 눈물이 흘러내렸다.

"이제야 찾아왔어요."

진아가 원우의 눈물을 닦아주었다. 그의 얼굴을 어루만지며 그리웠던 이름을 불러보았다.

"원우 씨."

눈앞에 있는 한 사람이 선명하게 느껴졌다. 이 사람은 참, 밝았었다. 사랑했었다. 행복했었다. 아팠었다. 슬펐었다. 쓸쓸했었다. 사랑과 슬픔이 넘치는 사람이었다. 그리고 내가 사랑한, 유일한 사람이었다.

나, 시간을 건너 당신을 찾아왔어요.

진아가 원우에게 입을 맞추었다. 혼란스러웠으나 어쩔 도리 없이 이끌렸던 모든 순간을 응축한 짧은 입맞춤. 이윽고 두 사람은 서로를 마주보았다. 수많은 말과 마음이 오고 갔다. 헤어지고 잃어버리고 찾아 헤매고 마주치고 외면하고 흔들리고 어느새 스며들어 다시 만나게 된 두 사람. 보고 싶었다고, 내내 그리웠다고, 은밀히 고백했다. 눈물이 차오른 눈동자에 물끄러미 서로를 담았다. 원우의 눈동자에 비친 진아, 진아의 눈동자에 비친 원우. 그렁그렁한 눈물이 볼을 타고 흘러내릴 때, 마침내 서로를 알아보았다.

원우가 진아를 끌어당겨 뺨을 감싸안았다. 이마가 닿고 코끝이 닿고 숨결이 닿고, 다시 입술이 닿았다. 가볍게 닿았다가, 깊게 부딪쳤다. 얼어 죽을 만큼 차갑고 녹아내릴 만큼 뜨거운 입맞춤. 얼어붙었던 시간이 뒤엉킨 숨결에 녹아내렸다. 다시 흐르는 두 사람의 시간. 만 번의 입맞춤 가운데 몇 번째 입맞춤일까. 밤의 한가운데 두둥실 떠오른 무중력상태의 연인. 서로를 알아본 별과 별처럼 두 사람은 붉게 빛났다.

이 밤에 존재하는 모든 빛과 영혼이 두 사람에게로 모여들었다. 별을 노래하는 마음으로. 밤은, 가장 어둡고 추운 밤에야 드리우는 거대한 녹빛 자락을 펄럭이며 오래도록 두 사람을 쓰다듬어주었다.

"좋은 아침."
순자가 복희에게 아침 인사를 건넸다.

"복희 씨가 필요해요. 조찬 모임을 만들어볼까 싶거든요."

"……마담."

"메뉴는 소박하게 떡국, 어떤가요?"

예스, 마담. 복희가 말간 얼굴로 웃었다.

창밖에는 일찍이 일어나 눈을 치우는 두열과 창수의 부지런한 비질 소리가 들렸다.

오래된 나무처럼 뿌리 내린 낡은 피아노. 보면대에 손수 채보한 악보가 편지처럼 놓여 있었다. 오선지에 하나하나 공들여 그린 음표들, 꾹꾹 눌러 쓴 진심을 읽어나가듯 이수가 건반을 눌렀다. 아침을 부르는 피아노 소리가 느리게 울려 퍼졌다.

아침이 밝았다. 밤과 눈과 진실로 혹독하게 앓았던 흑야가 지나가고, 마침내 해가 떠올랐다. 세상에 불을 켠 듯이 깨끗한 설원의 빛. 하늘과 숲, 언덕과 등대, 동백역과 바다, 저 멀리 수평선까지도, 시야에 담기는 세상 모든 색이 뭉클하리만큼 선명했다. 까멜리아 싸롱으로 아침 볕이 스며들었다.

"슈만의 〈트로이메라이(Träumerei)〉."

지그시 마지막 음계를 누르는 이수 곁에 진아가 와 있었다.

"어떻게 알았어요?"

"기억이 돌아왔거든."

"……괜찮아요?"

"내 기억 속엔 이수, 너도 있단다."

"알아봤어요?"

"그럼. 이수야, 네가 날 구했어. 고마워."

"정말 그럴까요? 저는 잘 모르겠어요……. 마담이나 사서님처럼 지혜롭거나 아님 두열 아저씨처럼 엄청나게 강했으면 좋겠거든요. 부럽고 부끄러워요. 뭐라도 돕고 싶은데 제가 할 수 있는 거라곤 이런 쓸모없는 것들뿐이라서."

"이수 넌, 낯선 사람에게 말을 걸어주었어. 웃어주었고, 같이 울어도 주었지. 안아주고 등을 쓸어주고. 괜찮냐고 걱정해 주었어. 유이수, 넌 언제나 친절했어. 친절함. 그게 너의 힘이야."

"언니. 언니가 죽지 않았으면 좋겠어요."

"나도. 더는 슬프지 않았으면 좋겠는데……."

진아가 한 옥타브 높은 자리에 손을 올리고 이수의 음계를 따라 눌렀다. 이미 오래도록 슬펐대도, 그럼에도 밝은 쪽으로.

두 사람을 지켜보던 지호가 벽난로에 불을 지폈다. 두열에게 배워둔 덕분에 이제 이런 일쯤 혼자서도 해낼 수 있었다. 죽기 전에 들었던 마지막 말이 떠올랐다. 사람들에게 친절하라고. 아무렇지 않아 보이는 사람도 자기만의 싸움을 하고 있을지 모르니. 말이야 좋지. 반감이 들었다. 뭣도 모르는 소리, 자기만의 싸움이 얼마나 힘겨운지 하나도 모르는 사람들이나 지껄이는 감상적인 말이라고 치부했었다. 그랬던 지호가 지금은 친절해지고 싶었다. 이런 마음이었구나. 까멜리아 싸롱에 들어서면 따뜻하게 불부터 지피던 두열의 마음을 지호는 이해할 수 있었다.

그때, 싸롱 문이 열렸다. 총총 들어서는 바리를 뒤따라 책 더미를 끌어안은 원우가 들어섰다. 사서님! 모두들 원우를 반겼다. 부엌에서 뛰어나온 복희와 순자도. 안도하는 순자의 눈빛이 뭉클했다.

"자네 왔는가."

"예스, 마담. 다녀왔습니다."

때마침 두열과 창수도 눈을 털며 들어섰다. 사서님! 와락 원우를 껴안으려던 두열이 눈치를 살피곤 절도 있게 경례를 걷어붙였다. 와하하 웃음을 터트리는 사람들에게 원우가 인사를 건넸다.

"좋은 아침입니다."

안녕, 까멜리아 싸롱의 아침.

아무리 긴 밤이라도 아침은 온다. 죽음 같은 밤을 지나온 우리는 지금 어디쯤 어떤 존재로 머물러 있는 걸까. 살아 있는 걸까, 죽어 있는 걸까. 하지만 그런 것들이 우리에게 얼마나 중요할까. 해와 달, 아침과 밤, 삶과 죽음, 기쁨과 슬픔, 행복과 불행. 선을 그어 가르는 일에 더 이상 어떤 힘이 있을까. 여리디여린 아침에 우리 영혼은, 무얼 할 수 있을까. 마주하는 얼굴에게 인사를 건네는 일. 단순한 진심, 그뿐.

"오랜만에 아침다운 아침을 맞이했으니 다 같이 조찬 나눠요. 시시콜콜한 얘기나 하면서."

예스, 마담. 사이좋게 나눠 가진 떡국 한 그릇. 몽글몽글한 하얀 떡에 노랑 지단 올리고 김가루를 솔솔. 따뜻한 그릇에서 김이 폴폴 피어올랐다.

"복희 씨 솜씨예요. 너무 맛있으니 어서들 들어요."

둘러앉아 숟가락을 달그락거리며 떡국을 먹는 사람들.

"꼭 새해 아침 같네요. 사정이 여의찮아도 새해 아침엔 갓 쪄 온 가래떡으로 떡국 끓여 먹었거든요. 하얀 떡국처럼 건강하고 무탈하라고."

"긴 밤 지새우고 새로운 해가 떠올랐으니 새해로 칩시다."

복희의 말에 순자가 대꾸했다.

"떡국 먹으면 나이도 먹는 건데. 여기선 더는 나이 먹을 일 없으니 그건 좋네요."

창수가 허허 웃었다. 두열이 그릇째 들고서 뜨끈한 국물을 들이켰다.

"떡국 먹으니까 마장군 마장미 생각이 납니다. 우리 쌍둥이는 기본이 세 그릇입니다. 집이 소방서 근처라 소방차를 타고 집 앞을 자주 오갔는데, 삼거리에 멈춰 서서 신호를 기다리곤 했거든요. 운이 좋으면 신호 대기에 걸렸을 때 애들 방 창문으로 제가 보여요. 그럴 때면 애들이 창문 열고 소리를 질렀어요. '아빠! 마두열! 마두열 소방관! 안녕! 안녕!' 하면서, 손을 흔들어줬습니다."

두열이 함박웃음을 지었다.

"그럼 있잖습니까. 저도 차창을 슥 내리고는 손을 흔들어줘요. 소방차가 되게 크고 빨갛고 멋있잖아요? 짜식들 아빠가 이렇게나 멋지다. 폼 나게 손 흔드는 거죠. 애들이랑 인사하는 찰나에, 온갖 고생이며 시름이 사르르 녹아버려요. 힘내야지. 새끼들 먹여 살리려면 내가 힘내야지. 정말로 호랑이 기운이 솟아나지 말입니다. 어떤 때는요. 하루에 총합 다섯 번이나 애들 인사를 받아본 적이 있었습니다. 그날은 다섯 번이나 차창을 내리고는 손을 흔들어줬지 뭡니까. 그런데요. 제가 멋있는 아빠긴 했지만 좋은 아빠였나. 그건 잘 모르겠어요."

두열의 목소리가 조금 쓸쓸했다.

"애들 곁에 있어주질 못했습니다. 1월 1일에도 저는 출동해야 했어요. 새해 떡국을 애들이 글쎄 세 그릇이나 싹싹 비우더라니까요. 떡국 한 그릇에 한 살씩이니까, 세 그릇 먹고 세 살 먹겠다고요. 왜 그리 빨리 나이가 먹고 싶냐니까 애들이 그래요. 나이 먹으면 키가 쑥쑥 크니까. 그럼 까치발 안 들고도 창밖을 볼 수 있다고요. 그제야 알았어요. 애들이 아직 키가 작아서 까치발을 들고선 창밖을 내다본 거죠. 그날도 출근하는 길에 멈춰 섰는데, 애들이 '아빠 아빠!' 부르며 인사해 줬어요. 신호가 바뀌고 소방서로 향하는데 불쑥 눈물이 나더군요. 야간 근무에 긴급 출동에 아빠 얼굴

제대로 보기는커녕, 특별한 날에도 옆에 잘 없는데, 우리 애들은 까치발을 들고선 내내 아빠만 기다린 겁니다. 아빠 얼굴 보려고. 근데도 장군이 장미는 아빠더러 멋있대요. 힘내래요. 사랑한대요. 아빠라서 그냥 좋대요. 제가요. 감히 그런 사랑을 받아봤습니다."

눈시울이 붉어진 두열이 코를 훌쩍거렸다.

"내리사랑은 있어도 치사랑은 없다지만, 부모가 되어보면 알게 되더랍니다. 내리사랑보다 치사랑이 훨씬 커요. 평생 살면서 받아볼 사랑은 정말 자식한테 다 받는 거 같아."

복희가 두열을 다독였다. 창수가 나직하게 이야기를 꺼냈다.

"제가 애 엄마를 너무 일찍 보냈습니다. 홀아비 혼자 힘들었겠다고들 그러는데…… 저희 아들은, 우리 호준이는요. 저 혼자 컸습니다. 일찍부터 철이 들어서 사춘기도 없이 자랐거든요. 구둣방문 닫고 집에 돌아와서 매일 둘이서 늦은 저녁을 먹었습니다. 남자만 둘이니까 맨 그 밥에 그 반찬이죠. 아들이랑 딱히 나눌 얘기도 없고, 밥 먹고는 잠깐 텔레비전 본다는 게 왜 그리도 잠이 쏟아지는지. 소파에 쪼그려 뉴스를 보다간 잠이 들어버리는 겁니다. 잠결에 아들이 그래요. '아부지, 들어가서 자요.' 그 말에 들어가서 자야지 싶은데도 이상하게 손가락 하나 까딱도 못 하겠는 겁니다. 그냥 그 채로 까무룩 잠이 드는 거죠. 이따가 호준이가 또 와서 그래요. '아부지, 왜 불편하게 자요. 들어가서 주무세요.' 녀석이 착해가지고 몇 번이고 그리 와서 저를 깨우더란 말입니다. 결국 어깨를 흔들어 깨우는 손길에 방에 들어오면요. 그때부터 잠이 싹 달아나 버려요. 이상하게 싱숭생숭한 기분에 밤늦도록 잠들지 못했습니다. 근데 실은요. 걱정해 주는 아들 잔소리가 듣기 좋았습니다."

"우리 딸도 엄마 들어가서 자. 맨날 그랬는데."

"우리 애들도요. 아빠 들어가서 자라고."

복희와 두열이 고갤 주억거렸다. 창수는 담담히 말을 이었다.

"우리 호준이가요, 효자입니다. 한 번도 속 썩인 적이 없었어요. 어렸을 땐 제 엄마 닮아서 잘도 웃었는데, 제가 원체 무뚝뚝하니까 차츰 저를 닮아가더군요. 무뚝뚝하고 고집 세고. 그래도요, 애가 성실하고 우직했습니다. 제가 뒷바라지해 준 것도 없는데 알아서 공부하고 대학 가고 군대 다녀오고 직장 들어가고. 그러고는 좋은 사람 만나 결혼도 하고 예쁜 딸도 낳았어요. 그런데 말입니다. 팔자마저도 제 아비를 닮았는지 호준이도 저처럼 일찍이 애 엄말 먼저 떠나보냈어요. 이후로 저한테 그럽디다. 아부지, 같이 살자고요. 호준이 속이 어쩔까 싶은데 뭐라 말을 꺼내야 할지 모르겠고. 점점 아들 속을 모르겠더라고요. 애가 아픈지 슬픈지 외로운지, 대체 얼마나 힘든지를 모르니까는. 근데 또 그게 답답하고 미안해서 속이 미어지더랍니다. 구둣방 닫고 경비 일을 시작했죠. 밤 근무 마치고 제가 새벽에 들어오잖아요? 호준이가 소파에 쪼그려 자고 있어요. 텔레비전을 틀어놓구선 그리 불편하게 자는 거예요. 너무 속상하죠. '들어가서 자' 그 말을, 이제 제가 아들한테 하더란 말입니다. 애가 푹 잔 것도 아니고 깬 것도 아니고 멍한 얼굴로 '예, 아부지' 하고선 일어나질 못해요. '호준아, 들어가서 편히 자라' 얘기해도 묵묵부답이고. 조금 있으면 손녀 깨워서 유치원 보낼 시간인데 못 일어나는 애 깨우지도 못하겠고. 결국, 이불 끌어다가 덮어주고선 자는 애 얼굴을 가만히 들여다봐요. 내 아들이 언제 이래 나이 들어버렸나. 피곤하게 자는 얼굴이 너무 안쓰럽고 애처로워서 애를 깨울 수가 있어야죠. 제가요, 애한테 너무 미안하더랍니다. 하필 저를 닮아서 팔자도 사납고 힘들게 사는가 싶고요. 자식은 다 커서도 어찌나 아픈 손가락인지. 불편하게 새우잠 자는 우리 아들을 이제 누가 들어가서 자라고 챙겨줄지. 그게 미안합니다."

창수의 속마음을 들어본 건 처음이었다. 늙은 아비와 아버지가 된 아들, 꼭 닮은 부자의 먹먹한 장면이 눈이 선했다. 걱정스러움과 답답함과 애잔함과 미안함이 뒤엉킨 마음으로 잠든 얼굴을 바라보는 일.

"사람이 꼭 행복해야만 합니까?"

원우가 물었다.

"처음에 여기 왔을 때, 창수 씨가 그랬죠. 사람이 사는 이유가 행복이냐고요. 저는 창수 씨 말에 공감합니다. 사람이 그저 행복하려고만 사는 건 아닌 것 같습니다. 사람은 혼자서만 살 수 없어요. 사람과 사람 사이에 주고받는 무언가가 결국 우리를 살게 하는 것 아닐까. 행복하려고만 같이 있는 게 아니라, 불행해진다 해도 같이 있어주고 싶은 사람. 누구에게나 그런 사람이 있기에 애써 살아보는 것 아닐까요? 보고 있자면 걱정스럽고 애처롭고 애틋하고, 나를 슬프게 하는 사람이지만 보살펴주고 싶은 마음이 존재합니다. 때론 인정과 연민도 인간만이 나눌 수 있는 사랑이라고 생각합니다."

창수가 잠잠히 고갤 끄덕였다. 이어서 순자가 말했다.

"신기하죠. 우리는 모두 한때 아이였단 사실이. 어린 인간이란 너무나 연약하니까. 비단 혈육이 아니더라도 자라는 동안 걱정하고 돌봐준 누군가가 있었을 거예요. 기억하지 못하는 순간에도 분명히 곁에서 사랑해 준 누군가가 있었을 겁니다. 자신이 사랑받았던 존재라는 사실을 너무나 쉽게 잊어버리고 살진 않았는지요. 한편, 놀랍습니다. 우리가 아이였을 때, 이미 넘치는 사랑을 주었다는 것도."

이수가 서가에서 LP를 하나 골라 꺼냈다.

"제가 연주했던 슈만의 〈트로이메라이〉. 독일어로 '꿈'이라는 뜻이에요. 슈만이 사랑했던 클라라에게 바친 노래인데요. '가끔 당신은 어린애처럼 느껴질 때가 있어요'라고 했던 클라라의 말에 영감을 받아 만들었대요. 꿈같았던 어린 시절의 추억과 두 사람을 닮은 아이를 만날 미래를 꿈꾸며 쓴 곡이라고 해요. 과거의 추억과 미래의 사랑을 담은 전주곡이랄까요. 〈트로이메라이〉. 이 노랠 들으며 저마다의 꿈을 떠올려보면 좋겠습니다."

빙그르르 돌아가는 레코드판에 바늘을 올리자 느릿한 피아노 선율이 퍼져나갔다.

따뜻한 떡국을 나눠 먹자, 속이 뭉근히 데워졌다. 흑야를 보내고 처음 마주하는 얼굴들. 걱정했었다. 애처로웠다. 위로하고 싶었다. 뭐라 설명할 수 없는 이런 마음도 실은 사랑이었다고. 모두들 어떤 꿈을 꾸고 있을까. 저마다 보고 싶은 얼굴 하나둘 떠올리고 있을까. 애처롭고 미안하고 서글펐던 기억들이 잠잠히 가라앉자, 남은 기억 하나가 선명히 떠올랐다. 마음이 뭉근히 데워졌다. 그 기억이 너무나 따스했기 때문에.

응접실에 햇살이 비쳐 들었다. 눈부셨다. 그리고 따뜻했다. 등을 안아주는 햇살의 기운. 행복해야만 한다는 강박과 행복할 수 없다는 절망에 가려 우리는 이 사랑을 발견하지 못했던 건 아닐까. 아침 햇살이 날개를 펼치듯 조용히 번져나갔다. 모두들 눈을 감았다. 볕을 쬐듯 따뜻해졌다.

희망

"바리야, 꽃 봐라."

푸르스름한 새벽, 눈 위에 발 도장을 찍으며 걸어가는 검은 고양이를 순자가 불렀다.

"죽지 않았단다."

꽃을 올려다보는 순자와 바리. 꽃망울이 쌓인 눈을 들어 올리며 살포시 열려 있었다.

"예쁘기도 하지."

후우. 순자는 갓 태어난 동백꽃에 숨을 불어주었다.

"복희 씨 손길이었군요."

마른걸레로 피아노를 닦던 복희가 돌아보았다. 이수가 빙그레 웃고 있었다.

"감사해요. 언제부턴가 피아노가 반질반질 예쁘더라고요."

"뭐라도 하고 싶은데, 할 수 있는 게 이런 것들뿐이라……."

황급히 피아노 덮개를 닫으려던 복희의 손이 미끄러져 건반을 눌렀다.

"죄송해요."

"왜 죄송해요. 복희 씨, 피아노 쳐보실래요?"

"전 도레미파솔라시도도 몰라요."

"지금 알면 되죠. 자, 여기 앉아보세요."

손사래 치는 복희를 끌어당겨 옆자리에 앉힌 이수. 걸레를 낚아채곤 복희의 손을 피아노 위에 올렸다.

"여기가 도. 어렵지 않아요. 그러곤 순서대로 하얀 건반만 누르면 돼요."

손마디가 불거진 복희의 거친 손이 매끄러운 건반을 눌렀다.

"도레미파솔라시도. 복희 씨도 이제 칠 수 있어요."

서툴지만 하나씩 음계를 눌렀다. 복희에겐 죽은 나무에 지나지 않았던 피아노가 제 손끝으로부터 노래했다. 감격스러운 듯 음계를 따라 읽으며 재차 건반을 누르는 복희.

"잘하셨어요. 이젠 연주, 도에서 도까지 갈 필요도 없어요. 도레미파솔라. 음계 여섯 개만 알아도 연주할 수 있거든요."

도도솔솔라라솔. 복희가 이수를 따라 건반을 눌렀다. 파파미미

레레도. 모녀처럼 붙어 앉아 피아노를 치는 이수와 복희, 두 사람이 서로를 마주 보았다. 생글거리는 이수의 얼굴에 딸 보배의 얼굴이 겹쳐졌다. 이수가 왼손으로 반주를 더했다. 조그맣게 노래하며.

"반짝반짝 작은 별, 아름답게 비치네."

복희가 연주를 멈추고 이수를 불렀다.

"이수 씨, 행복해야 해요."

"……예?"

"정말로 나는 이수 씨가 행복했으면 좋겠어."

복희의 눈이 붉어졌다.

딸애가 죽었을 때, 보배의 흔적을 정리하다가 발견했다. 일기장에 적어둔 딸의 진짜 마음을.

나 때문에. 엄마는 나 때문에 살아가. 엄마는 나 때문에 고생만 해. 나 때문에 힘든 엄마에게 착한 딸이고 싶었는데, 나 때문에 살아가는 엄마가 너무 버거웠어. 내가 태어나지 않았다면 엄마는 자유롭게 행복하게 살 수 있지 않았을까. 나 때문에. 고작 나 하나 때문에. 엄마도 나도 서로를 사랑하지만, 엄마도 나도 똑같이 행복할 수 있을까.

샛별처럼 예쁜 아이가 그런 마음으로 시들어가고 있었노라고. 복희는 몰랐다. 엄마는 괜찮다. 다 괜찮다. 너는 공부만 해라. 아무것도 신경 쓰지 말고 공부만 해라. 복희는 자신의 억척스러움이 딸을 위한 뒷바라지고 희생이라 믿었다. 그런데 실은 내가 딸에게 기대버린 건 아니었을까. 망가진 내 인생을 딸에게 보상받고 싶었던 욕심이었을까. 박복희, 나는 내 딸 보배를 제대로 마주한 적 있었나. 한 번이라도 이리 물어봐 준 적 있었나.

"괜찮니?"

갑작스러운 복희의 물음. 복희의 글썽이는 눈동자에 이수가 투명하게 담겼다.

저는, 저는……. 이수는 대답할 수 없었다.

"너무 애쓰지 마. 착하지 않아도 괜찮아. 그저 너 하고픈 대로 살아."

내내 하고 싶었던 말, 그러나 차마 하지 못했던 말. 딸애에게, 딸애를 닮은 이수에게 복희는 소리 내어 말해주었다. 순간, 가장 낮은 음계를 누른 듯 두웅. 이수의 깊숙한 마음으로부터 울려 퍼지는 명징한 소리. 이수는 깨달았다.

괜찮지 않아요. 나는 좀 더 살아보고 싶었어요.

"젠틀맨즈, 설경 보면서 빨래하시겠습니까? 플리즈."

의아했다. 매사 주어진 업무에 몹시 진지하게 임하며, 특히나 청결과 관련된 부분에선 한 치의 양보 없이 철두철미한 마두열이 어째서 플리즈를 덧붙이며 빨래 부탁을 하는 걸까. 알고 보니 해가 뜨지 않은 동안에 밀린 빨랫감이 산더미였다. 묵직한 빨래 바구니를 들고서 옥상으로 향하는 두열. 창수와 지호가 뒤따랐다.

흑야와 눈보라가 지나간 자리엔 눈 폭탄이 떨어져 있었다. 눈밭으로 변해버린 옥상 한가운데 조난당한 보트처럼 빼꼼 보이는 빨간 고무 대야. 두열이 비장한 목소리로 선포했다.

"젠틀맨즈, 이것은 단순한 빨래가 아닙니다. 산더미 같은 눈과 빨래와의 격렬한 전투입니다."

"일단 눈부터 치우죠." 나서려는 창수를 두열이 막아섰다. "그 전에 전투 복장부터 제대로." 창수가 폭 한숨을 쉬었다.

어느새 비장하게 선 세 사람. 꽃무늬 바지에 고무장화를 착용하고 제설용 넉가래와 삽과 빗자루까지 손에 든 채였다. "이렇게까지 해야 하나요?" 지호가 중얼거리자, "재밌지 않습니까?" 창수가 히죽 웃었다. 선두에 선 두열, 한 팔을 치켜들더니 용맹하게 소리쳤다. 전진!

다행히 한낮의 태양은 뜨거웠고, 눈은 빠르게 녹아내렸다. 지호는 어른들을 따라 몸을 움직였다. 찰박찰박 녹은 눈을 밟으며 힘차게 눈을 치웠다. 부지런히 몸을 움직인 덕분에 땀이 뚝뚝 떨어졌다. 금세 온몸이 땀으로 젖었지만, 오히려 개운하고 뿌듯했다.

드디어 이불 빨래 시간. 두열의 진두지휘로 빨래는 일사천리로 진행되었다. 대야에 세제를 풀고 어마어마한 팔뚝으로 거품을 일으킨 후 풍덩! 대야에 들어가기까지 두열의 퍼포먼스는 가히 예술적이었고, 창수는 희한하게 신나 보였다. 연신 싱글거리며 순순히 두열을 따랐다. 뚝뚝하던 창수에게도 이런 모습이 있었구나. 빨간 고무 대야에 들어간 남자 셋을 보며 두열이 감격스럽게 말했다.

"우리 셋, 사이좋은 삼부자 같지 않습니까?"

첨벙첨벙 이불을 밟는 세 사람. 그러나 지호는 혼자서 머리를 핑핑 굴렸다. 너무너무 어색해서. 아버지뻘 할아버지뻘 어른 두 사람과 이리도 가까이 붙어 시간을 보내고 있었다. 지호 생에 이런 시간은 처음이었다. 늘 자신에게 먼저 다가와 물어봐 주고 추켜세워 주고 챙겨주는 두 사람에게 자신도 뭔갈 해주고 싶었다. 무지하게 어색하지만 기분 좋은 초조함이 찾아왔다. 두열과 창수와 대화하고 싶었다. 그런데 어떤 얘길 꺼내면 좋을까. 몇 살이세요? 어디 사세요? 어떤 일 하세요? 아픈 덴 없으시고요? 두 분은 언제 어떻게 세상을 떠나셨나요? 돌겠네. 여기는 중천. 생과 사는 물론이고 모든 이해관계와 세속적 가치가 초연해진 이곳에서, 두 어른을 어떻게 알아가야 좋을까. 그 순간 저도 모르게 툭 튀어나온 물음.

"두 분은 뭐 좋아하세요?"

미치겠다. 지호가 버벅거리며 대꾸했다.

"아아. 그러니까 좋아하는 거…… 좋아서 자주 하는 거요. 그게 뭐냐면, 취미 같은 거랄까요?"

두열과 창수가 일제히 지호를 쳐다봤다. 미간을 찌푸리는 두열. 괜히 물어봤나, 지호의 얼굴이 화끈 달아오를 때 두열이 답했다.

"연날리기."

"예?"

"예쁘고 튼튼한 연을 만들어 날리는 걸 좋아했어."

두열이 진지하게 말했다.

"연은 말이지. 대표적으로 장방형 형태의 방패연과 마름모 형태의 가오리연이 있어. 그 하위 종류의 연들도 존재하지. 방패연에는 꼭지연, 반달연, 치마연, 동이연, 초연, 박이연, 발연 등이 있고. 그 밖에도 가오리연, 문어연, 호랑이연, 구리팔괘연, 액막이연 등등 세상엔 아주 많은 연이 존재한단다. 그 연들을 하나씩 만들어보는 거야. 연의 세계는 정말이지 흥미롭고 아름다워."

"마두열 씨 아주 전문가군요. 저도 어렸을 적에 방패연 만들어다가 다른 연들이랑 연싸움 붙고는 했습니다."

"어떤 연에도 지지 않는 튼튼한 연은 오직 섬세한 손길로만 만들 수 있습니다. 얇고 팽팽한 네모난 종이에 균형과 대칭과 꾸밈이 조화롭게 이루어진 연이 바람을 타고 하늘 높이 날아오를 때! 얼레에서 실이 스르르 풀렸다가 바람에 맞서서 팽팽해질 때 있잖습니까. 그때가! 벅차게 행복합니다. 그나저나 지호 군, 연 날려본 적 있습니까?"

"아, 아뇨."

"이런 이런. 창수 씨, 지호 군에게 선물해 줄 아주 튼튼하고 멋진 연 하나 만들어봅시다."

"그것 참 재밌겠습니다."

두열과 창수가 흐뭇해하며 눈을 반짝였다.

"할아버지는요?"

"저는…… 식물 돌보는 걸 좋아하는 것 같습니다."

창수의 뒷모습이 떠올랐다. 이른 아침이면 창밖에 눈길을 쓸어내는 창수가 보였다. 눈 쌓인 나무를 보다가 조심스럽게 눈을 털어주던 창수의 뒷모습. 가끔 응접실에 내려가면 뒷짐을 지고서 유심히 화분을 들여다보고, 또 어떤 날에는 마른 수건으로 잎사귀를 하나씩 닦아주던 창수의 뒷모습을 보았다. 그런 창수의 등을 보며 애잔한 마음이 들곤 했었다. 돌덩이처럼 뚝뚝한 노인이라고 생각했던 창수는, 어쩌면 늙은 나무처럼 묵묵하고 너그러운 사람은 아니었을까. 굽은 창수의 등을 볼 때마다 지호는 조금 슬퍼졌다.

"제 평생 일했던 구둣방에는 화분이 아주 많았어요. 애 엄마가 꽃을 좋아했거든요. 애 엄마랑 하나둘 화분을 데려오다 보니 구둣방을 다 에워쌀 정도로 많은 아이를 돌보고 있더군요. 살아 있는 식물들을 돌봐주는 일은 생각보다 손이 많이 갑니다. 가만히 지켜보고 있자면, 아무 기척이 없어서 애가 죽었나 걱정할 때 새순이 돋거나 꽃이 피거든요. 그때가 무척 기쁩니다."

지호는 창수의 이야기를 듣는 것이 좋았다.

"여기가 동백섬이지 않습니까. 언덕길에 동백나무들이 주욱 모여 있더군요. 애 엄마가 동백을 참 좋아했어요. 동백은 아주 꼿꼿하고 씩씩하거든요. 한데 애 엄마 떠나고서 제가 동백나무를 죽여

버리고 말았습니다. 한겨울에 눈 오고 바람 부는데 동백나무 화분이 너무 추워 보여서 애잔한 마음이 들지 않겠습니까. 그땐 저도 마음이 헛헛해서 더 춥게 느꼈을지도 모르겠습니다. 그 아일 구둣방에 들여와 난로 옆에 두고선 일했어요. 뜨시니까 나무한테도 좋겠지 싶어서. 물도 듬뿍 주고요. 그런데 얼마 지나지 않아 죽어버리더군요. 온도도 습도도 너무 과했던 게지요. 무언갈 아낀다면, 지켜봐야 합니다. 시간이 좀 오래 걸릴지 모릅니다. 하지만 그래야 제대로 알게 됩니다."

세 사람은 동백섬을 내려다보았다. 가만히 지켜보다 보니 알게되는 것. 눈밭에 드문드문 반짝이는 작은 별 같은 것. 아른아른 붉은 것. 창수가 말했다.

"동백꽃이 피려나 봅니다."

"서가가 아주 엉망이군요."

"온통 헤집어둔 건 미안해요. 고의는 아니었으나 과실도 아니었고. 다만, 사서님의 분류 체계가 몹시도 어지러워서."

"과실은 아니었으나 고의처럼 보이는 아수라장에 몹시 놀랐습니다. 이참에 서가를 체계적으로 재분류 재정리해 볼까 합니다."

"좋은 생각이에요. 이참에 정리 정돈의 의미 역시 체계적으로 재정립해 보셔도 좋겠네요."

"그리하여 진아 씨, 차담은 그대롭니다. 집무실 정리 정돈 잔업을 추가한."

원우와 진아가 웃음을 터트렸다. 둘 사이로 부드러운 바람이
지나갔다.

집무실에 열어둔 창문마다 한낮의 햇살이 쏟아졌다. 진아는 숲
처럼 빽빽하게 뻗어 있는 책장을 올려다보았다. 아득했다. 원우의
책을 찾기 위해 책장을 헤집던 밤이 벌써 오래전 일 같았다. 원우
를 읽어내고 원우를 찾아내고 원우를 알아보고 원우와 입 맞추었
던 밤이 아득한 꿈처럼 느껴졌다. 서가 정리에 몰두한 원우를 흘
깃 보았다. 소매를 걷어 올린 셔츠 차림의 원우는 편안해 보였다.
그러니까 왜, 지원우는 저리도 맘 편해 보이는 걸까. 그날 밤 이후
진아는 정신을 차릴 수가 없는데.

책을 펼쳐보는 원우를 곁눈질했다. 진아가 홍도였을 때, 원우는
자주 책을 펼쳐 아름다운 문장을 읽어주곤 했다. 책을 읽어주던
원우. 비스듬히 고개를 기울인 원우의 옆얼굴이 떠올랐다. 이마를
덮은 흑발, 머리칼이 눈가에 닿을 때마다 깜박이던 기다란 속눈
썹, 그로부터 이어지는 매끄러운 콧등과 지그시 미소를 머금은 입
술까지. 책을 읽어주다가 조용히 웃어주던 그 아름다운 얼굴을 바
라보았지. 진아의 기척을 느낀 원우가 마치 그때처럼, 진아를 향
해 지그시 미소 지었다. 멍하니 바라보다가 새어 나온 진심.

"좋아해요."

"예?"

"아뇨?"

"예?"

"예니요? 아니…… 그러니까 이 책, 이 책 정말 좋아해요."

손에 잡힌 책을 거꾸로 펼쳐 들고선 횡설수설하는 진아. 원우가 걱정스러운 듯 고갤 숙여 진아의 안색을 살폈다.

"진아 씨, 이상합니다."

갑자기 가까이 다가온 원우의 얼굴에 진아는 그만.

"미쳤네."

"예?"

"미쳤네요, 제가."

"터무니없습니다."

원우가 웃음을 터트리자 얼굴이 새빨개진 진아가 뒷걸음질을 쳤다. 그대로 책장에 부딪혀 와르르 책 더미가 떨어졌다. 원우가 재빨리 팔을 뻗어 진아를 감쌌다.

"여전히 예측 불가군요. 진아 씨는."

귓가에 울리는 나직한 웃음소리. 고개를 들자, 자신을 내려다보는 원우가 보였다. 원우의 얼굴도 목소리도 지나치게 가까웠다. 화들짝 놀란 진아가 재차 물러서려 하자 원우가 진아의 손을 부드럽게 끌어당겼다. 그리고 손바닥에 무언갈 쥐여주었다. 회중시계였다.

"봐요. 다시 움직입니다."

하나 둘 셋 넷…… 거짓말처럼 다시 움직이는 시곗바늘. 가느 다란 초침이 둥글게 돌아 환하게 웃고 있는 두 사람의 사진으로 향했다.

"나도." 원우가 나직하게 말했다.

"좋아했어. 줄곧 당신만." 미소 지으며, 원우는 수줍은 듯 장난 스럽게 콩 진아와 이마를 마주 대었다.

시계를 그러쥔 진아의 손에 커다란 원우의 손이 포개졌다. 다 시 움직이는 시계태엽처럼 쿵쿵쿵쿵 움직이는 두 사람의 박동이 포개진 손과 손으로 퍼져나갔다.

시계 속 사진이 눈에 선했다. 설진아의 전생이었던 주홍도가 원우 곁에서 환하게 웃고 있었다. 다시 움직이는 시간. 지금도 지 나가는 시간. 따스하고 평화롭게 흘러가기에, 그래서 영원히 붙잡 고 싶은 시간. 그러나 영원할 수 있을까. 문득 원우의 어깨 너머로 수백 개의 시계가 보였다. 까멜리아 싸롱에 머물렀던 망자들이 두 고 간 시간들. 그렇다면 설진아의 시간은 어떻게 되는 걸까. 설진 아는 까멜리아 싸롱에 온 손님이기에 해야 할 일이 남아 있었다.

"돌려줄 게 있어요."

진아가 지원우의 책을 건넸다.

"당신의 유서만 읽었어요. 기억이 돌아왔으니까, 제가 기억하 는 지원우만으로 충분해요."

"……아팠습니까?"

"네, 아파요. 너무 아파요. 사랑했던 사람. 사랑했으나 잠시 잊었던 사람. 잊었으나 다시 사랑에 빠진 사람의 고통과 죽음을 마주했으니 아플 수밖에요. 잠시 고민했어요. 당신 인생을 전부 읽어볼까. 하지만 그러고 싶지 않았어요. 당신을 사랑한다고 당신의 모든 걸 샅샅이 알아야만 하는 건 아니에요. 내가 기억하는 지원우만으로도 충분해요. 지금 여기, 내 앞에 있는 당신이 중요해요."

원우가 책등에 다시 찾은 제 이름을 매만졌다.

"원우 씨." 진아가 원우를 불렀다.

"왜 묻지 않아요? 제 기억이 돌아왔다는 건, 인생책에도 기록이 생겼다는 얘기. 그런데 왜 설진아의 인생 기록에 대해선 묻지 않는 거죠?"

원우가 진아의 눈을 찬찬히 들여다보았다.

"진아 씨와 비슷한 이유입니다. 겪은 그대로, 보는 그대로, 있는 그대로 온전히 당신을 만나고 싶어서. 그리고 짐작건대…… 지금 당신은 몹시 혼란스러울 겁니다."

주홍도의 기억과 설진아의 기억이 동시에 돌아왔다. 주홍도의 전생 기억을 간직한 채 환생한 설진아. 나는 지원우가 사랑한 주홍도일까, 다시 지원우를 사랑하게 된 설진아일까. 그렇다면 원우가 알지 못하는 설진아의 인생은 어떻게 되는 걸까.

"진실을 받아들일 시간이 필요할 겁니다."

"고마워요. 원우 씨. 실은…… 하고픈 이야기가 너무 많아요. 그런데 다 말할 수 없어 혼란스러워요. 이 마음이 정리되면, 그때 얘기해 줄게요. 전부 다 얘기해 줄게요."

헤아려주는 원우의 마음이 고마웠다. 이해받는 기분이 들었다.

"나는, 당신이 살았으면 좋겠습니다."

원우의 목소리가 진아를 붙잡았다.

"내가 살아 있었다면 어땠을까 날마다 상상했습니다. 제가 살아 있었다면 지금 백 살쯤 되었겠네요. 주름진 얼굴에 흐릿한 눈으로 당신을 마주하고 있었을지도 모르겠습니다. 그럼에도 불구하고 저는 늙어가는 삶을 살아보고 싶었습니다. 당신과 웃고 울고 다투고 걱정하고 다시 사랑하고. 삶의 모든 경험을 당신과 겪어보고 싶었어요. 함께 늙어가는 우리의 인생을 날마다 상상했습니다. 그렇지만 나는 죽었고, 당신은 죽지 않았습니다. 당신에겐 겪어보고 만나볼 미래가 많아요. 당신은 아직 죽기에 너무 젊어요. 나는 당신을 구해보고 싶습니다. 당신이 죽음을 선택했대도, 나는 힘껏 당신의 의지를 되돌리겠습니다. 진아 씨. 백 살까지만 살아주겠습니까?"

진아는 대답할 수 없었다. 나는 살 수 있을까. 다시 삶을 선택할 수 있을까. 원우의 눈길을 피하며 말없이 창가로 향했다. 창밖엔 녹은 눈이 비처럼 떨어지고 있었다. 시간이 얼마나 남았을까. 물방울이 맺힌 유리창 너머로 환한 숲이 보였다. 얼어붙은 눈이 녹아내리며 푸른 가지 끝에 어른거리는 선홍빛.

동백꽃이 피면 나는, 어떻게 될까.

"진아 씨."

나를 부르는 목소리. 뒤를 돌아보면 언제나 거기에 당신이 있었지. 진아는 그대로 걸어가 와락 원우에게 안겼다. 그리웠던 품을 파고들어 더욱 세차게 끌어안았다. 이내 소중한 걸 어루만지듯 조심스럽게 등을 쓸어주는 원우의 손길. 다정하고 다정한 이 품을, 진아는 떠나고 싶지 않았다.

동백섬의 밤. 눈이 내렸다. 잘고 성긴 눈송이가 포슬포슬 날리는 눈밭 한가운데 모여 있는 사람들. 호미랑 항아리를 손에 들고서 무언갈 골똘히 내려다보았다. 복희가 중얼거렸다.

"봄나물일랑 캐봤지만 이런 건 처음 캐봅니다."

눈밭에 숨어 있는 투명하고 단단하고 차가운 것. 얼음이었다.

"마지막 눈이려나요. 얼음이나 캐러 갑시다." 마담 여순자의 말에 아닌 밤중에 얼음 캐러 나온 사람들. 살살 눈을 걷어내고 얼음을 찾았다. 한눈에도 귀해 보이는 달항아리에 얼음을 담아 오라는 마담의 당부가 의아했지만, 모두들 조심스럽게 얼음을 담았다. 그리하여 응접실 난롯가에 조르르 놓인 항아리들. 암만 봐도 희한한 광경을 복희가 힐끔거렸다.

"얼음은 뭣에다 쓰려고요?"

"전부 쓸모가 있지요."

순자가 속을 알 수 없는 미소를 지었다.

축음기에서 〈희망가〉가 흘렀다. 레코드판을 긁어내는 아득한 목소리 때문일까. 애수와 낭만 가득한 그 옛날 싸롱으로 뚜벅뚜벅 걸어 들어온 것 같았다. 백발을 곱게 틀어 올리고 자줏빛 실크 드레스를 차려입은 초로의 여자. 고전 영화 속 우아한 주인공 같은 마담 여순자가 까멜리아 싸롱을 돌아보았다.

창가에 기대 책을 읽는 원우, 뒷짐 진 채 화분을 들여다보는 창수, 벽에 걸린 〈장밋빛 인생〉을 바라보는 복희, 바리를 쓰다듬으며 복희에게 다가가는 진아, 벽난로에 장작을 지피는 두열과 지호, 피아노에 기대어 두 사람을 보며 웃는 이수. 모두 피어야 할 자리에 핀 꽃처럼 편안하고 예뻤다. 순자가 모두를 불렀다.

"까멜리아 티예요. 우리 첫 만남에 마셨던 차입니다."

사람들 하나둘 응접실 소파에 모여 앉았다. 찻잔을 그러쥐며 진아가 말했다.

"아주 오래전 일 같아요. 그때와 지금의 우리가 너무나 달라서."

선홍빛 찻물이 퍼져나가는 찻잔 속에서 붉은 꽃이 여린 꽃잎을 펼쳤다.

"섬에, 동백꽃이 피기 시작했습니다. 여러분이 떠나야 할 시간도 머지않았단 의미겠지요."

담담한 순자의 목소리에 사위가 조용해졌다.

"흑야와 눈보라에 파묻혀 죽은 듯 보이던 꽃망울들이 기어코 겨울을 이기고 피어나더군요. 태어나는 모든 건 이토록 작디작고 붉디붉어서, 무던히도 기특합니다. 이 늙은이는 피어나는 꽃만 보아도 속절없이 뭉클해지더랍니다."

"예쁘기도 하지."

찻잔에 피어난 동백꽃을 보며 복희가 감탄했다.

"제 눈엔 복희 씨가 훨씬 예쁜걸요. 우리 처음 만났을 때가 떠올라요. 복희 씬 울고 있었습니다."

"⋯⋯제가요?"

"우는 복희가 꽃처럼 예뻐서. 두 비스트 뷔 아이네 블루메(Du bist wie eine Blume, 그대는 한 송이 꽃과 같이)."

유창한 독일어로 말하는 순자, 꽃을 보듯 복희를 보며 미소 지었다. "조금 긴 얘기가 될 것 같습니다만." 어느새 바리가 순자의 무릎에 자리 잡았다. 모두들 순자의 이야기에 빠져들었다.

전생에 저는 파독 간호사였습니다. 갈 수 있는 데까지 멀리 가보고 싶었어요. 시류와 세월에 휘말려 떠돌던 사연이야 어찌 다 얘기할 수 있겠습니까만은, 어찌저찌 독일까지 날아가 그곳에서 오래 살았죠. 1969년, 한국에 돌아왔을 땐 이미 고희 즈음이었습니다. 가족과 벗들은 이미 세상을 떠났고, 시대는 너무나도 빠르게 변해버렸어요. 제 곁엔 아무도 없었습니다. 그때 덜컥 시한부 판정을 받았습니다. 딱 1년 더 살 수 있다고 하더군요. 저로서는 이만하면 충분한 삶이었다 싶었지요. 그래서 연명 치료도 거부하고 훌훌 떠났습니다. 아니, 돌아갔다는 표현이 맞겠네요. 50년 만에 고향으로 돌아갔으니까요. 인간에겐 회귀본능 같은 것이 있나 봅니다. 죽음을 앞두자 그리도 벗어나고 싶었던 고향으로 돌아가고 싶어지더군요. 지친 생을 제자리로 돌려두고 싶었나 봅니다.

작은 섬마을에 흘러들어 하루하루를 흘려보냈습니다. 조용히 그리 살다가 떠나고 싶었어요. 마을에는 억척스러운 아낙들이 살고 있었어요. 바닷바람을 맞닥뜨리며 일단 팔부터 걷어붙이는 여자들. 자그마한 몸에 밴 생활력과 생명력이 어찌나 끈질기고 강인한지, 여자들이 줄줄이 자식들 낳아 먹이고 키우며 살고 있더군요. 그런 마을에 외국물 먹고 흘러 들어온 사연 많아 보이는 깍쟁이 늙은이가 혼자 살고 있으니, 얼마나 소문이 무성했겠습니까. 신내림 받은 무당이다, 서방 잡아먹은 귀신이다 별별 말들이 떠돌았지요.

거기서 사계절을 살다가 세상을 떠났습니다. 제 장례는 어느 애기 엄마가 치러줬어요. 고향에서 유일하게 교우한 친구였죠. 아들 셋에 딸 셋, 무려 6남매 엄마였습니다. 유난한 시모 뒷바라지에 걸핏하면 집안 뒤엎는 남편 감당하며 묵묵히 아이들 키우는 여

276

자였습니다. 시모가 세상 떠날 때까지 그 자그마한 몸에 아홉이 기대 살았습니다. 사돈에 팔촌까지 줄줄이 찾아오는 걸 세어보자면 이 한 여자가 해내는 노동과 돌봄과 책임이 가당키나 한가 싶었죠. 나 하나 돌보는 것도 버거운 제게는 정말이지 대단한 여자였는데, 사람들은 그저 평범하다고들 하는 시골 아낙이었지요. 그 여자의 막내 아이를 제가 받아주었습니다.

큰 눈이 내린 제야였습니다. 밤에 여자애 하나가 오들오들 떨면서 절 찾아왔어요. 할머니가 무당이면 울 엄마 좀 살려주고, 귀신이어도 울 엄마 좀 살려달라고, 절 붙잡고서 펑펑 울더군요. 밤중에 눈길을 헤치고 그 앨 따라 나섰는데, 집에 도착하니 만삭의 여자가 초주검이 되어 있었습니다. 애들 아빠 술 취해 곯아떨어져 있고, 골방에서 저 혼자 진통하는 여자한테 애들이 붙어서 울고 있더군요. 세상에. 너무 화가 났어요. 있는 힘껏 호통치고선 가족들 죄 쫓아내 버렸죠. 그리하여 골방에 산모랑 저, 단둘이 남았습니다.

난산이었습니다. 상황이 아주 나빴어요. 겨우 가벼운 처치만 해볼 뿐, 산모랑 아이 둘 다 위험한 상황이었어요. 제가 정말로 무당이거나 귀신 같은 거라서 하늘의 뜻을 빌 수 있다면 간절히 빌어보고 싶었죠. 진통하던 여자가 제 손을 꽉 끌어 잡더군요. 밤새 그 여자 손을 붙잡고 간절히 빌었습니다. 여자만이라도 좀 살려달라고요. 앓다가 지쳐 여자가 죽어버리면 어쩌나 손을 붙들고 시간을

견뎠습니다. 그런데요, 새벽닭이 꼬끼오 우니까, 아기가 나오려는
게 아니겠습니까. 양수가 쏟아지고 아이 머리가 보이기에 여자 배
를 타고 올라가 있는 힘껏 배를 눌렀습니다. 산모는 아이를 낳으
려고 애쓰고, 아이는 태어나려고 애쓰고, 저는 그 둘을 도우려고
애썼습니다. 마침내 데굴데굴 애가 굴러 나왔어요. 피비린내 풍
도는 정적에 눈물이 핑 돌더군요. 애가 살았나 죽었나. 냉큼 안아
보니 새파랗게 질린 핏덩이가 저를 보고는 왜앵 울어요. 안간힘을
쓰면서, 조그만 핏덩이가 온몸이 새빨개지도록 힘껏 우는데 어찌
나 기특하고 예쁜지요. 운다. 어유, 잘도 운다. 예쁘기도 하지. 여
자랑 나랑 눈물 바람에 엉엉엉 같이 울어버렸습니다.

예쁜 딸이었습니다. 여자가 아길 보며 미안하다며 울더군요.
"왜 웁니까. 새해 복 같은 아이인데." 정말로 문밖에는 밤을 지나
고 눈밭을 데우면서 새빨간 새해 첫 해가 떠오르고 있었습니다.
"새해 복이 태어났네요. 참으로 복된 아이." 그러자 애 엄마가 웃
으면서 그럽디다. "복된 희망, 이 아인 복희라고 이름 지을래요."

이 세계에선 갓난아기를 볼 일이 없습니다. 말 그대로 갓 난, 갓
태어난 아기니까요. 제가 마지막으로 받았던 아기를 기억합니다.
이후남의 아이 박복희. 복희를 처음 본 순간, 저는 간절하게 살아
보고 싶어졌어요. 복희가 자라는 모습을 지켜보고 싶어서. 복희가
자랄 훗날을 상상했습니다. 복희더러 딸이라고 구박하면 쫓아가
서 아주 혼쭐을 내주자고. 외국물 먹으면서 알게 된 세상 똑똑한

것들 복희한테 다 가르쳐주자고. 우리 복희, 아주 당당하고 꼿꼿하게 네 원대로 살라고 지켜주고 싶었습니다. 해가 떠오를 때까지 후남과 그런 얘길 나눴습니다. 복희는 우리 곁에서 잘도 잠들었지요.

박복희의 페이지, 1970년 1월 1일
박복희의 인생 첫 페이지에 여순자가 있었다.

"그해 겨울, 저는 복희의 돌잡이도 보지 못하고 죽었습니다. 하나 비극이라 생각하진 않습니다. 만나보았으니까요. 꺼져가는 생에도 꿈꿔보았던 희망을."

새빨개진 얼굴로 뚝뚝 우는 복희에게 순자가 말했다.

"복희야, 너는 복된 희망이란다. 덕분에 나는 행복했어."

복희의 눈물을 닦아주며 환하게 웃었다.

"대체 얼음을 뭣에다 쓰려나……. 이제 얼음의 쓸모를 구해봐야겠군요."

순자가 자리에서 일어나 벽난로로 향했다. 난롯가 위에 조르르 놓아둔 달항아리들. 순자가 희고 둥근 항아리를 매만지며 말했다. "순자야. 나가서 얼음 좀 캐 오너라." 추억을 더듬듯 순자의 얼굴이 너그러워졌다.

"어렸을 때, 매서운 추위 지나가고 이맘때 어머니가 심부름을 시켰어요. 사기그릇 하나 건네주시면서 눈밭에 나가서 얼음 좀 캐

오라고요. 의아했지만 열심히 얼음 캐다가 그릇에 담아 가져갔지요. 어머니가 제가 캐 온 얼음을 보곤 그래요. '어유, 예쁘게도 담아 왔네. 그릇일랑 저기 아랫목에 놓아두렴.' 기껏 얼음을 캐 왔는데 어째서 뜨끈뜨끈한 아랫목에 두라는 걸까 이상했지요. 당연히 얼음은 전부 녹아버렸습니다. 그릇엔 덩그러니 물만 남아 있지 않겠습니까? 어린 마음에 부아가 솟아 울먹이며 따져 물었죠. '어머니, 얼음이 다 녹아버렸잖아요. 아무짝에도 쓸모없는 일을 어찌 시키셨소?' 그러자 어머니가 말씀하시기를."

순자가 사람들을 돌아보며 독백하듯 말했다.

"부지런히 움직였잖니. 그걸로 충분하단다. 얼어죽을 만큼 춥다고 해도 순순히 움츠려 있지 말아라. 너는 부지런히 움직이며 살아라. 세상에 쓸모없는 일은 하나도 없단다."

순자의 눈빛과 목소리에서 힘이 느껴졌다.

"녹아버린 물은 어쩌면 좋을까. 땅에 버리면 풀이 자랄 테고, 밖에 두면 온갖 미물과 짐승이 오가며 목을 축일 테고, 그저 가만히 둔다 해도 하늘 위로 사라져 구름이 될 테지요. 그것들은 언젠가 다시 나에게로 돌아옵니다. 풀과 꽃과 벌레와 새와 고양이와 비와 눈으로. 그렇지 않니, 바리야?"

바리가 대답하듯 노란 눈을 깜박였다.

"하물며 사람은 어떻겠습니까? 옷깃만 스쳐도 인연이란 게 괜한 말이 아니지요. 세상에 쓸모없는 일은 없습니다. 세상에 쓸모

없는 존재도 없고요. 당장 쓸모없다 여겨지는 것들도 훗날 무엇이
되어 다시 만날지 모를 일입니다. 그러니 순순히 움츠려만 있지
말고 부지런히 움직여요."

순자가 달항아리 안을 들여다보았다.

"보시겠습니까?"

모두 자신의 항아리 들고 안을 들여다보았다. 당연히 얼음은
사라지고 없었다. 녹아버린 물만 항아리에 찰랑거릴 뿐.

"잘 있습니까?" 순자가 물었다.

"……."

"시간 말입니다. 여러분이 까멜리아 싸롱에서 보낸 시간이 거
기 있습니다."

첫눈과 함께 동백섬에 찾아온 손님들. 이후로 지금까지 겨울이
이어졌다. 동지와 성탄 전야, 제야와 흑야가 지나갈 때까지. 켜켜
이 쌓인 눈은 혹독한 추위와 눈보라에 더욱 단단히 얼어붙었다.
마지막 눈이 내리는 설야(雪夜)에 눈밭에서 손수 캐 온 얼음들이
녹아 항아리에 고여 있었다.

저마다 자신의 달항아리 안을 들여다보았다. 보름달처럼 둥근
물속에 제 얼굴이 비쳐 보였다. 마치 누군가의 눈동자에 담긴 내
얼굴을 확인하는 것처럼 부끄럽고 뭉클하고, 서글프기까지도 한
묘한 기분이 일렁였다. 내가 나를, 마주하고 있었으므로.

"잘 있습니까?"

순자의 목소리가 물결처럼 지나갔다. 뒤이어 곁에 선 원우의 담담한 목소리가 밀려왔다.

"흑야가 지나가던 밤, 동백섬에 오로라가 찾아왔습니다. 예로부터 오로라가 피어날 땐, 죽은 이들의 영혼이 돌아온다고 믿었지요. 맞습니다. 흑야가 모든 빛과 숨을 집어삼킬 때, 이계의 틈이 잠시 열립니다. 가장 어둡고 추운 밤에 찾아온 초록 형상들. 여러분처럼 까멜리아 싸롱에 머물렀던 영혼들이었죠. 중천을 떠난 영혼들이 꿈으로 환상으로 잠시 찾아왔을 때, 다가가 도움을 청해보았습니다. 간절하게 당신들을 구하고 싶다고. 다정한 영들이 응답하더군요. 기꺼이 자신들의 숨을 빌려주겠노라고."

원우의 눈이 푸르게 일렁였다.

"이승에서 여러분은 스스로 죽음을 선택했습니다. 중천에서 여러분은 서서히 죽어가고 있습니다. 하나 아직은, 아직은 죽지 않았습니다. 죽음을 선택한 의지 맞은편에, 생을 구하려는 의지 또한 존재합니다. 생과 사의 기로에서 여러분이 다시, 선택해 볼 수 있도록 기회를 구해보았습니다. 까멜리아 싸롱에 두고 간 고마운 숨들을 모아 우리는 희망하겠습니다. 여러분이 다시, 살아보기를."

다시, 라고 말하는 원우의 목소리에 힘이 실렸다. 순자와 원우, 두열과 이수. 까멜리아 싸롱 직원들이 한 사람 한 사람 마주보았다. 꽃처럼 붉은 얼굴들을 향해 순자가 힘껏 웃어주었다.

"저희는 중천의 안내자들. 여러분을 어디로 어떻게 안내해야 할까 뜻을 모았습니다. 매서운 운명 앞에 당신들을 순순히 두진 않을 겁니다. 그러니 여러분도 부지런히 움직여요. 동백꽃이 만개하면 여길 떠나게 될 겁니다. 그때 다시 마주할 선택의 기로에서, 까멜리아 싸롱에서 보낸 밤들을 기억했으면 좋겠습니다. 여기서 만난 우리들을 기억했으면 좋겠습니다."

이 풍진 세상을 만났으니 너의 희망이 무엇이냐. 다시 〈희망가〉가 흘렀다. 마담 여순자의 목소리가 기나긴 겨울의 마지막 눈송이처럼 조용히 내려앉았다.

"이 모든 게 비극이라 생각하진 않습니다. 우리가 살아온 시간은 결코 헛되지 않았어요. 그대들의 희망은 무엇입니까?"

눈은 빠르게 녹았다. 양지바른 자리마다 파르라니 새살을 드러내는 초원. 코끝을 스치는 바람결에도 솜털 같은 간지럼이 느껴졌다. 한낮에 내리쬐는 햇살마저도 순하게 느껴지는 다정한 계절감이 지호는 이상하게도 쓸쓸했다. 동백섬에서 보낸 겨울이 지나가버린 것 같아서. 아마도 행복했었나. 시계를 보지 않고도 마음껏 누리던 시시콜콜한 시간이 좋았다. 다시는 돌아올 수 없는 시간이란 걸 실감했다. 훗날 이조차도 내가 기억할 수 있을까. 아니, 훗날이란 시간이 나에게 존재할까. 지호는 2층 창가에 기대 바람을 쐈다. 답답했다. 심란했다. 초조했다. 이어폰으로 이수와 듣던 노래가 흘러나왔다. 지호는 괜찮지 않았다.

그때 창밖에서 자신을 향해 손 흔드는 두열을 발견했다. 고동색 스웨터를 입은 커다란 곰 같은 두열, 이제 봄날의 곰이라 바꿔 불러야 할까. 두열이 입가에 손을 모아 아련하게 소리쳤다.

"지호 군…… 오겡끼데스까?"

봄날의 곰처럼 투실투실하고 커다란데, 조금 많이 귀여워 보이는 아저씨. 웃음이 번졌다. 지호가 웃으며 손을 흔들었다. 하늘 위를 가리키는 두열, 기다란 꼬리를 늘어뜨린 가오리연이 날고 있었다. 앙증맞은 얼레를 감으며 두열이 지호에게 내려오라 손짓했다. 가만 보니 등에 커다란 연을 날개처럼 메고서. 날개 단 봄날의 곰이라. 코미디야 스릴러야. 웃을 때마다 왈칵 슬퍼지는 이 세계는, 알고 보니 드라마였나. 멀리서 방패연을 날리며 걸어오는 창수. 그리고 노란 나비연을 들고 손을 흔드는 이수가 보였다. 지호는 대충 코트를 꿰어 입고 달려 나갔다.

방패연과 가오리연, 나비연과 물고기연이 푸른 하늘에 날아올랐다.

"지호 군! 어떠한가. 나의 취미가?"

"끝내주네요."

두열이 히죽 웃었다.

"연은 바람을 잘 타야 해. 유유히 날다가도 순식간에 맞바람이

불어닥치면 휩쓸려 버리거든."

"이렇게 실을 당겼다 풀었다가, 당겼다 풀었다가."

창수가 지호에게 시범을 보여주었다. 탁 트인 하늘 위로 얇은
실 하나에 의지해 훌훌 나는 물고기연, 하늘이 바다처럼 느껴졌
다. 제 손으로 날린 연이 두둥실 바다를 유영하는 기분. 진짜 이거
끝내주는 취미네. 지호를 흐뭇하게 지켜보던 두열이 이수에게 물
었다.

"이수이수 유이수는 뭘 좋아하나? 좋아서 하는 취미 같은 거."

"음…… 피아노 치기는 너무 식상하고요. 좀 그럴싸한 취미라
면, 노래 채보하기!"

"채보가 뭐지?"

"아저씨, 여기는 진짜 옛날 옛적 아날로그 세계잖아요? 좋아하
는 곡들 마음껏 연주하고 싶은데 다 외우진 못하겠고. 그래서 LP로
듣고 더듬더듬 기억해 내서 노래를 악보로 옮기는 거예요. 손으로
악보 그리기, 그걸 채보라고 해요."

"이수가 치는 피아노 악보들이?"

"네, 전부 채보한 거예요."

"이야, 대단한데?"

어깨를 으쓱거리며 웃는 이수, 지호를 돌아보았다.

"친구, 친구가 좋아하는 건? 음악 감상?"

"아니, 좋아서 하는 거라면…… 그림. 아무한테도 보여준 적은

없지만."

"왜 안 보여줘?"

"잘 그리는 것도 아니고 그냥 좀 머쓱하달까. 혼자 좋아하면 되지, 그걸 꼭 말해야 하나."

"좋아하면, 좋아한다고 말해야지. 그래야 알지."

"나한텐 좀 어려워."

"안지호 그림 보고 싶다. 보여줄 거야?"

"……나중에."

"나중에 언제?"

"언젠가 나중에."

"이 세계에 나중이란 건 없을지도 몰라."

새침한 듯 쓸쓸한 이수의 목소리가 허공으로 흩어졌다. 때마침 어디선가 세찬 바람이 불어왔다. 바람에 휩쓸린 나비연이 팔랑팔랑 숲으로 날아가 버렸다. 냉큼 달려 나가는 이수. 두열이 지호의 얼레를 뺏더니 눈을 찡긋거렸다. 얼떨결에 지호는 이수를 뒤따라갔다.

"못 잡을 거 같은데."

"안 돼. 이거 두열 아저씨가 한 땀 한 땀 정성으로 만든 거라구."

노란 나비연이 나무 끝에 걸려 팔랑거렸다.

"그럼 내가 해볼게."

"너보단 내가 가볍지 않을까, 친구?"

"아무튼 유이수, 진짜 조심해."

유이수를 어떻게 말릴까. 지호가 구부려 받쳐준 어깨를 밟고 나무에 올라가는 이수. 지호는 지그시 제 어깨를 밟고 있는 이수의 발목을 단단히 붙잡았다. 이수의 치마가 팔랑거렸다.

"눈 감아."

"뭐래. 보래도 안 봐."

귀까지 새빨개진 지호가 눈을 감았다. 이수가 손을 뻗었다. 닿을 듯 닿지 않는 연.

"조금만, 조금만 더."

가지 끝으로 손을 내뻗은 순간 쿠당탕, 이수가 떨어졌다. 아슬아슬하게 이수를 붙잡아 같이 바닥에 구른 지호. 가까스로 이수를 감싸안았지만, 지호가 눈을 떴을 때 이수는 눈을 감고 있었다.

"유이수, 괜찮아?"

지호가 품 안의 이수를 흔들었다. 꼼짝도 하지 않는 이수.

"야. 유이수!"

닫힌 눈과 창백한 얼굴, 축 늘어진 몸. 그때 툭 하고 힘없이 바닥에 떨어지는 이수의 손. 지호는 이수의 손을 잡았다. 손끝이 차가웠다. 순간, 엄마의 마지막 모습이 이수와 겹쳐졌다. 정신이 아득해졌다.

"안 돼…… 죽으면 안 돼."

핏기가 마르고 온몸이 덜덜덜 떨렸다. 죽지 마. 죽으면 안 돼. 지호가 이수를 끌어안았다. 질끈 눈을 감았다. 가슴팍에 미미하게 느껴지는 떨림. 이수의 목소리가 들렸다.

"안 죽어. 나 벌써 죽었잖아."

이수가 배시시 웃고 있었다. 지호가 이수의 몸을 살피며 다급히 물었다.

"괜찮아? 안 아파?"

"왜 아파? 하나도 안 아파."

"그럼 왜?"

"그야……."

몸을 일으킨 이수가 지호를 빤히 쳐다보더니 메롱, 혀를 내밀었다. 얼빠진 지호를 보며 웃음을 터트리는 유이수.

"어휴, 숨 막혀 죽을 뻔했다야."

지호가 말없이 이수를 놓아주었다. 놓쳐버린 연이 약 올리듯 나뭇가지 끝에 팔랑거렸다. 툭툭 몸을 털고 일어난 이수가 아쉬운 듯 중얼거렸다.

"한 번만 더 잡아볼까? 어차피 안 죽어."

지호가 이수를 불렀다.

"유이수. 넌, 이게 재밌어?"

"웅?"

"넌 이게 장난이야?"

"완전히 속았지?"

이수가 헤실거리며 돌아보았을 때, 웃음기 사라진 지호가 이수를 쏘아보고 있었다. 그렇게 냉랭한 얼굴은 처음이었다. 지호의 날 선 목소리.

"넌 내가 죽었으면 좋겠어?"

"야, 장난이야."

"나도 죽어볼까?"

"……지호야."

"나 아직 안 죽었다며. 장난으로 한번쯤 죽어봐도 재밌겠네."

지호가 돌아섰다. 바닥에 뒹굴어 얼룩덜룩 진흙이 뭉개진 지호의 등이 성큼성큼 멀어져 갔다. 세차게 그러쥔 손이 떨리고 있었다.

"지호야." 이수가 뒤쫓아 가 지호를 붙잡았다.

"넌 아무것도 몰라. 소중한 게 눈앞에서 죽어가는 게 어떤 건지."

"안지호."

"보고도 구하지 못하는 게 어떤 건지."

"……."

"영영 혼자 남겨지는 게 어떤 건지."

이수를 뿌리치고 성큼성큼 걸어가는 지호. 지호에게 상처를 주고 말았다. 눈앞에서 멀어지는 지호를 붙잡아야 할까. 나중에 마음이 좀 진정되면 사과해야 할까. 그렇지만 우리에겐 나중이란 없어. 우리에겐 시간이 없는걸.

이수가 달려가 지호의 손을 잡았다.

"가지 마."

지호가 멈춰 섰다.

"미안해. 정말 미안해."

툭. 이마를 떨궜다. 지호의 등에 기댔다. 아직 살아 있는 지호. 여리게 오르내리는 지호의 떨림과 박동과 한숨이 고스란히 이수에게 느껴졌다. 넌 어떤 시간을 살아왔던 걸까. 얘길 들어볼 시간이 있다면, 헤아릴 시간이 있다면 좋을 텐데. 안지호. 네가 죽지 않았으면 좋겠어. 하지만 네가 떠나지 않으면 좋겠어. 솔직하게 말할 수 없었다. 저무는 시간과 서투른 마음이 속상하고 미안해서 핑그르르 눈물이 돌았다. 머지않아 혼자 남겨질 나는 두고두고 후회하겠지. 널 아프게 했던 이 순간을.

지호가 이수의 손을 감싸 쥐며 말했다.

"유이수 너, 다신 죽지 마."

창수와 두열의 연이 하늘을 날았다. 마치 연을 날리던 어린 시절로 돌아간 것 같았다. 그러나 그 시절, 창수는 전쟁통에 가족과 헤어져 홀로 살아남아야 했고, 두열은 세상의 폭력과 무관심을 홀로 견뎌내야 했다. 창수가 조용히 물었다.

290

"예쁘지요?"

"예쁩니다. 너무 예뻐서 눈물이 날 정도로."

"선량한 아이들입니다."

"너무 착하고, 너무 환하고. 여기 머물기엔 안타까운 아이들이죠. 죽기엔 너무나 어립니다."

"살릴 수 있다면 좋겠습니다."

"백 번이고 천 번이고 어떻게든 살리고 싶습니다만."

두열의 목소리가 서글펐다. 창수가 말했다.

"일흔 넘게 살면서 보람이라 느낀 일은 몇 없었습니다. 그래도 제 인생에서 가장 보람은 부모가 되어본 것이었습니다."

"저도요. 살면서 처음으로 내가 아닌 다른 사람을 돌봤습니다. 부모가 되어보니 사는 게 두려워지더군요. 내가 아닌 다른 사람 때문에. 혹시나 아이들이 다칠까 봐 세상이 무서웠습니다. 그러나 또 부모가 되었기에, 사는 게 두렵지도 무섭지도 않았습니다. 이 아이들을 내가 지켜야 하니까."

"맞아요. 그리도 이상한 일이었습니다. 정말이지 큰 행운이었고요."

두열이 창수를 돌아보았다.

"부탁 하나만 해도 되겠습니까? 여기서 이수는 이미 제 딸입니다. 하지만 지호는…… 창수 씨가 보살펴 주십시오."

"그건 부탁이 아니지요. 만일 다시 살게 된다면……."

창수의 주름진 얼굴에 희미하게 미소가 번졌다.

"얼마 남지 않은 생에 마지막 보람이 될 겁니다."

잠잠히 바람을 가르며 창수와 두열의 연이 멀리 높이 날았다.

복희는 화병을 들고 있었다. 그림에서 방금 꺼내 온 듯한 장미 꽃다발. 복희는 부쩍 이 그림 앞에서 시간을 보냈다. "라비앙로 즈." 곁에 다가온 순자가 소곤거렸다.

"마담, 그래두 엄마가 꽃을 보고 가셨어요. 이렇게 활짝 핀 장미 꽃다발, 그걸 보고 가셨어요."

"다행입니다."

"딸애 덕분이죠. 보배가요. 용돈을 모아서 그렇게 꽃다발을 사 오곤 했어요. 덜컥 몇만 원씩이나 주고 꽃을 사 오는 게 어지간히 이해가 되질 않았어요. 어차피 시들어버릴 꽃이 무슨 쓸모가 있냐 고. 그 돈이면 밥이 몇 끼고 책이 몇 권이냐고. 잔소리할 때마다 보 배가 그랬지요. '예쁘잖아, 복희야. 이건 박복희한테 주는 선물이 야.' 복희야. 복희야. 딸애가 장난스럽게 그리 절 불러줄 때가 좋았 습니다."

"정말로 세상에 둘도 없는 보배였군요."

복희가 창가에 화병을 올려두었다. 햇살이 비쳐 선명해진 빨간 장미를 조심스럽게 쓰다듬었다.

"마담. 제가 고분고분할 줄도 모르고 좀 억척스러운 면이 있잖습니까. 예전에요, 어디 큰 데서 청소 일을 한 적 있어요. 많이 배우신 분들이 다니는 기관이었지요. 일개 청소 노동자에 불과했지만 그래도 자부심이 있었어요. 일하는 사람들이랑도 돈독했고요. 근데요, 청소 일이 힘들다는 게 청소 일 때문만이 아녜요. 밀대만 들면 사람들이 대하는 태도가 달라졌어요. 오가는 시선이랑 받는 처우가 번듯하길 하나, 휴게실이 제대로 갖춰져 있길 하나, 업무량은 엄청난데 시시콜콜한 잔업도 좀 많아야죠. 겪어보니 거기는 훨씬 힘들었어요. 청소하는 사람이 청소만 하면 되지 않습니까. 위에서 관리하는 사람들이 그 밖에 걸 자꾸 요구하고 평가했어요. 인사고과랑 고용 여부를 들먹이면서 자꾸 인간적으로 모멸감을 주더랍니다. 근데 박복희가요. 고분고분 가만있겠습니까. 암만, 내가 밑바닥 인생이래두 배알도 없을까. 끝내는 참지 못하고 얘길 했죠. 인간적으로 대우해 달라. 업무환경 개선해 달라. 그저 떳떳하게 청소만 할 수 있게 해달라."

복희의 얼굴에 그늘이 드리웠다.

"그때부터 저는 눈 밖에 나게 됐어요. 맘 단단히 먹구선 잘리지만 말자. 그런 심정으로 매일매일 나가서 청소했어요. 그런데 언제부턴가 그리 돈독했던 동료들이 저한테 말 한마디를 안 걸더군요. 눈도 안 마주치고 대꾸도 안 하는 거예요. 눈앞에 없는 사람 취급 하기에 붙잡고선 물었어요. '나 보여요? 나 보이잖아요.' 다들 조용히 지나가더군요. 투명 인간이 된 것 같았어요. 어딜 가나 저를 보고 있는 건 CCTV뿐. 아아, 돈이 이리 무섭구나. 어떻게든 돈은 벌어야 하니까. 다들 못 본 척 미안해하며 지나가는 거예요. 슬펐어요. 그 맘을 너무 잘 아니까. 정작 비열한 건 윗분들이죠. 많이 배우신 분들."

손마디가 불거진 손가락을 만지작거리는 복희.

"거길 그만두던 날, 마침 보배가 기숙사에서 오는 날이었어요. 애가 좋아하는 김밥이나 말아줄까 싶어서 장을 봤죠. 그날따라 마트에 사람이 많았는데 저를 그냥 툭툭 치고 지나가요. 날 보지도 않고 대꾸도 않고. 한동안 투명 인간처럼 버텼더니 정말로 내가 안 보이게 된 걸까. 그렇게 장바구니 들 힘도 없이 걸어가는데, 저기 멀리서 누가 제 이름을 불렀어요. '복희야, 박복희!' 하고. 보배가 꽃을 들고선 절 보고 손을 막 흔들어줘요. 활짝 웃으면서 저한테 막 달려와 줘요. 제가 물었어요. 내가 보이냐고. 보배가 보인대요. 제가 또 물었어요. '내가 누구야?' 보배가 그래요. '박복희. 울엄마 박복희!' 그러면서 꽃다발을 안겨주는데 눈물이 터져가지고…… 길거리에서 애처럼 엉엉 울었어요. 나 알아봐 줘서 고맙다고. 딸애가 영문도 모르면서 그냥 저를 꼭 안아주더라고요. 딸이 내 엄마 같았어요. 그래서 제가 살았어요."

복희가 북받치는 숨을 고르며 순자를 올려다보았다.

"정말 저를 하찮게 보고 싶지 않은데…… 그게 안 돼요. 너무 오래 투명 인간처럼 살았어요. 파랑새처럼 훨훨 날기는커녕 밑바닥에 납작 엎드려 살았다고요. 근데요, 저는 그 바닥조차 무서운 거예요. 내가 겨우 여길 딛고 사는 게 무서워요. 딸애가 알아볼까 봐. 딸애도 그리 살까 봐. 그랬는데…… 날 살려준 보배가 먼저 죽어버렸대요. 저는 어떻게 살아야 돼요? 사는 게 무서워요. 너무너무 무서워요.”

뚝뚝.

장미꽃에 눈물이 떨어졌다. 서럽게 눈물을 훔치는 복희.

“복희야.”

순자가 복희를 불렀다.

“박복희. 내가 보이니?”

“……예.”

“예쁘기도 하지. 내가 너를 보고 웃고 있잖니.”

헝클어진 복희의 머리를 순자가 가지런히 쓸어 넘겨주었다.

“박복희, 넌 꽃인데 왜 그늘만 보니. 넌 아직 피지도 않았는데 왜 벌써 져버린 꽃처럼 굴어. 활짝 피어나라고. 이후남이, 박보배가 평생 널 그리 불렀는데도 왜, 복희야. 그냥 죽어가도록 두지 말고 네가 너를 키워가면서 알아내야 해. 박복희가 어떤 꽃인지, 어떻게 피어날지. 얼마나 아름다울지. 세상의 예쁜 것들을 너에게 주렴. 물 같은 교양을, 바람 같은 사유를, 햇살 같은 마음을 자신에게 주면서, 박복희 너답게 살아. 남들의 그림자 속에서도, 더러운 진창 속에서도 홀연히 아름답게. 필 때도 질 때도 꽃처럼. 그리 고

고하란 말이야."

　순자가 복희의 어깨에 기댔다. 잠잠히 등을 쓰다듬어주며.

　"무서워 마. 넌 아름답게 피어날 테니."

선 택

동백꽃이 피었다.

수평선을 가로질러 새하얀 구름이 피어올랐다. 윤슬이 부서지는 바다는 파랑. 하늘과 바다를 한 아름 껴안은 동백섬이 생생하게 붉었다. 눈길 닿는 자리마다 흐드러지게 핀 동백꽃. 툭툭 떨어진 꽃송이가 붉은 융단처럼 이어진 꽃길을 꿈을 꾸듯 걸었다. 언덕 중턱에 놓인 아담한 벤치에 진아는 원우와 나란히 앉았다.

"고마워요."

"무엇이 말입니까."

"나, 원우 씨를 좋아해요. 당신을 좋아하게 되었어요. 뭔갈 바라는 것도 뭔갈 하겠다는 것도 아녜요. 그저 마음에 촛불 하나 켠 것처럼 안심이 돼요. 겨우 그뿐인데도 나는 행복했어요."

동백섬이 내려다보였다. 원우와 샤갈의 그림을 보고 쇼팽의 노래를 듣던 까멜리아 싸롱도, 원우와 차담을 나누던 집무실 지붕도, 기억을 되찾고 원우와 입맞춤을 나누었던 바닷가도, 원우를 처음 마주쳤던 동백 역사도 한눈에 내려다보였다. 이곳에서 보낸 시간이 뭉클하리만큼 행복했다.

툭. 두 사람 발치에 동백꽃이 떨어졌다.

"정말 머지않은 것 같아서. 이젠 진실을 전해야 할 것 같아서."

"……"

"설진아의 인생, 마지막을 읽어줄래요? 원우 씨가 읽어야만 해요."

진아가 원우에게 책을 건넸다.

원우의 손바닥에 선홍빛 아지랑이가 피어올랐다.

설진아 傻眞我

진아의 하얀 입김이 퍼져나갔다.

금세 저물어 밤처럼 쓸쓸한 겨울 저녁. 진아는 옥상에 올랐다. 난간에 기대 노래를 들었다. 차가운 겨울 하늘에 퍼져나가는 사람의 입김처럼 〈메리 크리스마스 미스터 로런스〉가 조용히 흘러나왔다. 피아노를 연주하듯 난간 위에서 손가락을 톡톡 움직였다.

크리스마스 아침이 떠올랐다.

진아는 그날 죽으려고 했다. 난간에 올라 검은 물 밑을 내려다볼 때였다.

"언니, 괜찮아요?"

낯선 목소리가 진아를 붙잡았다.

"괜찮아요. 괜찮아요."

여자애 하나가 와들와들 떨면서 속삭였다. 물음인지 달램인지 위안인지 모를 말을 중얼거리며 진아에게 다가왔다. 오지 말라고 하지 못했다. 실은 어디서라도 누구에게라도 듣고 싶었던 말이었기에. 보호조치가 종료된 겨울, 진아는 완전한 고아가 되었다. 부모도 돈도 집도 밥도 힘도 의지도 없었다. 진아는 아무것도 없는데, 세상은 얼어 죽을 만큼 추웠다. 그때 이름 모를 여자애가 진아를 붙잡았다. 여자애가 빨간 목도리를 움켜잡고 진아를 끌어내렸다. 그러곤 와락 진아를 껴안았다.

"언니, 괜찮아요."

울음이 터졌다. 얼마 동안인지 모르게 두 사람은 껴안고서 눈을 맞았다. 함박눈이 펑펑 쏟아지던 크리스마스 아침. 한참 울고 나니 여자애가 품에서 붕어빵을 내밀었다. 진아는 붕어빵을 받아들었다. 둘은 동시에 웃음이 터졌다. 우습게도 눈을 맞으며 울다가 웃다가 같이 붕어빵을 먹었다. 짓이겨졌지만 아직 따뜻했던 붕어빵은 다디달았다.

돌아가던 길에 전철을 탔다. 크리스마스에 모두 어딜 가는지 자리가 없었다. 진아는 손잡이를 잡고 서 있었다. 지하상가에서 만 원 주고 산 구두가 언 발을 파고들었다. 덜컹거리는 전철을 손잡이를 붙잡고 버텼다. 정거장을 지날 때, 누군가 진아의 손을 끌어당겼다.

"아가씨, 여기 앉아요. 난 다음 역에 내리니까."

배낭을 끌어안고 졸던 아주머니였다.

"예쁜 얼굴이 왜 이리 그늘졌어. 예쁜 것들 보고 많이 웃어. 저기 창밖 좀 봐."

때마침 전철이 철교를 지났다. 함박눈이 쏟아지는 탁 트인 하늘이 그림처럼 펼쳐졌다. 속도 모르고 아름다운 풍경, 속도 모르고 설핏 웃음이 새어 나왔다.

"예쁘기도 하지. 꽃처럼 예쁘네, 젊음이."

뜨개 모자를 눌러 쓴 아주머니가 진아에게 웃어주었다.

양미역에 도착했을 때, 계단 구석에 둘둘 말고 있던 빨간 목도리를 버리고 돌아섰다. 지긋지긋하게 질긴 미련이랄까. 겨울밤, 핏덩이를 둘둘 싸서 버리고 간 친모의 흔적. 누군가 뜨개로 만든 것이 분명한 빨간 목도리 덕분에 진아는 추위에 살아남았다. 미워해야 할까, 그나마도 고맙다고 해야 할까. 진아는 목도리를 버리지 못했다. 잘라둔 탯줄처럼 내내 간직하고 있었다. 못 견디게 혼자라고 느껴지는 밤에 목도리에 얼굴을 파묻고 있자면 이상하게 안심이 되었다. 어딘가에 연결되어 있는 기분, 누군가 곁에 있는 기분이 들었다. 그러나 그런 위안도 찰나, 진아는 알고 있었다. 버려지는 것이 진아의 처음이었음을. 버려버리고 싶었다. 질긴 미련과 초라한 위안이 깃든, 진아의 처음을.

"이거요."

아홉 살쯤 되었을까. 목소리에 돌아보니 어린 남자애가 서 있었다. 웃음기 없는 눈이 텅 비어 있었다. 어린애 눈이 꼭 노인 같았다. 부침 많은 유년을 겪은 이들은 서로를 알아보고야 마는 걸까.

"버린 거야."

"쓰레기통은 저기예요."

남자애가 손으로 가리켰다. 쓰레기 아무 데나 버리지 말란 건가. 준법정신 투철한 초딩이네. 피식 웃는데 남자애가 무언갈 쥐여주었다.

"전 필요 없어요."

떠넘기듯 목도리와 우산을 건네주고 남자애는 뛰어갔다.

얘! 몇 걸음 뒤쫓아 가던 진아가 휘청 넘어졌다. 구두 굽이 부러져 있었다.

절뚝거리며 근처 구둣방을 찾아갔다. 고집스럽게 생긴 구둣방 노인이 진아를 훑어보았다. 크리스마스 아침에, 퉁퉁 부은 얼굴로 빨간 목도리를 질질 끌며 절뚝절뚝 걸어온 여자애. 노인은 못마땅한 표정이었다. 문에 붙어 있는 손 글씨가 눈에 띄었다.

'크리스마스 쉽니다'.

꾸벅 인사하고 돌아서는 진아에게, 노인은 큼큼 헛기침을 하더니 말했다. "들어오시오." 드르륵 문을 열고 들어갔다.

구둣방에는 화분이 가득했다. 노인은 전기난로를 켜고 앉으라고 손짓했다. 쪼그리고 앉아 진아의 신발을 살폈다. 그러다 버럭 화를 냈다.

"말짱 사기꾼들 같으니라고. 이런 걸레짝 같은 신발을 어떻게 신고 다니라고."

꼬장꼬장한 노인의 호통에 진아는 조용히 입을 다물었다. 노인은 한껏 인상을 구긴 채 진아의 신발을 고쳤다. 굽갈이치고는 시간이 오래 걸렸다. 뒷굽 말고도 구두 바닥에 좋아 보이는 무언갈 덧대 붙여주었다.

"신발은 좋은 걸로 신으시오. 좋은 신발이 좋은 곳으로 데려다 주니까."

노인은 구두까지 깨끗하게 닦아서 진아의 발밑에 가지런히 놓아주었다. 구두를 신어보았다. 착화감이 한결 편했다.

"감사합니다. 얼마예요?"

"크리스마스 선물입니다."

"예? 비싸게 고쳐주신 것 같은데……."

"나중에. 다른 사람한테 베푸시오."

얼떨떨해 감사 인사도 제대로 못하고 진아는 구둣방을 나섰다.

온통 하얀 세상. 진아는 눈길을 걸었다. 시야를 가려버릴 정도로 펑펑 함박눈이 쏟아졌다. 남자애가 주고 간 우산을 펼쳤다. 검은 우산 안에는 하늘이 펼쳐져 있었다. 말 그대로 안감에 파란 하늘이 프린트된 우산이었다. 그사이 양미 역사에서 사람들이 쏟아져 나왔다. 광장의 크리스마스트리가 반짝반짝 빛났다. 구세군 종소리가 울리고 캐럴이 흘렀다. 트리 앞에서 만나 화기애애하게 웃고 떠드는 사람들. 거기서 홀로 툭 떨어진 얼룩 같은 진아를 우산이 보호해 주고 있었다. 인파 속에 우두커니 서서 진아는 울었다. 이상하게 눈물이 멈추질 않았다. 자꾸만 성가시게 진아를 부르는 위로들. 그해 크리스마스에, 진아는 살아보기로 결심했다.

노래가 끝났다. 진아는 몸을 돌려 휴대폰 메시지를 확인했다.

— 실용음악과 입학 승인

입가에 미소가 번졌다. 고아(孤兒)지만 고아(高雅)한 인간으로 살아보자고. 진아는 자기 자신의 부모가 되어 자신을 키웠다. 주말도 없이 아르바이트를 몇 개씩 뛰며 악착같이 돈을 모았다. 그리고 돈벌이 때문에 포기해야 했던 꿈을, 한 번만 후회 없이 도전해 보기로 했다. 가슴이 뛰었다. 미래로 떠나는 기차표를 손에 쥔 기분이랄까. 이제 진짜 피아노도 연주해 볼 수 있었다. 이번 크리스마스 시즌에 열심히 해서 인센티브를 노려볼 참이었다. 웃차, 다시 학비 벌러 가볼까. 일터로 돌아가려던 그때였다. 진아는 물류 창고 부근에서 피어오르는 연기를 발견했다.

하필 불길이 피어오른 곳은 일반인들은 모르는 직원 휴게실과 가까웠다. 애초에 물류 창고를 개조해서 만든 휴게실이 문제였다. 고객들의 눈에 띄면 미관과 품위를 해친다는 이유에서였다. 화장실조차 직원용 화장실만 길게 줄을 서서 사용하게 했으니까. 휴게실도 화장실도, 멀고 좁고 열악했다. 그런데 하필 크리스마스 시즌 주말이었다. 아무리 열악하다 해도 오늘처럼 춥고 바쁜 날, 잠시 눈을 붙이거나 끼니를 때우는 직원들이 있을 터였다. 진아는 달려갔다.

"사람 있어요? 불났어요. 대피해요!"

쾅쾅쾅! 부서져라 문을 두드렸다. 몇몇 사람이 콜록거리며 뛰어나왔다. "저기로요!" 진아는 대피할 방향을 가리키며 소리쳤다. 불길에 온몸이 뜨거웠다. 연기가 자욱하게 퍼져나갔다. 창고 앞에 마구잡이로 쌓아둔 짐들이 굴러떨어져 통로를 막아 대피가 어려웠다. 그렇지만 진아는 모든 문을 두드렸다. 마지막 휴게실에서 연기를 마신 여자를 발견했다. 여자는 배가 불룩했다.

"손수건으로 입 막고, 어깨에 기대요."

연기 속에서 불빛이 보였다. 여자가 기침을 토해내며 울었다.

"……틀렸어요."

"아뇨. 구해야죠."

"아기는……."

"정신 차려요. 당신이 살아야 아기도 살아요."

진아도 연기를 너무 많이 마신 탓에 정신이 아득했다. 구석구석 데인 듯 쓰리고 욱신거렸다. 안간힘을 다해 여자를 부축하며 나아갔다. 가까이 불빛이 보였다. 조금만, 조금만 더. 그때였다. 물류에 옮겨붙은 불길이 순식간에 화르륵 치솟았다. 상판이 무너져 내리며 두 사람을 덮쳤다.

진아는, 여자를 감싸안았다.

원우는 설진아의 책을 덮었다.

고요한 동백섬. 눈앞에 펼쳐진 아름다운 풍경이 거짓말처럼 느껴졌다. 툭. 어디선가 동백꽃 지는 소리가 들렸다. 진아가 말했다.

"미안해요. 나는 죽어버렸어요."

원우는 말이 없었다. 질끈 눈을 감은 채 뜨거운 걸 애써 삼키고 있었다.

"만나보았나요?"

"……."

"사람들."

원우는 고개를 떨궜다.

"유이수와 박복희, 안지호와 구창수. 설진아의 인생에 그들이 있었더군요. 죽음이 너무 서러워서, 억울해서, 믿고 싶지 않아서, 내 인생을 몇 번이고 다시 읽어보았을 때 깨달았어요. 죽으려던 나를 붙잡아 준 사람들이 그들이었다는 걸. 원우 씨가 그랬죠. 누군가의 인생을 읽는 일, 죽음이 아니라 삶을 읽는 것이라고. 그 말을 이제야 알 것 같아요. 죽을 것 같은 순간마다 그래도 좋았던 순간들이, 고마웠던 순간들이 있더라고요. 결정적인 순간마다 누군가는 나를 도와주었어요. 원우 씨 말처럼, 내 인생은 결코 새드엔드가 아니었어요."

"하나, 그렇지만……."

"나, 마지막 선택을 후회하진 않아요. 원우 씨도 그런 사람이었으니까. 다만, 주홍도의 마지막을 기억하지 못해서, 설진아로 백 살까지 살아주지 못해서, 미안해요."

진아가 그렁그렁한 눈으로 웃어 보였다. 그러나 원우는 돌아보지 않았다.

"……괜찮아요?"

진아가 물었다. 고개를 떨군 원우가 설진아의 인생책을 매만졌다. 돌처럼 굳어버린 원우의 옆얼굴. 밀려드는 슬픔을 애써 참고 있었다.

"……아니요."

원우의 뒷목이 붉었다. 원우가 가여웠다. 쓸쓸했다. 염려되었다. 그리고 마음 아팠다. 진아에게 마지막으로 남은 마음 하나. 진아가 팔을 뻗어 원우를 안아주었다.

"삶도 죽음도 내게는 괜찮았어요. 원우 씨, 당신 덕분에."

"바리야."

툭. 바리가 바닥에 떨어진 꽃을 보았다. 다시 툭. 순자는 떨어진 동백꽃을 소쿠리에 담았다. 동백꽃의 꽃술처럼 샛노란 눈을 깜박이며 순자를 올려다보는 바리. 영묘한 그 눈을 마주하다가 떠올렸다. 그러니까 언젠가, 동백꽃 필 무렵.

검은 코트를 입은 초로의 순자. 자그마한 여자를 태운 휠체어를 느릿느릿 밀었다. 상아색 카디건을 걸치고 빨간 목도리를 둘러멘 여자는 말이 없었다. 표정을 읽을 수 없는 얼굴은 조금 나이 들었으나 그윽한 눈빛이 비밀스러운 미인이었다.

"볕이 좋네요. 봄이 오려나 봅니다."

눈이 채 녹지 않은 산책로. 그러나 양지바른 자리마다 흙과 작은 풀들이 푸르스름 보였다. 순자가 휠체어를 멈춰 세웠다. 눈 속에서 붉은 꽃이 피고 있었다.

"동백꽃이네요. 붉디붉어요. 주홍도, 당신처럼."

"······까멜리아 싸롱."

"기억납니까?"

"······원우."

원우를 기억하나요? 지원우는, 죽었습니다. 진실이 아프게 찔렀다. 진실도 작게 말한다. 그러나 순자는 그조차 말할 수 없었다.

"누구시죠?"

홍도가 순자를 보며 물었다. 행방불명되었던 홍도. 전장에서 어떤 일이 있었던 걸까. 홍도는 무엇을 보고 듣고 겪었던 걸까. 새하얀 눈처럼 녹아 사라진 기억들. 무엇이 이리도 깨끗하게 모든 기억을 지워버린 걸까. 순자가 대답했다.

"당신의 벗입니다."

"좋은 눈을 가졌군요."

홍도가 순자를 빤히 바라보았다.

"나는 곧 멀리 떠날 거예요. 마지막 인사를 하러 왔어요."

순자가 가슴께에 손을 올리고 숨을 골랐다.

"우리 다시 만날까요? 까멜리아 싸롱에서."

"원우······."

"맞아요. 지원우, 주홍도, 여순자. 모두 같이."

순자가 휠체어 앞에 무릎을 꿇었다. 홍도와 눈을 맞추었다. 이제야 세상을 인식한 생명처럼, 갓 태어나 기억이 없는 아기처럼, 무구한 홍도의 눈동자에 늙은 순자의 얼굴이 담겼다.

"지금, 당신에게 남은 마음은 무엇입니까?"

"……사랑."

"당신은 좋은 마음을 가졌군요."

마지막 남은 마음이자 다시 태어난 마음. 그리하여 지금도 당신을 살게 하는 마음. 순자가 홍도의 손을 그러쥐었다.

"먼저 가서 문을 열어둘게요. 그러나 천천히, 조심히 와요."

포개진 두 사람의 손등 위로 너그러운 빛이 스몄다. 두 사람은 나란히 앉아 볕을 쬐었다. 꽃잎을 들어 올리는 어린 동백꽃 언저리에서 투둑, 눈이 떨어지는 소리가 들렸다. 조용한 일. 위로가 되었다. 오고 가고 피고 지고 만나고 헤어지고 돌아오고 돌아가는, 그리하여 흐르고 흘러 고요해지고 사위어가는 생이여. 고마웠다. 누구에게나 자기 생의 진실을 알아채는 순간이 있을 테지. 마치 지금처럼. 세상의 조용한 일을 알아챌 수 있는 이 순간의 삶에게, 이 순간의 자신에게 순자는 미소 지었다.

순자는 소쿠리에 담아 온 꽃을 골랐다. 제때 피지 못하고 떨어져 버린 동백 꽃봉오리들은 꽃잎 한 장씩 조심히 열어 말리고 덖어 까멜리아 티를 만든다. 버려진 것 같아도 세상 모든 건 제 쓸모가 있으니까. 갓 죽어서 까멜리아 싸롱에 찾아온 영혼들에게 가장 처음 내어줄 따뜻한 차. 작은 목소리로 진실을 말하는 동안 영혼들을 위로할 온기 한 잔.

기척도 없이 다가온 진아가 손길을 보탰다. 살갗을 쓰다듬는 서늘한 기운. 진아는 한겨울 밖을 헤매다 온 사람처럼 차가웠다.

"차 한잔할까요?"

순자는 찻잔에 따뜻한 물을 부었다. 찻잔을 그러쥔 진아는 조용하고 창백했다.

"저는, 샤갈의 그림이 좋았어요. 이상하고 아름다워서."

"제겐 저 그림이 꽃 같습니다. 보는 순간, 첫눈에 단숨에 행복해지니까요."

"그림 속 두 사람, 마치 영혼 같아요. 두둥실 바람처럼 휘돌며 죽음까지 뛰어넘는, 그런 이상하지만 아름다운 사랑. 그런데요, 어째서 그림의 제목은 〈생일〉일까요?"

진아의 목소리가 쓸쓸했다. 순자가 물었다.

"진아 씨, 지금 당신에게 남은 마음은 무엇입니까?"

잠시 생각하던 진아가 작은 목소리로 대답했다.

"……사랑."

"당신은 여전히 좋은 마음을 가졌군요."

진아가 의아한 얼굴로 물었다.

"우리가 이런 대화를 나눈 적 있던가요?"

"지금이 우리의 몇 번째 만남이라고 생각하나요?"

따스한 찻잔에서 죽은 동백꽃이 활짝 피어났다. "마담." 진아가 순자를 불렀다.

"미안해요. 저는 죽었어요."

"죽음을 미안해하진 말아요. 생과 사, 모두 당신 자신의 것임을. 당신이 주홍도든, 설진아든 상관없습니다. 당신은 약속을 지킨 나의 벗이니."

"제 인생의 애도는 아직 시작도 하지 못했어요. 마담, 같이 헤아려줄 건가요?"

"물론. 여기, 까멜리아 싸롱에서."

순자가 진아의 손을 그러쥐었다.

"잘 돌아왔어요."

우리는 평생 한 사람을 얼마나 알 수 있을까. 그럼에도 첫눈에 서로를 꿰뚫어 알아보는 순간이 있지. 수많은 순간과 수많은 만약이 엮이고 엮여 기다란 끈이 된단다. 셀 수 없는 무수한 순간을 건너 마주 보기까지. 우린 그걸 인연이라고 하지. 생과 생을 꿰어 여기까지 이어진 우리는 인연이란다.

첫눈 내리던 밤처럼 홍월이 떠올랐다.

선홍빛 달빛이 내리비추는 바다는 일렁이는 보랏빛. 동백섬이 붉었다. 기묘하리만큼 밤에 더 활짝 핀 동백꽃, 바닷바람 불어오자 지상에 붉은 파도가 일렁이듯 꽃들이 흔들렸다. 창가에서 검은 고양이가 울었다. 붉은 달이 떠오른 월야(月夜). 마흔아홉 번째 밤, 중천의 마지막 밤이었다.

"여기서 편안하셨습니까?"

"생애 가장 많이 웃고 가장 많은 얘길 나눴던 것 같습니다."

나란히 뒷짐을 지고 선 지원우와 구창수. 벽에 걸린 김환기의 그림을 올려다보았다.

"어디서 무엇이 되어 다시 만나랴. 마치 밤하늘을 부유하는 별들 같지요."

"가만히 보니 색깔이며 모양이며 생긴 것이 다 다릅니다."

"창수 씬, 여기서 어떤 별이 마음에 드십니까?"

"허허. 재밌는 질문이네요."

곰곰 고민하던 창수가 귀퉁이에 조그맣게 번진 작은 별 하나를 가리켰다.

"구창수의 별. 기억하겠습니다. 창수 씨도 알고 계시겠지요. 생이 얼마 남지 않았다는 걸."

"전부 읽으셨군요. 그래서 진즉에 포기할까 했었습니다. 얼마나 살 수 있다고, 아들에게 짐이 될까 미안하더랍니다. 그래도 우리 손녀, 책가방 메고 학교 가는 모습은 보고 싶어서요. 두열 씨와 약속한 것도 있고요."

"그 말인즉, 결정하셨군요."

"다만, 제 아들이 너무 슬퍼하진 않았으면 좋겠습니다."

"창수 씨도 순애 씨에게 배웠지요. 소중한 걸 깨닫기 위해선 반드시 알아야 할 슬픔도 있다는 걸. 창수 씨가 호준 씨에게 가르쳐 줄 겁니다. 호준 씨는 또 제 아이에게."

"알고는 있지만 마음먹기가 쉽진 않네요. 얼마 남지 않은 생, 제가 어떻게 살아야겠습니까."

"남은 생은 크리스마스 아침처럼 살아가면 됩니다. 선물하는 마음으로."

원우는 구창수의 별을 손가락으로 짚으며 말했다.

"저는 구창수의 생이 기특하고도 존경스럽습니다."

"까멜리아 싸롱에 온 것이 제겐 선물이었습니다."

"우리 다시 만납시다. 하나 천천히, 충분히 누리고 오십시오."

"다시 찾아뵙겠습니다, 지 선생님."

에디트 피아프의 노래가 흐르는 까멜리아 싸롱.

밥 짓는 훈기가 돌았다. 복희와 두열의 손길에 맛있는 음식들이 완성되면, 이수와 지호가 예쁘게 그릇에 담아 내주었다. 순자와 원우, 창수와 진아가 호두나무 탁자에 식탁보를 깔고 꽃과 촛불, 커트러리와 음식들을 옮겨 장식했다. 다 함께 마지막 식사를 준비했다. 이윽고 둥글게 모여 앉은 사람들.

"홍월이 떠오른 월야, 우리의 마지막 밤입니다. 밖에는 기묘한 달이 떠오르고, 동백꽃이 황홀하게 피어 있습니다. 안에는 사랑하는 사람들이 있고, 따뜻한 벽난로가 타오르고, 맛있는 음식이 있고, 아름다운 음악이 흐르지요. 이제 무얼 하면 좋을까요? 까멜리아 월야 만찬회를 엽니다. 우리의 마지막 밤을 지새울까요?"

마담 여순자가 댕그랑 종을 울렸다.

"맛있다! 역시나 직접 만든 김밥이 젤루 맛있습니다."

두열이 히죽 웃었다. 저녁 즈음부터 다 같이 김밥을 말기 시작했다. 바닥에 고소한 김 깔고, 고슬고슬하게 밑간 해둔 밥 올려 펴고, 주황 당근, 초록 시금치, 갈색 우엉, 분홍 햄, 노랑 지단이랑 단무지 올리고 꽉꽉 눌러 말아 싼 김밥. 참기름 발라 깨 솔솔 뿌리고 동강동강 잘라서 층층히 수북하게 쌓아올린 김밥 케이크를 만들었다. 복희가 김밥을 하나 입에 넣으며 말했다.

"암요 암요, 김밥의 비결은 손맛이지요. 우리 보배가 학교서 어디 간다 싶으면 새벽부터 일어나 김밥부터 쌌어요. 미리 싸두면 맛없어요. 바로 싼 김밥이 젤루 맛있거든요."

"저도 호준이 김밥은 제가 싸서 보냈습니다. 잘 싸진 못했지만 열심히는 쌌습니다."

김밥을 우물거리는 창수 옆에서 두열이 김밥 세 개를 우적우적 먹으며 말했다.

"장군이 장미 소풍 간다! 그날 저는 김밥 꽁다리 도시락 당첨입니다. 와이프가 김밥 쌀 때 옆에서 '꽁다리 맛있다, 꽁다리가 젤 맛있다' 그랬거든요. 남편 사랑 지극한 우리 와이프가 정말로 김밥 꽁다리만 죄 모아다가 제 도시락에 싸주지 않았겠습니까. 동료들이 김밥 모내기 하는 거냐고 놀렸지 말입니다. 이렇게 다 같이 김밥 나눠 먹으니까 꼭 소풍 온 것 같고 좋습니다."

지호가 빙그레 미소 지었다.

"재밌었어요. 직접 싸본 김밥도, 또 누가 싸준 김밥도 처음이라."

"지호 군, 하나도 걱정할 것 없어. 앞으로다가 생일, 소풍, 운동회, 수학여행, 수능 도시락 김밥은 다아 내가 싸줄 테니까. 박복희표 김밥이 얼마나 맛있다구."

복희가 지호의 등을 다독거렸다.

"완전 부러워!"

"어허, 우리 이수. 하나도 부러워할 것 없어. 말만 해. 마두열표 궁극의 김밥을 만들어줄 테니까."

이수의 말에 두열이 가슴을 팡팡 두드리며 으쓱거렸다.

둘러앉은 식탁에서 쉴 새 없이 웃음이 쏟아졌다.

"이런 게 가족이군요."

뭉클한 진아의 목소리에 순자가 대꾸했다.

"예로부터 가족을 식구라고 부르지 않았습니까. 먹을 식, 입 구. 식구(食口)라는 말 자체가 그렇습니다. 함께 살면서 같이 식사하는 사람들. 따뜻한 음식 나눠 먹으며 웃고 떠드는 사람들이 바로 가족이지요."

"……알겠다. 49일 동안, 우린 잠시 머물렀던 게 아니라 같이 살았던 거였어요. 죽은 자도 산 자도 까멜리아 싸롱에서 같이 살았네요. 정말 이상해. 엉망으로 이상해서, 터무니없이 좋네요."

수북하게 알록달록 꽃처럼 활짝 핀 김밥. 동강동강 자른 김밥을 오물거리는 얼굴들을 바라보는 진아의 눈시울이 뜨거워졌다.

"엉망으로 이상해서 터무니없이 좋았던, 정말로 그런 겨울이었습니다."

어느샌가 원우가 탁자 위에 책 더미를 올려두며 말했다. 익숙한 책들이었다.

"사서 경력 처음으로 망자들의 인생책을 마감하지 못했거든요. 그만큼 여러분이 특별한 손님들이었기 때문이죠. 그래도 명색이 중천의 사서로서, 마지막으로 들려주고 싶은 이야기가 있습니다."

탁자 위에 촛불이 일렁였다. 원우의 푸른 눈이 빛났다. 그림자처럼 다가온 바리를 쓰다듬으며 원우는 이야기를 시작했다.

"옛날에 가난한 구두공이 살았습니다. 어느 겨울밤, 예배당을 지나가던 그는 벌거벗은 남자를 발견합니다. 어떻게 해야 할지 고민하다가 남자에게 제 옷과 신발까지 내어 주고 집으로 데려오죠. 구두공의 아내는 바보 같은 남편을 답답해하고, 이 낯선 남자도 석연찮아합니다. 그래도 그에게 따뜻한 음식을 내어 주죠. 남자는 이들 부부를 보고 처음으로 미소를 지었습니다. 정체불명의 이상한 남자, 그의 이름은 미하일라였습니다. 그는 구두공 부부의 집에 머물며 일을 돕게 되죠. 하루는 무례한 부자가 와선 몹시 까다로운 신발을 주문하고 돌아갑니다. 그러나 미하일라의 실수로 그만 죽은 자를 위한 목 없는 신발을 만들게 되죠. 산 사람에게 망자의 신발을 만들어주다니, 이를 어쩌나 구두공은 속을 태우죠. 그런데 그날, 부자의 부고를 전해 받게 됩니다. 미하일라는 마치 예상했던 것처럼 자신이 만든 신발을 내어 주며 미소를 짓습니다. 그 후로 5년 동안이나 미하일라는 구두공의 집에 살았어요. 아무 데도 나가지 않고, 쓸데없는 말은 하지 않고, 미소를 지은 것도 딱 두 번뿐이었지요. 여전히 정체불명의 이상한 사람이었습니다."

기묘하고 신비로운 이야기. 조곤조곤 원우의 목소리에 푹 빠져들었다.

"그러던 어느 날, 한 여자가 쌍둥이 자매를 데리고 왔습니다. 한 아이는 다리 하나가 굽어 있었어요. 여자는 아이들의 신발 제작을 부탁하며 세 사람의 사연을 이야기합니다. 여자는 친모가 아니라 아이들 부모의 이웃이었어요. 쌍둥이의 부모는 연달아 불의의 사고로 아이들이 태어나자마자 세상을 떠났습니다. 가난한 이웃이 걱정되었던 여자가 오두막에 찾아갔을 때, 친모는 한 아이의 다리를 짓누른 채로 이미 세상을 떠난 채였죠. 남겨진 아이들이 가여웠던 여자는 친아들과 함께 두 아이까지 젖을 먹여 키웁니다. 하지만 얼마 후, 친아들은 세상을 떠났고 여자 곁에 남은 쌍둥이 자매가 살아갈 힘이 되었죠. 친딸들이 아니어도 이 아이들을 정말로 사랑한다고 여자는 눈물을 흘립니다. 그때 미하일라는 마지막으로 미소 짓습니다. 그제야 자신의 정체를 밝히지요. 미하일라는 천사였습니다. 신이 지상에서 세 가지를 깨우쳐 오라 시킨 것이었지요."

탄식이 터져 나왔다. 창수가 물었다.

"세 가지는 무엇이었습니까?"

"사람에게 무엇이 있는가, 사람에게 무엇이 주어지지 않았는가, 그리고 사람은 무엇으로 사는가. 이 세 가지를 깨우치거든 하늘로 돌아오라 일렀습니다. 미하일라는 세 가지를 깨우친 순간마다 미소 지었던 겁니다."

좀처럼 웃지 않았던 천사 미하일라의 미소처럼, 원우가 지그시 미소 지었다.

"첫 번째 질문, 사람에게 무엇이 있는가. 사람에게는 사랑이 있다는 걸 깨닫게 되었습니다. 천사 미하일라는 자신을 거둬준 구두공 부부에게서 사랑을 보았습니다. 두 번째 질문, 사람에게 무엇이 주어지지 않았는가. 자기 육신에게 진정 필요한 게 무엇인지 사람은 알지 못한다는 걸 알게 되었지요. 무례한 부자는 자신에게 죽음이 와 있단 걸 몰랐어요. 죽음은 천사의 눈에만 보였죠. 부자

320

에게 필요한 게 산 자의 신발인지 죽은 자의 신발인지 아무도 몰랐습니다. 그렇다면 마지막 질문, 사람은 무엇으로 사는가.”

원우가 잠시 이야기를 멈추고 사람들을 돌아보았다.

“사랑입니다. 고아들을 제 아이처럼 키우고 사랑하는 여자에게서 천사는 사랑을 보았습니다. 실은 쌍둥이 자매 친모의 영혼은 미하일라가 거둬 간 것이었거든요. 그때 천사는 이 아이들이 살아남을 수 있으리라 기대하지 못했습니다. 그런데 피 한 방울 섞이지 않은 여자가 아이들을 먹이고 키운 것이었죠. 천사는 마지막으로 깨달았습니다. 모든 사람은 자신의 안위와 염려와 계획으로 살아가는 것이 아니라, 사실은 사랑으로만 살아간다는 것을요. 사람은 자신에게 필요한 게 무엇인지 모르기 때문에, 서로 기대고 돕고 사랑하며 살아야만 한다는 것을요.”

원우가 탁자 위에 두 손을 그러모았다.

“레프 톨스토이의 『사람은 무엇으로 사는가』의 이야기입니다. 선량했으나 가난하고 불행한 삶을 살았던 망자들에게 저는 이야기 속 신의 질문을 건네곤 했습니다. 삶과 죽음, 다시 선택의 기로에 선 여러분에게도 신의 질문을 건넵니다. 당신에게는 무엇이 있습니까. 당신에게는 무엇이 주어지지 않았습니까. 그리고 당신은 무엇으로 삽니까. 세 가지 질문에 자기만의 답을 구해보십시오.”

원우가 책 더미를 쓸어내렸다. 구창수와 박복희, 안지호와 설진아의 인생책이 다 다른 색으로 빛났다. 알록달록 일렁이는 빛들을 바리가 눈으로 좇았다.

"아마도 천사의 답과 다르지 않을 겁니다. 여러분은 여태껏 사랑으로 살아왔을 테니까요. 때론 처음 만난 낯선 타인들에게서조차. 여러분이 돌아본 인생책이 바로 세 가지 질문에 대한 답입니다. 여러분이 살아야 할 이유는 이미 각자 살아온 인생 속에 존재합니다."

호박 반지를 만지거리던 순자가 바리를 품에 안으며 말했다.

"돌이켜 보면 한 사람은 있을 겁니다. 사랑으로 당신을 구한 생애 단 한 사람이. 진실도 작게 말한다. 이제 마지막 진실을 전해야겠군요."

깊은 눈으로 한 사람 한 사람 눈을 맞추며 순자가 활짝 웃어주었다.

"우리는 모두 사랑받는 사람이었습니다."

에디트 피아프의 〈라비앙로즈〉가 흘렀다.

"때마침 라비앙로즈. 우리의 장밋빛 순간을 붙잡을까요?"

"예쓰, 마담!"

두열이 커다란 나무 상자를 들고 왔다. 옛날식 수동 사진기. 언젠가 지원우와 주홍도를 찍어주었던 추억의 사진기였다. 두열과 원우가 능숙하게 사진기를 조립해 삼발이에 세웠다. 응접실 중앙에 모인 사람들.

"기념사진이니 예뻐야 합니다. 용모 단정히 단장해 주시고 신사분들은 바깥쪽으로. 벽에 여순자 컬렉션도 잘 보여야 합니다. 참, 꽃도 있어야겠지요."

마담 여순자의 진두지휘 아래 그림 컬렉션이 바로 보이는 벽을 배경으로 동백나무 화분과 장미꽃 화병도 옮겨두었다. 구창수와 안지호, 박복희와 설진아가 의자에 앉았다. 그들 뒤에 선 까멜리아 싸롱 직원들.

"사진은 누가 찍죠?"

"걱정 마세요. 우리 바리가 아주 신묘한 고양이입니다."

순자가 바리를 쓰다듬으며 속삭이더니 말했다.

"자, 찍습니다. 다 같이 까멜리아."

까멜리아. 모두가 외칠 때, 바리가 우아한 몸짓으로 사진기 위로 뛰어올랐다.

팟. 아이처럼 환하게 웃는 구창수 뒤에서 위풍당당하게 팔짱을 끼고 웃는 마두열, 장난스럽게 웃는 안지호의 어깨를 붙잡고 활짝 웃는 유이수, 함박웃음을 터트린 박복희 뒤에서 인자한 미소를 머금은 여순자, 복희의 팔짱을 끼고서 방그레 웃는 설진아, 그리고 진아 곁에서 지그시 미소 짓는 지원우.

"마지막 선물입니다. 까멜리아 싸롱의 기억을 고이 담아서."

고맙습니다. 고마워요.

축음기에서 흘러나오는 아름다운 노래에 기대어 손을 내밀어 끌어당겨 악수를 나누고, 두 팔을 활짝 열어 서로를 안아주고, 가만히 기대어 다독다독 등을 쓸어주는 사람들. 한데 겹쳐졌다가 떨어졌다가, 빙글 돌아서 다른 이와 손을 잡고, 다시 안아주고 다독여 주고 발을 구르고. 또다시 빙글. 발그레 달아올라 환하게 웃는 얼굴들. 마지막 인사를 나누는 모습이 춤을 추는 사람들 같았다. 긴 밤처럼 도무지 끝나지 않을 것 같은 긴 작별 인사를 나누었다.

홍월 아래 활짝 핀 동백꽃처럼, 만개한 마음들이 슬프도록 아름다운 밤이었다.

"해 보러 가자, 친구."

이수와 지호는 밤을 지새우고 등대로 떠났다. 동백섬 꼭대기에서 샛별처럼 반짝이는 등대. 이수가 속삭였다. "난 약속 지켰다." 지호가 떠나는 날이었다.

언제나처럼 둘은 등대 꼭대기에 앉았다. 손전등을 깜빡거리며 서로가 별이 되었던 밤들이 떠올랐다. 긴긴밤을 넘어 아침으로. 발치에 서늘한 새벽안개가 맴돌았다.

"천국에 온 거 같다. 그치?"

이수가 웃었다. 손전등은 필요 없었다. 이수의 얼굴이 차츰 선명해졌으므로. 음악도 필요 없었다. 두 사람에겐 남은 시간이 없었으므로. 이수의 목소리를 더 듣고 싶었다. 그러나 둘은 한참이나 말이 없었다. 구름색 점토를 주물럭거린 것 같은 흐린 하늘이 드낮게 깔렸다.

"날이 흐리네. 그래도 지호야, 저길 봐."

연푸른 바다 위로 희미한 빛이 일렁였다. 구름 너머로도 영향력을 행사하는 해의 기운, 그 자리에 여린 윤슬들이 반짝였다. 아침은 요란하지 않게 도착했다.

"나는 좋아해. 흐린 아침 일출. 흐린 하늘에도 해는 떠오르고 아침이 와. 내가 여기 있을게. 보이지 않아도 여기서 빛을 밝혀줄게."

소중한 걸 어루만져 주듯이 희미한 햇살에 세상이 깨어났다. 바다와 모래밭, 들판과 숲, 까멜리아 싸롱과 동백 역사까지도. 눈에 닿는 곳곳마다 발그레 동백꽃이 피어 있었다.

쿠르르르. 동백 역사로부터 거대한 물결이 일었다.

"깨어났다. 네가 타고 갈 기차도."

이수가 환하게 웃었다. 오른쪽 뺨에 보조개가 패었다.

"이 보조개. 내가 태어날 때 너무 예뻐서 천사가 콕 찍어준 거래."

"……응."

처음부터 예쁘다고 생각했어, 지호의 시선이 이수를 맴돌았다. 도무지 알 수 없다고 생각했던 널, 이제는 누구보다 잘 알 것 같아. 너는 지금 힘껏 웃고 있구나. 너무 환한 웃음에 가려진 슬픔이 지호에게 닿았다. 소중한 걸 어루만져 주듯이 힘껏 친절하기에 사려 깊은 슬픔.

"친구." 이수가 지호를 불렀다.

"우리 헤어져도 친구인 셈 치자."

이수의 눈에 물기가 어렸다.

"이수야, 나는……."

지호가 이수의 손목을 잡았다. 툭툭툭툭. 여린 박동이 느껴졌다. 이렇게 심장이 뛰고 있는데 어째서 넌 죽었다는 걸까. 지호는 다시 살아볼 수 있었다. 그러나 이수는, 지호가 떠난 후 홀로 여기 남을 이수는 고스란히 겪게 될 것이다. 소중한 게 눈앞에서 사라지는 기분, 보면서도 붙잡을 수 없는 기분, 그리하여 영영 혼자 남겨지는 기분. 그런 이수에게 지호는 말할 수 없었다. 우리 살아보자고. 같이 떠나자고.

지호는 먹먹해진 눈으로 이수를 담았다. 어떻게든 기억하고 싶었다.

"지호야. 힘들 거야. 무서울 거야. 가끔 아플 테고, 자주 외로울 거야. 그래도 나는, 네가 살았으면 좋겠어. 그러니까 사는 게 버거워도 그냥 살아보는 셈 치자."

지호의 눈에도 눈물이 고였다.

"헤어지는 게 슬퍼도, 우리 하나도 안 슬픈 셈 치자."

이수가 지호의 앞머리를 쓸어 넘겨주었다.

"하나만 약속해. 다시 눈을 뜨면 친절해 줘. 그 누구보다도 너 자신에게. 아무렇지 않은 척 혼자 싸우지만 말고, 화내고 울고 미워하고 좋아하고 그런 감정들 전부 다 솔직하게 느끼면서 너 자신에게 웃어줘. 너한테 친절해 줘."

지호의 왼쪽 이마부터 눈썹까지 주욱 그어진 흉터.

"너는 예쁘니까."

"이수야……."

이수의 눈동자가 일렁일렁 빛났다. 흐린 아침 윤슬처럼. 지호는 이 빛을 알고 있었다. 나는 죽으려고 했어. 내 세계는 얼어붙어 있었고 나는 못 견디게 차가웠어. 그때 너를 만났어. 유이수가 비춰준 빛은 친절했어. 환하고 따뜻했어. 너를 만나 한순간도 따뜻하지 않은 적 없었어. 더는 죽고 싶지 않았거든. 이수, 네가 너무 따뜻해서.

"……고마워."

"너는 예쁜 사람. 내가 증명해."

지호의 흉터에 이수의 손끝이 닿았다. 이수가 다가왔다.

"내가 천사 해줄 테니 너는 예쁘게 다시 태어나."

가장 아픈 자리에 가장 따스한 입김이 눈송이처럼 닿았다가 사라졌다.

멀리서 기적이 울었다.

다 함께 동백꽃길을 걸어 동백역에 도착했다. 대합실 미닫이문을 열자 붉은 꽃 너머로 푸른 바다가 보였다. 겨울잠에서 깨어난 기차가 철로에 서 있었다. 쿠르르르. 다시 숨을 몰아쉬는 기차. 기계음이 심장박동처럼 울리는 몸체에선 김이 피어올랐다.

작별할 시간이었다. 함박눈이 쏟아지던 동백역의 마중과 붉은 꽃이 만개한 동백역의 배웅이 겹쳐졌다. 마담 여순자와 사서 지원우, 객실장 마두열과 매니저 유이수. 그리고 망자 설진아가 떠나는 이들을 배웅했다. 동백꽃 사이로 오가는 포옹과 인사들. 눈물을 참으며 안녕을 빌어주는 모두의 얼굴이 꽃처럼 붉었다.

구창수와 안지호, 박복희는 기차에 올라 창가에 나란히 앉았다. 역사 위에서 사람들이 손을 흔들자, 기차 안에서 사람들이 손을 흔들었다. 그리고 힘껏, 환하게 웃었다. 안녕하기를.

부우우우. 기차가 기적을 울렸다.

동백꽃길 사이로 기차가 출발했다. 기차는 서서히 동백역을 빠져나갔다. 철로를 매끄럽게 달려 이내 바다 한가운데를 달리는 기차. 거대한 몸체가 유연하게 미끄러졌다. 푸우우우우우. 숨구멍으로 뜨거운 공기를 내뿜는 귀신고래처럼, 세찬 증기를 내뿜으며 힘차게 물살을 가르며 달려갔다. 까멜리아 싸롱에서 보낸 49일의 시공간을 넘어 양미동으로.

마담 여순자의 마지막 전언이 꿈결처럼 울려 퍼졌다.

"한 사람을 구해요. 지금 인생으로 달려가 자기 자신을 구해요."

후우.

숨이 불어왔다.

어지러운 숨들이 한데 모여 한 사람의 입김처럼 따스한 바람이 되어 퍼져나갔다.

크리스마스에는 눈이 내렸다. 구창수는 일찍이 밖으로 나섰다. 푸른 새벽 공기에 하얀 입김이 새어 나왔다. 소복이 눈이 쌓인 거리, 입김으로 손을 녹이며 창수는 첫 발자국을 찍으며 걸어갔다. 보육원 우체통에 돈봉투를 넣어두고 다시 제 발자국을 밟으며 돌아왔다. 오는 길에는 구둣방에 들렀다. 눈 맞은 화분들을 구둣방에 옮겨두고, 그 전날 정산해 둔 현금을 주머니에 챙겼다. 혹시라도 헛걸음하는 손님이 있을까 싶어 '크리스마스 쉽니다' 큼지막하게 글씨를 써 붙였다. 집으로 돌아가던 창수는 역사 구석에 웅크려 있는 노숙자를 발견했다. 눈을 맞으며 추위에 떨고 있는 남자. 창수는 그를 부축해 일으켰다. 자신의 오리털 잠바를 벗어 그에게 입혀주고, 제 일당을 그의 손에 쥐여주었다. 회한과 감사가 뒤섞인 눈빛으로 노숙자가 창수를 바라보았다. 창수가 말했다.

"얼어 죽지 맙시다. 그래도 살아봅시다."

집으로 돌아가는 길, 얇아진 옷차림에 추위가 스몄다. 그래도 운 좋게 주머니에서 동전 몇 개가 짤그랑거렸다. 붕어빵이라도 사 가야지. 크리스마스니까. 함박눈을 맞으며 붕어빵을 품에 안고 걸었다. 가슴께에서 뭉근한 온기를 느끼며 한 사람을 생각했다.

"메리 크리스마스. 미스터 구."

눈이 내리면 자신에게 외투를 입혀준 젊은 병사의 온기가, 다디단 캐러멜의 맛이 떠오른다. 사람은 사람답게 살아야지. 아무리 없이 살더라도 아무리 연약하더라도 인간은 존엄을 지켜야 한다. 그것이 창수가 깨우친 캐러멜의 맛, 인생의 맛이었다.

구창수가 눈을 떴다. 창수는 아파트 옥상에 위태롭게 서 있었다. 오른손엔 돈봉투를 왼손엔 휴대폰을 쥐고서. 진동이 울리던 휴대폰이 멎었다. 오후 8:19 부재중 전화 '아들'. 까마득한 발아래를 내려다보았다. 검푸른 바닷속 같은 그곳엔 휭휭 바람 소리만 울렸다. 자신은 어떤 아버지로 기억될까. 수치스러웠다. 좋은 것보다 슬픈 것이, 슬픈 것보다 억울한 것이 제 인생을 집어삼켜 버렸다고 생각했으니까. 그러나 돌이켜보니 창수에겐 캐러멜 한 알만 한 보람이 남아 있었다. 다디달았던, 살아남았기에 만끽할 수 있었던 생의 보람. 창수는 돈봉투를 구겨 쥐었다.

'남은 생은 크리스마스 아침처럼 살아가면 됩니다. 선물하는 마음으로.'

창수는 봉투에 담긴 돈을 꺼내 발아래로 던져주었다. 그렇게 살면 안 돼. 그렇게 살진 않을 거야. 나, 구창수는. 창수가 꼭 쥐고 견뎌냈던 멸시와 모욕과 조롱과 수치가 까마득한 어둠 아래로 홀

홀 날아갔다.

'오멜라스 134340 소멸 예고'.

"아이디 134340. 본캐 구청장 후보 안광일 아들 안지호. 자살 중계 라이브 온."

지호는 눈을 떴다. 모니터에 보이는 시간 20:19. 온통 멍 자국에 상처들이 곰팡이처럼 핀 지호의 앙상한 몸이 중계되고 있었다. 죽어. 죽어버려. 자극적인 활자들이 채팅창에 빗금처럼 쏟아졌다. 그 가운데 채팅창을 도배하는 다급한 목소리. 너였구나.

— 죽지 마!!!!!!!!!!!!!!!!!!!!!

푸른 창을 응시하던 지호가 쇠붙이를 손목에 올렸다. 그리고 아버지를 불렀다.

"이렇게 죽어버리면 될까요? 안광일 씨. 나는 아무도 죽이고 싶지 않았어요. 그런데 당신은 엄마를 죽이고 나까지 서서히 살해하고 있습니다. 유서로 남기려던 자료를 전송합니다. 양미구 구청장 후보 안광일의 아들 안지호가 목숨을 담보로 구조를 요청합니다. 그간 두 얼굴의 안광일이 저질렀던 적나라한 가해 영상과 기록들. 안광일이 참회해야 할 증거, 안지호가 살아남아야 할 증거를 세상에 제출합니다. 헌법 제10조, 모든 국민은 인간으로서의 존엄과 가치를 가지며, 행복을 추구할 권리를 가진다. 안광일 씨, 당신은 나를 살려내야만 해요. 나는 죽지 않겠습니다."

지호는 전송 버튼을 눌렀다. 그간 모아두었던 모든 자료를 SNS와 각종 매체에 일제히 전송했다. 안지호의 라이브 방송은 일파만파 퍼져나갔다. 엄마가 마지막으로 들려주었던 자장가가 흘렀다. 두려움도 놀람도 없이, 나는 나를 구할 거야. 지호는 푸른 모니터에 비치는 상처투성이 자신을 마주 보았다. 천사의 축복이 지나갔다.

'내가 천사 해줄 테니 너는 예쁘게 다시 태어나.'

쾅쾅쾅. 누군가 세차게 문을 두드렸다.

'복희야. 복희야.'

엄마 후남의 목소리. 가까스로 눈을 떴다. 복희는 뜨거운 문고리를 붙잡고 서 있었다. 벽시계의 긴 바늘이 숫자 4를 향하고 있었다. 입안에 온통 역겨운 비린 맛이 가득했다. 뜨거운 쇠붙이가 손바닥을 깊숙이 파고들었다. 그때, 아득해지는 의식 사이로 복희를 부르는 목소리.

'복희야, 박복희.'

딸의 목소리였다. 보배가 문밖에서 복희를 부르고 있었다.

뜨거워라. 아파라. 얼마나 무서웠을까. 내 새끼. 내 보배야.

'복희야, 울 엄마 박복희!'

번쩍, 섬광이 일었다. 까랑까랑한 소리로 안간힘을 다해 울던 조그만 핏덩이가 떠올랐다. 온몸이 새빨개질 정도로 힘껏 울던 내 딸 보배야. 복희는 안간힘으로 숨을 쉬었다. 숨이 돌고 피가 돌고 눈물이 돌고. 복희는 뜨거운 눈물을 흘렸다. 지금 이 아픔과 미안함과 고마움과 그리움을 나는 영영 기억하며 살아낼 거야.

복희는 힘껏 문고리를 돌렸다. 자욱한 연기 속에 자신을 비추는 불빛 한 점을 향해 걸어 나갔다. 잊지 않을 거야.

'박복희, 너는 복된 희망이란다.'

양미구 백화점 화재 관련 소식입니다. 한 명이 사망하고 다섯 명의 부상자를 낸 백화점 화재는 완전히 진압되었습니다. 그러나 사람들을 대피시키고 위험에 처한 임산부를 구한 의인, 백화점 직원 25세 설모 씨가 숨지는 안타까운 사고가 발생했습니다. 백화점 물류 창고에서 발생한 불은 직원 휴게실로 옮겨붙어 자칫 큰 인명 피해가 일어날 뻔했는데요. 비상구와 직원들의 휴게실 위치를 파악한 설 씨는 화재 초기, 신속하게 사람들을 대피시키고 불길에 휩싸인 휴게실 문을 모두 두드려 사람들을 구한 것으로 알려졌습니다. 화재의 위험에도 설 씨는 사람들의 대피를 끝까지 돕다가 임산부를 구하고 현장에서 숨졌습니다. 백화점 비정규직 직원 설 씨는 보호종료아동으로 여러 아르바이트를 전전하며 홀로 생계를 꾸려나간 것으로 알려졌는데요. 화재 현장에는 고인의 안타까운 희생을 추모하는 발길들이 이어지고 있습니다.

한편, 이번 화재로 백화점 비정규직 직원들의 열악한 노동 현실도 여실히 드러났습니다. 창고를 개조해 만든 휴게실은 창문은 커녕 환기 시설도 제대로 갖추지 않아, 평소에도 문을 닫으면 머물러 있기조차 어려운 공간이었는데요. 그러나 미관상의 명목과 품위상의 이유로 문을 닫으라는 지시가 지속되었다고 합니다. 심지어 휴게실 앞에 쌓아둔 물류들이 이번 화재의 위험을 더욱 키운 것으로 알려졌습니다. 이에 노동자들의 노동환경과 휴게 시설 개선 요구에 대한 목소리가 높아지고 있습니다. 자칫 대형 사고로 이어져 수명의 인명 피해를 낼 뻔한 사고였던 만큼, 사안의 중요성과 구체적인 개선 방향이 진지하게 논의되어야 할 것으로 보입니다.

두 얼굴의 유력 구청장 후보 안광일 씨로 인해 정치권과 민심이 동시에 술렁이고 있습니다. 재개발 이슈가 뜨거운 지역 양미구, 주요 표심을 쥐고 있던 구청장 후보 안광일 씨가 가정 폭력 가해자로 밝혀졌습니다. 십수 년간 지속되었던 그의 만행을 고발한 건 다름 아닌 아들인 16세 안모 군이었습니다. 지난밤, 안 군은 자신의 SNS에서 실시간으로 자살 중계방송을 열었습니다. 그러나 방송 도중 마음을 돌려, 유서로 남겨두려 했던 안 후보의 가정 폭력 가해 증거들을 폭로했습니다. 안 군은 방송에서 그간 학대당한 상흔들을 공개하며 "구청장 후보 안광일의 아들이 목숨을 담보로 구조를 요청한다"라고 말한 것으로 알려졌는데요. 안 군의 실시간 방송과 더불어 안 후보의 가해 행동이 고스란히 담긴 영상과 기록들이 온라인으로 일파만파 퍼져나가고 있습니다.

안 후보는 9년 전 화재 사건으로 아내와 사별하고 홀로 아들을 키우는 사연을 공개하며 도덕적이면서도 가정적인 아버지상으로 민심을 모았는데요. 이후 각종 매체에 출연하여 가족에 대한 애틋함과 소시민적인 소탈한 모습, 국민의 행복추구권을 주요하게 이야기하며 대중들의 존경과 지지를 받아왔습니다. 그런 안 후보의 가해 영상과 기록들이 진실로 밝혀지고, 더불어 9년 전 화재 사건 역시 가정 폭력을 견디지 못한 어머니의 자녀 살해 시도였던 것이 밝혀져 사회적으로 엄청난 충격과 파장이 일 것으로 예상됩니다. 안 후보는 오늘 오전, 긴급 기자회견을 열고 구청장 후보에서 사퇴했습니다. 그러나 안 후보가 유능한 법조인인 만큼 미성년자인 아들 안 군에게 어떠한 압력을 행사할지 모른다며, 인권 단체와 아동 단체에서는 안 군을 당장 격리 보호해야 한다고 목소리를 높이고 있습니다.

"우리 인간답게 삽시다." 양미구 대단지 아파트에 주민들의 대자보와 메모들이 붙었습니다. 어젯밤 양미구 대단지 아파트 하늘에서 돈다발이 쏟아졌습니다. 70대 경비원 구모 씨가 아파트 옥상 위로 올라가 뿌린 돈으로 밝혀졌는데요. 그 돈의 출처가 동 대표의 갑질 폭행 합의금이라는 사실이 밝혀져 충격을 주고 있습니다. 30대 동 대표 A 씨는 70대 경비원 구모 씨의 고용 여부를 빌미로 고의적인 갑질을 지속해 왔다고 하는데요. 평소 모욕적인 언사는 물론, 아파트 입구에 구 씨를 세워두고 주민들에게 인사를 시키거나, 폭염과 한파에도 차량 출입 기록을 수기로 작성하도록 강요하고, 근무 종료 후 잔업을 시키면서도 경비 초소 에어컨 설치에는 극구 반대하는 등의 갑질을 행사해 온 것으로 알려졌습니다.

한편, 일주일 전 경비원 구 씨는 고의로 아파트 차량 차단기들을 고장 낸 10대 청소년들을 훈계하는 과정에서 집단 폭행을 당했습니다. 청소년 무리 중 자신의 아들을 발견한 동 대표 A 씨가 달려들어 구 씨를 구타했고, 청소년들까지 합세해 수 분간 폭행이 지속되었던 것으로 알려졌습니다. 더욱이 충격적인 건, A 씨의 아들을 포함한 10대 청소년들이 70대 경비원을 폭행한 영상을 커뮤니티에 올려 조롱하는 댓글을 남겼다고 하는데요. 게시물을 고의적으로 경비원에게 전송한 사실까지 줄줄이 밝혀져 사회적으로 큰 충격을 안기며 공분을 사고 있습니다. 꼬리에 꼬리를 무는 경비원 갑질 사건과 관련하여 해당 아파트 주민들이 나서서 강력하게 반성과 지탄의 목소리를 내고 있습니다. 심심찮게 경비원 갑질 사건이 오르내리는 요즘, 은퇴 후에도 일해야 하는 고령층 상당수가 경비원이라는 직업을 택하지만, 경비원들은 여전히 폭언과 폭행으로부터 보호받지 못하고 있습니다. 인간답게 산다는 것. 과연 누구를 향한 목소리여야 할까요?

기차가 떠난 동백섬은 조용했다.

여순자와 지원우, 마두열과 유이수. 그리고 설진아. 남은 이들은 걸어갔던 길을 되걸어 돌아왔다. 동백역에서 까멜리아 싸롱까지, 내딛는 걸음마다 기억들이 뒤따라왔다. 아무도 말이 없었다.

"모두들 수고했어요. 이제 문 닫을 시간이군요."

마담의 목소리가 쓸쓸했다. 대지에는 봄기운이 완연한데 싸롱 안은 겨울처럼 추웠다. 이수는 말없이 피아노로 다가가 덮개를 열었다. 감당할 수 없는 마음에 느릿느릿 피아노 건반을 눌렀다. 슈만의 〈트로이메라이〉. 한 음 한 음 음표를 그릴 때, 나는 어떤 꿈을 꾸고 있었더라.

희미하게 내려앉는 햇빛, 악보 귀퉁이에 얼룩 같은 것이 어른거렸다. 연주를 멈추고, 이수는 악보를 뒤집어 보았다. 거기엔 이수의 얼굴이 그려져 있었다. 누군가 연필로 그려둔, 보조개 팬 환한 얼굴로 웃는 이수가. 그 아래 남겨둔 메시지.

— 나의 트로이메라이. 다음 생에서 기다릴게.

이수가 와락 악보를 끌어안았다. 너무 좋아서 쿵, 이마를 피아노에 찧고 말았다.

"결심했어요!"

꿈꿔보고 싶었다. 달려가고 싶었다.

다음 생에서 기다리고 있을 너에게.

"다시, 살아볼래요."

왈칵, 우는 듯 웃으며 돌아보는 이수. 이수이수 유이수! 진아가 이수를 꽉 껴안아 주었다.

"한 번 더 배웅해야겠군요."

"예스, 마담. 얼마든지요."

"이수야, 김밥은 아저씨가 싸줄게!"

순자와 원우, 그리고 두열이 뭉클하게 웃었다.

"할아버지 손은 나무 같아. 까끌까끌."

손녀 설아가 창수의 손을 만지작거렸다.

"오래 살아 그래. 사람이 오래 살면 나무처럼 된단다."

창수의 어깨에서 유치원 가방이 달랑거렸다. 키 작은 손녀에게로 한쪽 어깨가 기울어진 창수가 느릿느릿 손녀의 걸음을 맞춰 걸었다. 전보다도 많이 여윈 창수. 겨울나무처럼 앙상하지만 꼿꼿해 보이는 뒷모습에서 단단한 기품이 느껴졌다.

"할아버지도 죽어?"

"어이구, 죽는 게 뭔지 알구?"

말문이 터진 일곱 살 설아가 또박또박 얘기했다.

"멀리 떠나서 잠깐 헤어지는 거야. 엄마도 멀리 하늘나라에 갔대. 설아가 씩씩하게 잘 지내면 다시 만날 수 있대."

"그래. 그리 기다리다 보면은 다시 만나게 된단다."

"하늘나라는 어떤 곳일까?"

"거긴 항시 눈이 내리고 천사들이 살아. 천사들이랑 차도 마시고 노래도 듣고 얘기도 하고 놀기도 하고. 그러다가 봄이 되면 지천에 꽃이 핀단다. 그럼 모두들 좋은 곳으로 가."

"할아버진 어떻게 알아?"

"비밀인데, 할애비도 가봤거든. 설아야, 오빠 왔다."

횡단보도 건너편에서 꽃다발을 든 지호가 손을 흔들었다. 신호등이 바뀌고 쪼르르 달려온 설아를 번쩍 안아주는 지호.

"꽃이다!"

"예쁘지? 설아 닮았네."

꽃다발과 아이를 안고서 활짝 웃는 지호. 큼지막한 야상 점퍼 차림에 헤드셋과 백팩을 걸친 지호는 훨씬 편안해 보였다. 뿔테 안경 너머로 웃음기 서린 눈이 가늘게 휘어졌다. 훌쩍 자라 듬직해진 지호를 창수가 흐뭇하게 바라보았다.

"지호, 그새 또 키가 컸구나."

"요즘 잘 자거든요. 평생 못 잔 잠을 몰아 자는 거 같아요. 할아버진 잘 지내셨어요?"

"여전하지. 병원 들렀다가 설아랑 놀고. 그러다 보면 하루가 금방 간다. 하긴 쑥쑥 자라는 너희는 어제오늘이 새로울 테지. 공부는 잘돼가냐?"

"제가 좀 똑똑해야죠. 계속 학교 다녔으면 전교 1등이에요."

"전교 1등이 아주 헛똑똑이구나."

허허 웃던 창수가 지호의 발치에 쪼그려 앉았다. 지호의 풀어진 신발 끈을 묶어주는 창수. 양팔에 설아와 꽃다발을 안고서 당황한 지호가 뒷걸음치려고 하자 창수가 말했다.

"가만 있으래두. 헛똑똑이 안 박사."

지호는 신발 끈을 묶어주는 창수를 내려다보았다. 할아버지를 생각하면 슬퍼지고 고마워져서 더욱 씩씩해지고 싶었다.

"가방은 저 주세요."

싹싹하게 가방을 뺏어 드는 지호. 두 사람은 나란히 설아의 손을 잡았다.

"오빠, 천사 봤어? 할아버지는 하늘나라도 가봤대. 거기 천사가 산대."

"윤석아. 비밀이래두."

창수와 눈웃음을 주고받는 지호.

"오빠도 봤어."

"천사는 어떻게 생겼어?"

"예뻐."

"얼마나?"

"그냥 무지 예뻐."

지호가 빙그레 웃었다.

"설아, 붕붕 걸음으로 갈까?"

창수와 지호가 그네를 태우듯 설아를 부웅 공중으로 들었다가 내렸다. 부웅부웅. 어디로 갈까요. 부웅부웅. 맛있는 거 먹으러 갈까요. 웃음이 끊이질 않았다. 초겨울 거리, 플라타너스 낙엽을 바작바작 밟으며 걸어가는 세 사람의 뒷모습이 가족처럼 다정했다.

'라비앙로즈.'

뿌옇게 김이 서린 비밀스러운 유리문을 열자 밥 짓는 훈기가 달려들었다. 널따란 원목 탁자 두 개가 전부인 작은 공간. 탁자마다 꽃이 핀 화병이 놓여 있었다. 선반 위에 무심한 듯 쌓여 있는 책들.『문학 이론 입문』,『문학예술 치료』. 복희가 공부를 시작한 대학 교재들도 겹쳐져 있었다. 난로에 올려둔 주전자에서 김이 피어올랐다. 라울 뒤피의 그림이 걸려 있고, 에디트 피아프의 샹송이 흐르는 박복희의 김밥집.

김밥을 우물거리던 덩치 큰 남학생이 창수를 보자마자 깍듯하게 인사했다.

"어르신, 안녕하셨습니까!"

"오랜만일세."

다부진 덩치와 달리 귀여운 인상에 서글서글한 남학생이었다.

"곰돌이 푸 오빠."

"우리 귀염둥이 설아도 안녕? 안지호 넌, 안녕하든가 말든가."

"뭐래, 유이진. 몇 줄째냐?"

"참치 둘, 치즈 하나. 아직 세 줄밖에 안 먹었엉."

유이진이 방끗 웃으면서 지호에게 팔을 두르고 속삭였다.

"아줌마, 팔 걷어붙이셨다. 무슨 날이야? 설레잖아."

마침 주방에서 음식이 가득 든 쟁반을 들고나오는 복희.

"어서들 오셔!"

예의 호쾌한 웃음을 터트리며 모두를 반겼다. 빨간 리넨 앞치마를 두르고 꽃 자수 머릿수건을 둘러멘 복희. 예전보다 환하고 단정한 차림이 복희의 얼굴을 밝혀주었다.

"총각들, 퍼뜩 날라."

김밥, 잡채, 불고기, 파전에 떡국까지 탁자 가득 채워지자 이진이 감탄했다.

"어머님, 여기 김밥집 아니었나요? 어째서 이리도 아름다운 잔칫상이……."

복희가 커다란 백설기를 한가운데 올려두었다.

"잔칫상 아니구 생일상. 특별한 날이거든."

"누구 생일?"

"따지자면 돌잔치랄까."

"아, 그래서 화병에 꽃도 사 오신 건가?"

복희가 고개를 저었다.

"꽃은 언제나 나를 위해 산단다."

"그래도 오늘만큼은 제가 선물하고 싶었어요."

지호가 복희에게 꽃다발을 안겨주었다. 벽에 걸린 그림에서 꺼낸 것 같은 탐스러운 장미 꽃다발에 복희가 발그레 웃었다.

그때, 김밥집 문이 열렸다.

"안녕하십니까!"

"장군이 장미, 어서 와라."

어르신들께 배꼽인사부터 건네는 남매. 단정한 교복 차림에 헤실헤실 순하게 웃는 남고생과 힙한 트레이닝복 차림에 눈빛부터 카리스마 넘치는 여고생. 낯선 조합이지만 어쩐지 인상이 익숙한 남매였다.

"마장군, 내가 빨리빨리 튀어오라고 했냐 안 했냐."

"튀어오라고 했지, 장미야. 그른데 내가 가방을 깜박해 가지고……."

"정신 제대로 안 챙길래?"

들어오면서부터 투닥거리는 마 남매.

"장미 언니, 여기 장미꽃!"

"어머, 예뻐라. 정말 누가 꽃인지 모르겠네."

설아에게 반색하며 생글거리는 마장미.

"헐, 본인이 예쁜 장미다, 그런 말도 안 되는 소린 아니겠지?"

"다물어라."

유이진마저 한순간에 제압하는 카리스마 마장미. 지호가 피식 웃었다. 마두열의 쌍둥이 남매 마장군, 마장미까지 앉자 김밥집이 꽉 찼다. 시끌벅적한 아이들을 보는 창수와 복희의 얼굴에 미소가 번졌다.

"많이들 먹어라."

잘 먹겠습니다! 동그랗게 둘러앉아 같이 밥 먹는 사람들. 창수와 설아, 지호와 이진, 장군과 장미가 복희가 차린 음식들을 복스럽게도 먹었다. 많이 많이 먹어라. 복희는 양 볼따구니가 빵빵해진 귀여운 얼굴들을 바라보았다. 맛있다 맛있다. 감탄하는 소리에 마음이 풍선처럼 부풀었다. 귀여워라. 뿌듯해라. 따뜻해라. 행복해라.

동강동강 잘라 색색깔 꽃처럼 피어 있는 김밥을 보자 까멜리아 싸롱의 마지막 밤이 떠올랐다. 손으로 지어 먹이고 돌보는 마음, 뜨신 곳에서 따스운 밥 지어 먹는 행복. 복희는 그런 걸 같이 나누고 싶었다. 이진이 우물거리며 물었다.

"어머님, 근데 저 사진은 언제 찍은 거예요?"

"지난겨울에."

"어디예요? 사진관이 암만 봐도 힙해요. 옛날 다방처럼 복고풍인데, 세 분 앉아 있는 구도도 특이하고, 흑백으로 빛바랜 사진 바이브도 그렇고요."

라울 뒤피 그림 옆에 붙여둔 손바닥만 한 사진 한 장. 지호를 가운데 두고 창수와 복희가 양옆에 앉아 있었다. 사진 배경도 구도도 확실히 특이했다. 빈 공간이 많은데도 구석으로 치우쳐 앉아 있는 세 사람. 창수, 지호, 복희가 나란히 앉아 웃고 있었다.

"나도 볼 때마다 궁금했어. 다들 환하게 웃고 있긴 한데 좀 이상하게 묘한 사진이야."

"이렇게 세 분이 친한 것도 신기하고요."

장미와 장군도 사진을 보며 말했다.

"저긴 까멜리아 싸롱이란다."

창수가 대답했다. 창수와 지호와 복희, 세 사람 눈에만 보였다. 다 같이 까멜리아. 위풍당당하게 웃는 두열, 활짝 웃는 이수, 인자한 미소를 머금은 순자, 다정하게 웃는 진아, 지그시 미소 짓는 원우까지.

'마지막 선물입니다. 까멜리아 싸롱의 기억을 고이 담아서.'

마담의 우아한 목소리가 들릴 것 같았다. 모두 잘 지내는지. 보고 싶었다.

"저기, 예쁜 고양이 있어."

그런데 설아가 사진을 가리키며 말했다. 사람들 눈에는 분명 덩그러니 비어 보이는 곳. 검은 고양이 바리가 샛노란 눈을 반짝이고 있었다. "설아한테는 보이는구나." 지호가 설아의 머리를 쓰다듬었다. 일동 정적. 아무튼 정말 기묘하고 미스테리한 사진이야. 아하하. 애써 웃으며 얼버무리는 아이들.

"그런데요. 우리 아빠는 어떻게 아세요?"

후루룩 떡국을 먹으며 장미가 물었다.

"내가 왕년에 마두열 씨랑 같이 밥도 먹고 차도 마셨지. 마 남매 얘길 참 많이도 했어. 너네 나이 많이 먹고 싶어서 새해엔 떡국을 세 그릇씩이나 먹었다며. 두열 씨가 소방차 타구선 지나갈 때마다 너네가 손 흔들면서 인사해 줬다고. 마두열 씨는 그게 그렇게나 행복했었다더라."

"나는 마두열 씨랑 연도 날렸어. 너희들 아빠로 살았던 게 가장 큰 보람이라고 했단다."

복희와 창수가 마두열을 기억했다. 장군이 두열과 꼭 닮은 얼굴로 히죽 웃었다.

"겨울 되면 아빠 생각나요. 아빠가 크리스마스 때마다 산타클로스인 척 머리맡에 선물이랑 편지랑 놔줬거든요."

"알고 있었어? 고거는 두열 씨가 일급비밀이랬는대."

복희의 말에 장미가 키득거렸다.

"아빠가 아침부터 수염으로 뽀뽀하고, 코코아 마시면서 훌쩍훌쩍 우는데 어떻게 몰라요. 아빠 민망할까 봐 자는 척한 거죠. 아빠가 세상을 떠난 지 오래됐어도 전부 기억해요. 울 아빠. 되게 듬직한데 사랑도 많고, 멋있는 사람이었어요."

"맞아. 두열 아저씬 히어로였어. 아저씨가 나도 살려줬어."

지호가 맞장구쳤다.

"천만다행이지. 우리 아빠가 안지호 같은 똑똑하고 준수하고 창창한 인재를 구하다니. 지호야, 네가 미래다."

"그래, 지호야. 내 미래도 살포시 너에게 기대도 되겠니. 우리 오래오래 친구하자."

"나도 하자, 친구."

동갑내기 마장미, 마장군, 유이진이 안지호에게 턱턱턱 손을 올리며 결의를 다졌다.

"왜들 이래, 징그럽게."

두열 아저씨랑 이수가 얘네를 봤어야 하는데. 으, 징그럽게 사랑스러운 내 친구들. 지호가 장난스럽게 몸서리를 쳤다.

"그리고 이수는, 햇살 같은 아이였지."

"맞습니다. 봄날의 햇살."

복희와 창수가 유이수를 기억했다. 이진이 눈이 휘둥그레져서 물었다.

"우리 누나도 아세요? 신기해라. 누나는 제가 열 살 때 세상을 떠났어요. 교통사고였어요. 저를 구하고, 장기 기증으로 여섯 명이나 살리고 떠난 천사 같은 사람이었어요. 안지호, 넌 본 적 없지? 울 누나 되게 예뻤어."

지호는 기념사진 속에 무지 예쁜 천사, 유이수를 바라보았

다. 유이진은 꿈에도 모를 테지, 유이수와 나의 인연을. 인연이
라……. 마주 앉은 사람들을 둘러보며 지호는 생각했다. 두열 아
저씨가 내 생명을 구해주지 않았다면, 유이수가 내 존재를 믿어주
지 않았다면, 내가 오멜라스를 떠나지 않았다면. 까멜리아 싸롱에
다녀올 수 있었을까. 지금 여기에서 이 사람들을 만나볼 수 있었
을까. 문득 지호 인생의 모든 선택과 만남이 꼭 겪어야만 했던 일
들처럼 경이롭게 느껴졌다.

"지호 오빠, 세상을 떠나는 게 죽는 거야?"

"응. 설아 엄마처럼 멀리 떠나서 잠시 헤어지는 거야."

"그러면 다시 만나겠네."

"우리 설아 똑똑이네. 그럼, 언젠가 다시 만날 거야."

지호가 설아의 머리를 쓰다듬었다. 이진이 말했다.

"헤어진 사람들 얘기 편하게 나누니까 좋아요. 평소엔 쉽게 못
꺼내거든요. 괜히 무겁고 진지해져서. 근데 저는요, 우리 누나 얘
기 많이 하고 싶어요. 기억하고 싶어서."

"맞아. 기억하고 싶어. 안 잊어버리게 계속 얘기하고 싶어."

장미가 고개를 주억거렸다.

"나는 울 엄마랑 딸이랑 잠시 헤어졌어."

"나는 호준 엄마랑. 아무래도 내가 제일 빨리 만날 듯싶네."

그리운 얼굴들을 하나둘 떠올렸다. 잠시 헤어진 사람들, 언젠가
다시 만날 사람들을.

고요했다. 잠시 아무도 말이 없는 고요하고 기묘한 침묵.

"천사가 지나갔네요."

복희가 읊조렸다. 언젠가 마담이 알려주었던 이야기.

"프랑스에선 이렇게 대화하다가 잠시 침묵이 찾아올 때 '천사가 지나간다'라고 한단다."

천사가 지나가는 시간. 다들 말없이 유리창 밖을 바라보았다. 창밖은 겨울. 그러나 김밥집은 따뜻했다. 맛있는 음식과 타오르는 난로와 아름다운 노래와 다정한 침묵이 안온하게 고여 있었다. 천사처럼 고요하게 침묵하며 들어주고픈 이야기에 귀 기울이며, 여기 함께 있었다. 사랑하는 사람들과 잠시 헤어진 사람들이.

"눈!" 설아가 소리쳤다. 창밖에 첫눈이 내렸다.

다 함께 밖으로 나갔다. 하얀 입김이 퍼져나갔다. 입김과 뒤섞여 팔랑거리며 오르내리는 작고 작은 눈송이들. 지호는 손을 뻗었다. 손바닥에 닿자마자 스며들어 사라지는 눈. 오래된 양미동 거리에 소리 없이 눈이 내려앉았다.

그때, 언덕에서 외마디 비명이 들렸다.

"이수야!"

지호가 돌아보았다. 울퉁불퉁한 내리막길을 저 혼자 굴러오는 유아차. 아이들이 우르르 달려 나갔다. 경사로에서 기우뚱 기우는 유아차를 지호가 가까스로 붙잡았다. 뒤따라온 아이들이 힘을 합처 막아선 덕분에 유아차는 안전하게 멈춰 섰다. 유아차를 둘러싼 안지호와 유이진, 마장군과 마장미.

아기는 무사할지. 지호는 차양을 열어 아기를 확인했다. 눈송이가 아기 얼굴에 떨어졌다. 지호를 보며 함빡 웃는 아기. 첫눈에 알아보았다.

"유이수! 우리 이수 괜찮니? 고맙습니다. 정말 고마워요."

다리를 절며 달려온 엄마가 아기를 껴안고 안도의 숨을 내쉬었다. 아기가 지호를 바라보았다. 유이수와 안지호. 과거와 현재와 미래까지도, 함께할 모든 시간이 한꺼번에 몰려왔다. 두 사람은 첫눈에 서로를 꿰뚫어 보았다.

엄마 품에 안긴 이수가 조그만 손을 뻗었다. 지호도 손을 내밀었다. 지호의 손가락을 꽉 잡은 이수. 절대로 놓치지 않겠다는 듯.

"애기가 안 다쳐서 다행이야."

이진도 벅차오르는 이상한 마음에 비죽 새어 나오는 눈물을 훔쳤다. 믿을 수 없는 광경을 목격한 창수와 복희가 뭉클하게 미소 지었다. 안지호와 유이진, 마장군과 마장미, 구창수와 구설아와 박복희. 엄마 품에 안긴 아기를 보는 사람들의 머리 위로 눈이 내렸다.

"유이수."

지호가 이수를 불러보았다. 안지호의 눈썹에도 유이수의 보조개에도, 천사의 축복처럼 눈송이가 내려앉았다. 1년 후 겨울, 이수를 다시 만났다. 굵은 눈발에도 미미하게 느껴지는 온기. 오래된 골목으로 스며드는 겨울 볕이 사람들을 안아주었다.

볕이 아름다운 동네, 양미동에 첫눈이 내렸다.

눈 내리는 겨울은 언제나처럼 따뜻했다.

"첫눈이네요."

책을 끌어안은 설진아가 창밖을 바라봤다. 긴 머리를 단정하게 올려 묶고, 물결처럼 풍성한 스커트에 하얀 칼라가 돋보이는 사랑스러운 검은 드레스를 입은 진아. 첫눈을 보며 상그레 웃었다.

"오늘이군요."

진녹색 터틀넥 스웨터에 동그란 외눈 안경을 쓴 지원우. 안경을 벗으며 진아 곁으로 다가갔다. 진아의 빨간 목도리에 폭닥 안긴 듯 파묻힌 바리도 고갤 들어 창밖을 보았다.

"양미동에도 첫눈이 내릴까요?"

"그럴 겁니다. 다시 태어나 처음 맞는 눈, 벗들에겐 생일 같은 날일 테지요."

"아기 유이수도 첫눈을 맞겠네요."

"잘 다녀왔습니까?"

진아가 고개를 끄덕였다.

"이 또한 사서의 일인 줄 몰랐어요. 환생을 위해 누군가의 꿈에 잠시 다녀오는 일."

"특수한 일이었습니다. 진아 씨 전생의 업으로 얻게 된 기회였으니까요."

"다시 태어날 이수를 품은 여자의 꿈에 다녀왔어요. 태어날 아기가 너무 예뻐서 천사가 콕 찍어준 보조개. '이수야. 유이수. 예뻐라. 영영 예뻐라.' 그리 예뻐해 주고 왔지요. 엄마의 책 하이라이트와 딸의 책 프롤로그가 겹쳐지는 멋진 꿈이었습니다. 천사가 되어본 기분도 나쁘지 않던걸요?"

"예뻐라. 영영 예뻐라. 근사한 축복이네요."

원우가 예의 습관처럼 회중시계를 만지작거리며 미소 지었다.

"신기해요. 저를 구해준 이수가 제가 구한 임산부의 아기로 다시 태어날 줄은. 서로를 구하고자 하는 의지가 환생으로 이어진다는 게 놀라울 뿐이에요. 무사히 지호를 만났으면 좋겠는데요."

"만날 겁니다. 인연이니까요."

"환생한 이수는…… 행복할까요?"

진아가 조심스럽게 물었다.

"걱정됩니까?"

"제가 구한 여자, 이수 엄마의 인생을 읽었어요. 유이수를 만나기까지 참으로 외롭고 고된 삶을 살았더군요. 그녀에겐 온전한 가족이 없었어요. 혼자 이수를 낳아 키워야 할 사정이었고요. 게다가 그날 사고로 평생 다리 한쪽을 절게 되었죠. 타인의 인생을 함부로 판단할 순 없지만, 그 여자의 쓸쓸한 생이 제 전생과도 비슷한 구석이 많아 마음이 아팠어요. 이수는, 괜찮을까요?"

"삶은 우리에게 미소 짓지 않으니…… 이수는 나쁜 일도 아픈 일도 겪을 테지요. 그래도 자주 행복할 겁니다. 곁에 사람들이 있으니까요. 이수도 이수 엄마도, 사람들에게 의지해 살아볼 겁니다. 사람은 사람에게 의존합니다. 사랑을 받고, 그 사랑을 주고. 그 또한 인연이지요."

원우가 까멜리아 싸롱 응접실을 돌아보았다. 여기 머물렀다가 떠난 이들이 남기고 간 추억이 곳곳에 배어 있었다. 안온하고 따뜻했다. 곧 손님들이 도착할 것이다. 어떤 벗들을 만나게 될까. 어떤 밤들을 보내게 될까. 우리는 어떤 진실을 상상하게 될까.

"헤아려보려는 사람들. 이해해 보려는 사람들. 그리하여 기꺼이 사랑해 보려는 사람들. 제겐 그들이 천사 같아요."

"그들 덕분에 이수는, 넘치는 사랑과 슬픔 속에서 다정하게 살아갈 겁니다."

원우가 서가에서 낡은 LP를 찾았다. 레코드판을 꺼내 올리고 축음기 태엽을 감았다. 빙그르르 돌아가는 레코드판 위에 바늘을 올리자, 팔각 나팔 원통에서 지지직거리며 노래가 흘러나왔다.

다른 어떤 사랑도 내 마음을 따뜻하게 할 수 없어요.

내가 알고 있는 건 그대의 포옹뿐.

"〈이별의 노래〉에 사랑의 노랫말을 붙이겠어요. 기억해요, 원우 씨?"

"이별은 다시 만나기 위한 기다림일 뿐."

"만에 하나 우리 헤어지더라도……."

"내가 찾아낼게요." 원우가 말했다.

"내가 찾아갈게요." 진아가 말했다.

마주 보고 웃음을 터트리는 두 사람. 나란히 서서 샤갈의 그림을 올려다보았다.

"그림의 제목이 어째서 〈생일〉인지 이제야 알 것 같아요. 설진아가 죽은 지 1년이 지났어요. 그간 까멜리아 싸롱에서 주고받은 애도와 사랑으로 나는 온전히 나를 마주할 수 있었어요. 진짜 나로 존재하는 느낌이 얼마나 행복한지요. 비로소 설진아의 삶에 미소 지을 수 있게 되었답니다. 그러니 오늘로 할래요. 제 생일. 생일 선물은……."

진아가 원우의 손을 잡았다.

"한겨울 손잡기."

두 사람의 손이 꼭 맞게 포개졌다. 전생에서처럼 진아가 활짝 웃었다. 원우의 눈동자가 일렁였다. 두 번의 생을 건너 다시 만난 사람. 첫눈에, 이 사람을 알아보았다. 만 번의 눈 맞춤, 만 번의 포옹과 만 번의 입맞춤. 우리는 영원히 함께하리란 걸 알아보았다.

"생일 축하해요, 고아한 당신."

속삭이며, 원우가 진아에게 입을 맞추었다.

두둥실, 공중에 떠오른 듯 아득해졌다. 숨이 돌고 피가 돌고 눈물이 핑 돌아, 진아는 다시 태어난 기분이 들었다. 다가올 슬픔과 아픔과 이별조차도 모두 감내할 만큼 이상하고도 아름다운 사랑. 안간힘을 다해 태어나는 예측 불가능한 사랑.

우리는 몇 번이나 다시 사랑하게 될까. 사랑해. 사랑해. 사랑해. 속삭이고픈 마음만큼 수만 개의 눈송이가 지상으로 떨어지고 있었다. 푸실푸실 함박눈이 내리는 까멜리아 싸롱에서 지원우와 설진아는 입맞춤을 나누었다.

"맞구나. 무에라 말할 수 없는 아름다운 사랑."

붉은 숄을 두른 마담 여순자가 문간에 기대어 미소 지었다.

"첫눈입니다!" 벌컥 현관문이 열렸다. 겨울바람을 몰고 나타난 거대한 백곰 같은 마두열.

"이번에도 함박눈이지 말입니다. 이수 이 녀석 눈밭에 풀어둔 강아지가 따로 없는데 첫눈 보면 또 얼마나 좋아할지……."

뱃고동처럼 우렁찬 목소리. 마담이 두열의 입을 막으면서 속삭였다.

"쉿. 무에라 말할 수 없는 낭만적인 순간이란 말이요."

"헙. 무에라 말하면 낭만이 사라지는 순간이군요. 예쓰, 마담."

"터무니없습니다."

원우와 진아가 돌아보며 함박웃음을 터트렸다. 두열이 멋쩍은 듯 뒷머리를 긁적거렸다.

"마담, 이번엔 동백역에서 제가 같이 인사드리는 것이 어떨까 싶습니다. 이제는 입이랑 눈이랑 한꺼번에 빙그레 미소 지을 줄 압니다."

"좋습니다. 이번엔 두열 씨와 가보지요."

"예쓰, 마담!"

순자가 응접실 중앙으로 걸어갔다. 반짝이는 노란 불빛 아래 페르시아풍 카펫을 밟고 선 여순자. 지원우와 설진아, 마두열과 검은 고양이 바리. 모두가 순자를 보며 웃고 있었다. 싸롱을 돌아 보았다. 벽에 걸린 귀애하는 그림들, 오래 산 나무처럼 뿌리를 내린 서가와 피아노. 고풍스러운 호두나무 탁자와 축음기, 손길과 눈길로 가꾸는 화병과 화분들, 그리고 손님들을 위한 안락의자. 갓 죽은 자들을 모시고 따뜻한 차를 내어 올 시간이 머지않았다.

벽난로가 타올랐다. 세월과 낭만과 취향과 추억이 고스란히 응축된 까멜리아 싸롱에 〈이별의 노래〉가 흘렀다. 늙은 것이 낡은 것만이 아니듯 늙은 생이 낡은 생은 아니지요. 당신은 어떤 인생을 살았습니까. 우리 함께 긴긴밤을 보내며 긴긴 이야기를 나눌까요. 순자는 어김없이 이 순간이 설렜다.

"까멜리아 싸롱에 첫눈이 내립니다. 모두가 편히 쉬어 가시도록, 가장 따뜻한 겨울을 보내시도록, 우리 최선을 다해봅시다. 까멜리아 싸롱, 문을 엽니다."

밤.

까멜리아 싸롱에서 노란 불빛이 새어 나온다.

눈송이들 창가로 지붕으로 바다로, 그리고 숲으로 조용히 내려 앉는다. 죽은 듯이 고요한 동백섬에 흰 눈이 쌓인다. 어두운 것들 모두 덮어주며 부드러운 눈의 융단이 펼쳐진다. 외딴섬에 유일한 집. 섬 꼭대기에 등대가 별처럼 반짝거릴 때, 기묘한 달빛이 까멜리아 싸롱을 감싸안는다. 까멜리아 싸롱에 첫눈이 내린다.

에필로그

"바리야."

마담 여순자의 방. 어둠 속에 검은 고양이가 보석 같은 눈을 반짝였다. 슈슈 슈슈, 아기를 어르듯 웃어주는 순자. 고양이가 훌쩍 뛰어올라 순자의 품에 안겼다.

"옳지. 예쁘기도 하지."

매끄러운 검은 털을 가만히 쓸어주는 손길에 바리가 빤히 순자를 올려다보았다.

"너는 좋은 눈을 가졌구나."

진실을 보는 영묘한 눈, 바리가 깊고 깊은 호박색 눈을 깜박이자, 순자가 후우 숨을 불어넣었다. 미야오. 호박빛 아지랑이가 피어올랐다.

동백 자수가 새겨진 거울에 순자가 비쳐 보였다. 상아색 실크 블라우스에 붉은 숄을 두른 젊은 미인. 주름이 사라진 선홍빛 뺨과 기다란 목선, 꼿꼿한 등과 기품 어린 눈빛. 우아하게 머리를 틀어 올린 순자가, 호박 반지를 낀 기다란 손가락으로 차르르 차르르 검은 책을 넘겼다. 호박 빛이 일렁이는 매끄러운 검은 책.

여순자 呂洵子

마담 여순자의 책. 순자가 책장을 넘겼다. 까멜리아 싸롱에서의 마지막 기념사진. 두열과 이수, 순자와 원우가 에워싼 이들. 창수와 지호, 복희와 진아가 환하게 웃고 있었다.

팔랑, 거꾸로 책장이 넘어갔다. 또 한 장의 기념사진. 이전 사진과 묘하게 닮은 이들이 환하게 웃고 있었다. 순자와 원우가 그들 곁에 서 있었다. 순자가 사진을 바라보며 혼잣말했다.

"그대들의 숨으로 간절히 구해보았습니다."

검은 책을 쓰다듬으며 미소 지었다. 사진 아래 망자들의 이름이 적혀 있었다. 유일한, 이후남, 박보배, 심순애. 그리운 벗들이여. 우리는 어디서 무엇이 되어 다시 만날까.

녹빛 잎과 붉디붉은 꽃, 동백나무에 핀 동백꽃 한 송이에 후우. 순자가 숨을 불어넣었다.

풍진 세상, 험악한 고해에 갓 죽어버린 이들을 순순히 두진 않을 겁니다. 한겨울처럼 휘몰아치는 운명에도 지지 않고 애써 살아온 생을, 애도하고 사랑해야지요. 이별을 되풀이하더라도 두렵지 않습니다. 마중이 곧 이별의 배웅이 되고, 배웅이 곧 재회의 마중이 되는 인연이여. 우리는 언젠가 다시 만날 겝니다.

"숨살이꽃을 바치오니, 떠나는 길 부디 평안하기를."

바람 같은 숨을 들이마신 붉디붉은 동백꽃이 고아하게 피어 있었다.

작가의 말

　어느 밤엔가. 깜깜한 길을 걷는데 누군가 등을 쓸어주며 내 얘기 들어주었다. 마음이 편안해진 나는 이런저런 비밀까지도 털어놓았다. 괜찮아. 괜찮을 거야. 가만히 다독여 주는 목소리가 안심이 되어 발치를 내려다보았을 때, 그는 맨발이었다. 이미 죽은 사람이었구나. 꿈에서 깨어났을 땐 조금 무서웠지만 이내 뭉클해졌다. 산 사람 얘기를 다정하게 들어주는 귀신이라니, 고맙기도 하지.

　휘요오이 휘요오이. 어릴 적 밤길을 걸을 때면 엄마는 휘파람을 불어주었다. 어둠 속에 엄마 여기에 있다고 그렇게 나를 안심시켰다. 밤에 휘파람을 불면 귀신이 나온대. 엄만, 안 무서워? 묻는 나를 보며 엄마는 피식 웃었다. "그럼 좀 어떠니. 귀신은 무섭지 않아. 엄마는 죽은 언니가 지금도 곁에서 지켜주고 있는 것 같거든. 이상하게도 그런 기분이 들어. 암만, 귀신보단 사람이 더 무섭지. 그걸 알 때쯤 너도 어른이 될 거야."

빛을 죽인 채 밤길을 걸어야만 했던 나날과 이후로 마주한 삶의 고비마다 내 곁에 머물다간 죽은 사람들을 생각했다. 죽은 할아버지도, 죽은 할머니도 우리를 지켜주고 있을 거라고. 살아 있을 때도 나를 지켜준 이들이 죽어서도 나를 지켜주고 있을 거란 믿음은, 어둠 속에서도 나를 씩씩하게 했다. 새벽녘엔 맑은 물을 떠놓고 떠난 이들의 평안과 사랑하는 이들의 안녕을 빌던 할머니와 엄마. 나를 돌봐준 사람들은 죽은 자와 산 자가 함께하는 기묘하고 뭉클한 이야기를 자주 들려주었다. 나의 첫 소설이 판타지 소설인 건, 어쩌면 자연스러운 일일 것이다.

10여 년간 작가로 일하며 휴먼다큐를 만들고 에세이를 쓰고 글쓰기 수업을 이끌었다. 아주 많은 사람을 만나 아주 많은 대화를 나눴다. 그리고 그만큼의 인생사를 들었다. 진짜 대화는 이력서 공란을 채우듯 소개하고 관계 맺는 것이 아니라, 마주하고 질문하고 대답하고 경청하고 공감하고 격려하고 위로하면서, 긴 시간을 들여 서로를 알아가는 일이라는 걸 경험했다. 사람과 사람은, 대화를 나눠야만 서로를 이해할 수 있고 사랑할 수 있다고 믿게 되었다. 그럼 만약에, 이승과 저승 사이 신비로운 공간에 저마다의 사연을 가진 이들이 모여 마흔아홉 번의 밤을 함께 보낸다면. 죽은 자와 산 자가 함께 긴긴밤을 지내며 어떤 이야기를 나눌까. 그런 상상으로 이 소설은 시작되었다.

가장 복고적이고 낭만적인 공간, 경성 시대 가상의 다방 '까멜리아 싸롱'부터 구상했다. 까멜리아 싸롱의 겨울. 첫눈 내릴 때부터 동백꽃 필 때까지 웰컴 티타임, 심야 기담회, 성탄전야 음감회, 제야 송년회, 흑야 낭독회, 고요 조찬회, 설야 차담회, 월야 만찬회. 절기와 기념일들을 세며 여덟 번의 대화 모임을 열어야지. 나이도 성별도 성격도 생각도 모두 다른 여덟 사람이 모여 진솔한 대화를 나누는 모습을 떠올렸다. 겨울을 이기고 꽃이 피듯이 서서히 회복하는 밤들을 그려봤다.

그리하여 까멜리아 싸롱에 찾아와 준 인물들. 여순자, 지원우, 마두열, 유이수, 설진아, 박복희, 구창수, 안지호에게 고맙다. 한자 의미를 찾아 이름을 짓고, 생김새를 그리고, 인생을 가늠하고, 인연들을 이어보았다. 당신들이 전하고픈 진실은 무얼까 상상해 보았다. 마치 까멜리아 싸롱의 사서가 된 것처럼 나는 당신들의 인생을 겪어보고 마음을 헤아려보았다. 때때로 저절로 손가락이 움직여 눈물 같은 이야기를 쏟아낼 때는, 내 인생을 빵처럼 조금씩 떼어 먹여주었다. 숨겨두었던 아픔과 슬픔, 비밀까지도 기꺼이. 어떻게든 이 사람들을 살리고 싶었기 때문이다. 소설을 쓰는 동안 나야말로 '까멜리아 싸롱'에서 살다 온 사람 같았다.

'까멜리아 싸롱'을 떠나 제자리로 돌아온 나는 너그러워졌다. 그곳에서 만난 인생들이 여전히 마음에 남아서 함부로 세상을 미워할 수 없었다. 어쩌면 우리는 서로의 인생을 조금씩 나눠 가지며 너그러운 사람이 되는 건 아닐까. 전보다는 따뜻한 삶을 살게 되는 건 아닐까. 별처럼 따스한 힘이 뭉근히 차올랐다. 누구든 이 소설을 읽은 후엔 친절해졌으면 좋겠다. 자기만의 힘겨운 싸움을 하고 있을 타인들에게, 그리고 자기 자신에게도. 그리하여 우리에게 남는 생애 마지막 마음은 '사랑'이었으면 좋겠다.

휘요오이 휘요오이. 할머니와 엄마의 바람 같은 숨은 여전히 나를 불러준다. 우리 여기 있다고. 그러니 사는 일일랑 무서워 말라고. 소설을 탈고한 어느 밤엔가. 꿈에 할머니가 찾아와 내 이마를 오래 짚어주다가 갔다. 누군갈 살리고 싶은 마음으로 할머니와 엄마의 인생도 조금씩 떼어 나눠주었음을 알고 있을 것이다. 지켜주고 싶은 마음으로 우리는 누군갈 사랑했다.

첫 장편소설을 믿고 지지해 준 클레이하우스 출판사와 윤성훈, 김정현, 김윤하 편집자님. 그리고 훗날의 독자들에게 감사드린다. 책을 펼쳐 '까멜리아 싸롱'에 찾아올 독자들이 궁금하다. 조용히, 가만히, 자세히 밤하늘에 별을 헤아리듯이. 당신들의 인생을 헤아리고픈 마음을 담아, 나의 첫 소설을 선물한다.

고수리

까멜리아 싸롱

초판 1쇄 발행 2024년 10월 22일
초판 2쇄 발행 2024년 11월 6일

지은이 고수리

편집 김윤하
외주편집 김정현
디자인 *studio* weme
일러스트 하이쭈
마케팅 한민지, 신동익
제작 ㈜공간코퍼레이션

펴낸이 윤성훈 **펴낸곳** 클레이하우스㈜
출판등록 2021년 2월 2일 제2021-000015호
주소 경기도 파주시 회동길 363-21, 2층
전화 070-4285-4925 **팩스** 070-7966-4925 **이메일** clayhouse@clayhouse.kr

ISBN 979-11-93235-26-3 (03810)